爛柯の宴

下巻

マイナビ

爛柯の宴　下巻　目次

第六局

序章

二〇一九年十一月に韓国の囲碁界から衝撃のニュースが入ってきた。プロ棋士のイ・セドルが三十六歳という若さで十一月十九日に韓国棋院に辞職願を提出し引退を表明したというのである。

イ・セドルといえば、国際棋戦優勝十八回、韓国国内棋戦優勝三十回という圧倒的な成績を残し、二〇〇〇年代から二〇一〇年代半ばにかけて世界最強棋士としてその名を轟かせた強豪である。

そんな韓国の至宝ともいえる天才棋士が引退を決意した理由が「ＡＩが登場したことでどんなに努力してもトップになれないことが分かった」というものだったので、世界中に衝撃が走った。

イ・セドルほどの超一流棋士が引退を決意するくらいなので、ＡＩの登場は四千年に及ぶ囲碁の歴史上未曽有の「大事件」といえるだろう。

様々なゲームにおける人類とコンピューターとの闘いは、実は結構長い歴史を持っている。

欧米人が「ゲームの王様」と呼ぶチェスでは、一九九七年に当時世界チャンピオンだったソ連のカスパロフが、ＩＢＭが開発したディープ・ブルーに敗れている。

人間の世界チャンピオンがチェスで初めてコンピューターに負けたので、当時は歴史的大事件として随分と話題になったものである。

この時は、開発チームが過去の対戦をもとに棋譜パターンの評価関数を手作りしたといわれているので、機械が自動学習したわけではなく、基本部分は人が作り込んでいたのである。

チェスでコンピューターが人間を破ったのと同じ頃、囲碁ソフトはどんなに強くてもアマチュア五段くらいの実力しかなかった。

囲碁の場合、手数のパターンがチェスに比べて桁違いに多いので、当時のコンピューターの性能ではとても人間に敵わなかったのである。

そこでその後、モンテカルロ木探索という新手法が編み出されて、局面が一手進むごとに終局までのシミュレーションを行い、その中で勝率が一番高い手を選ぶ方法が適用されるようになった。こうして二〇一二年に囲碁でもようやくアマチュア高段者レベルに到達するのである。

チェスの世界王者を破ってから十五年もの歳月を要したが、そこからトッププロを破るまでには僅か四年しかかかっていない。

それでは一体何が起こったのだろうか？

ハード性能の向上に加えて、二〇〇六年頃から第三次人工知能ブームが起こり、機械学習とディープラーニングという、これまでと全く異なる手法を用いて、人間の脳と似た思考法を行わせることで、ＡＩは飛躍的に強くなったのである。

その影響で二〇一〇年頃から将棋では、飛躍的な進歩を遂げたコンピューターが勝つ確率が次第に高まり、二〇一三年には遂に将棋電王戦で、史上初めて将棋のプロ棋士がコンピューターに敗れるという波乱が起こっている。

チェスに続いて将棋までも、人類がコンピューターに負ける時代に突入したわけだが、そんな中にあって囲碁だけは最強のソフトでもプロ棋士に三子置いても勝てない状態が続いていた。

そのような状況を目にするたびに、囲碁愛好家は「人類が永遠にコンピューターに負けない唯一のゲーム」といって、囲碁を愛する理由をあげたものである。

当時は、どんなにコンピューターの処理速度が上がっても、人間の直観力や美的感覚に機械は永遠に追いつけないと誰もが固く信じていた。

ところがある日突然、そんな淡い幻想を無残に打ち砕くニュースが飛び込んできた。

二〇一五年にグーグル傘下の人工知能企業であるディープマインド社が開発したアルファ碁が、プロ二段のヨーロッパ王者に五対〇で勝利したのである。

チェスの世界チャンピオンが負けてから二十年近く経って、囲碁でも遂にコンピューターがプロ棋士に勝つ時代が到来したのである。

それでもこの時は、囲碁後進国のヨーロッパで起こった「ちょっとしたハプニング」という捉え方が大勢で、それほど話題にならなかった。

ところが翌二〇一六年三月にアルファ碁がイ・セドルと対局することになって、俄然世界中が注目するようになるのである。

対局前は当然のように、世界最強棋士のイ・セドルがＡＩに負けることなどあり得ないと誰もが固く信じていたのだが、ふたを開けてみると四対一でアルファ碁の圧勝に終わり、この結果に世界の囲碁界に衝撃が走った。

今となっては、皮肉なことに、三連敗をして負け越しが決まった後にかろうじて一勝を挙げて一矢報いたイ・セドルは、アルファ碁に勝った唯一の人間として歴史に名を残すことになるのである。

それでもこの時点では、まだこの結果を素直に受け入れられない空気が囲碁界に満ちていた。

アルファ碁は人間の常識からすると悪手と思われる見慣れない手も平気で打つので、実はまだたいしたことがないのではないか、もう少し傾向を研究すれば人類は十分に対抗できるのではないか、という楽観論が多かったのである。

その後ＡＩと対戦した人類はなかなか勝てなかったが、それでもＡＩはシチョウが読めない、死活が正確に読めない、石塔シボリという初歩的な手筋さえ知らないということが分かって、まだ人類はＡＩに完全に負けたとは認めなかった。

ところが、二〇一六年暮れから二〇一七年初頭にかけて衝撃の出来事が起こるのである。ネット碁でマスターというハンドルネームの打ち手が現れて、中国や韓国のプロ棋士を相手に連戦連勝を重ねたのである。

ネット上で新たなＡＩの登場かと噂が広まり騒然となるなか、最終的に世界のトッププロ相手に六十連勝という驚異的な成績を記録するのだが、後にそれがアルファ碁の進化系、アルファ碁マスターという新世代ＡＩであることが判明する。

その後アルファ碁マスターは、二〇一七年五月に当時人類最強といわれた中国の柯潔との決戦に臨み三連勝するのだが、この対局を最後に人類との対局を引退してしまった。

アルファ碁マスターは、アルファ碁の時に指摘された脆弱性が改善されてさらにパワーアップしていたが、それでも依然として人類の常識からすると信じられない着手も多かったので、マスターの登場によっていよいよＡＩの優位性が明らかになっても、まだ人類の優位性を主張する人も多く残っていた。

彼らに言わせると、アルファ碁もマスターも過去の棋譜という膨大なビッグデータを基に学習し、一秒間に一万回対戦を繰り返すことによって強くなったのだから、ＡＩは人間が四千年の歴史の中で積み上げてきた英知をなぞっているだけだというのである。つまり新たな創造ができないＡＩは、結局は人間の想像力や独創力には敵わないという負け惜しみだった。

ところが、この期に及んでもまだそんな強がりを言う人がぐうの音も出なくなるほどの衝撃的な出来事が、またまた起こるのである。

アルファ碁ゼロの登場である。

アルファ碁ゼロは、過去の人間の対局を一切参考にしないで、ルールだけ覚えて自分自身で対局を重ねることで、それまでのどのＡＩよりも強くなったのである。最初の三日間で四百九十万回の対局を重ねてトッププロと同等の実力を身につけたというから、それまでのＡＩが数か月かかったレベルに僅か数日で到達してしまったのである。

これで人類はもう何の言い訳もできないほど、完全に打ちのめされてしまった。

その後、日中韓を中心に世界中で囲碁ＡＩが開発されるようになり、今では中国のテンセントが開発した絶芸が最強といわれているが、中国の一流プロ棋士が二子置いても勝てないほど強くなっているという。

いよいよ囲碁でもコンピューターに勝てない時代が到来したのである。

それは人類としては、受け入れ難い屈辱であったが、どうあがいても勝てない以上、この現実を素直に受け入れるしかなくなった。それは同時に、人類が四千年かけて積み上げてきた囲碁理論を一から見直さなくてはならないことを意味した。

囲碁の歴史において、十六世紀の日本で始まった互先での置石の廃止や、昭和初期に呉清源や木谷實が提唱した「新布石」など、これまでもいくつかの大変革が起こっているが、二十一世紀にＡＩによってもたらされた変革は、それ以上のインパクトを持っていると言っても過言ではないだろう。

その結果、ＡＩに勝てなくなった人類は必然的にＡＩ流を学ばざるを得なくなった。

それまで最善の手であると人類が判定してきた定石のいくつかが、ＡＩが全く打たないという理由で打たれなくなり、逆に悪いと思われていた手もＡＩがうまく打ちこなすので、見直されるようになった。

今やプロのタイトル戦でも、大盤で解説するプロ棋士がＡＩの評価値を見ながら、どちらが優勢かを判定するのが当たり前の光景になりつつある。

誰も彼も「ＡＩ先生」の判断を仰ぐようになり、ＡＩの推奨する手と実際に打つ手が一致する棋士を強いと評価する風潮になりつつある。

それではＡＩの打ち方をなぞっていけば、同じくらい強くなれるのだろうか？

ここで問題になるのは、ＡＩは次の推奨手を示すが、その後どのような展開を読んでいるのか、その過程や形勢判断がブラックボックスになっているので、何を考えているのかよく分からないということである。

人間同士なら一手一手の意味やその後どのような展開を想定しているのか議論できるが、ＡＩはそのような人間的な読みや判断に基づいて打っているわけではなく、単に勝つ確率を計算しているだけなので、一見すると棋理というものがないように見受けられる。

現在では若手棋士を中心に、ＡＩが何故その手を推奨するのか人間的解釈で読み解こうとする研究が盛んになっているので、ＡＩ流を徹底的に研究した若手が円熟期にある中堅棋士を破るという、これまでの常識では考えられない下克上が起こっている。ＡＩに精通していることから「ＡＩソムリエ」の異名を持つ関航太郎が二〇二一年に二十歳の最年少で天元のタイトルを獲得したことはその象徴的な出来事といえる。

そんな世の風潮の中にあって、ＡＩ流にこだわらずに、昔からの自分のスタイルを貫いている四十代の羽根直樹にはある種の潔さを感じるが、そんな彼が二〇一九年というＡＩ礼賛の時代に碁聖のタイトルを獲ったことは、特筆すべき快挙といえるだろう。

ＡＩに敵わなくなった人類は、これからはＡＩを真似せざるを得ないのだろうか？

それでも力の差はますます広がっていってしまうのだろうか？

それともＡＩ流を取り入れながらも人間らしい独創性を武器にして闘えば、人類はまたＡＩに勝利する日が来るのだろうか？

これからＡＩは囲碁ばかりでなく一般社会でも様々な分野で導入されて、ますます大きな影響を及ぼすようになるだろうが、ＡＩが囲碁界に与えたインパクトの大きさを考えると、一般社会に与える影響はそれ以上の、想像を絶するものになることが予想される。

そうなるとこれまでの常識が覆されて、人間らしく生きることが難しくなるのではないかと危惧される。

ＡＩの登場によって囲碁界にもたらされた衝撃を参考にすれば、今後実社会にどんなインパクトが生じるのか、いくつかの教訓が得られるだろう。

第一に、ＡＩによってもたらされるその変革の速さである。

僅か数年前までは、囲碁の世界で人類がコンピューターに負けることなどあり得ないと誰もが思っていたのに、それがある日突然起こり、それまでの常識があっという間に覆されてしまったのである。

それはまるで、ある朝目覚めたら、それまでと全く異なる世界に変貌していたという、ＳＦのような出来事である。

今後はあらゆる分野で、人々の予想を遥かに上回る速さでＡＩが浸透していき、気がついた時には社会全体が全く違った世界に変わっているということを覚悟しなければならないだろう。

第二に、ＡＩは人間が与えた棋譜を参考にせずに、ＡＩ同士の対戦から学んで強くなったので、人間に頼らず独自の進化を遂げる可能性があるということである。

現段階のＡＩ利用は画像認識や音声認識などが中心で、あくまでも人間が設定した条件に従って膨大なデータを迅速に処理する補佐的な役割が多いが、こういった特化型ＡＩ（ＡＮＩ）から、アメリカや中国を中心に、自律的に問題設定を行ったり判断したりする汎用型ＡＩ（ＡＧＩ）の開発が進められている。最近話題になっているチャットＧＰＴなどはその第一歩と思われるが、ＡＧＩは二〇四〇年代に完全に現実化し、二〇六〇年代にはＡＩ自身が改善進化させていく人工超知能（ＡＳＩ）なるものまで出現する可能性があるといわれている。

アメリカの著名な発明家カーツワイルは二〇四五年にシンギュラリティ（技術的特異点）が訪れてＡＩの英知は完全に人類を凌駕すると予測したが、もしそんなことになれば、人類は本当にＡＩに支配されてしまうかもしれない。まるで『マトリックス』や『ターミネーター』のような悪夢の世界が到来するかもしれないのだ。

これは決して絵空事ではない。

現に二〇一四年に天才物理学者のホーキングがＡＩのもたらす結果について「直ぐに制御不能となって人類を危機的状況にさらすだろう」と警鐘を鳴らしている。それどころか二〇二三年に入ってから、チャットＧＰＴを開発したオープンＡＩのＣＥＯのサム・アルトマン自身が、ＡＩ分野の専門家三五〇人と共に「ＡＩは人類絶滅のリスクをもたらす」と警告する書簡を公開したほどである。

そういった意味で我々人類は相当慎重にことを進めていく必要があるだろう。

第三に、ＡＩを信奉するようになると、その中身がブラックボックスでよく分からなくても、人はその判断に従わざるを得なくなる危険があるということである。

今後実生活でＡＩの普及が進むと、一般の人が気づかぬうちに、医療診断や銀行融資、会社の採用など様々な局面で、ＡＩが判断を下すようになるだろう。

人々はロジックやアルゴリズムはよく分からぬまま、ＡＩのほうが常に正しいという「常識」に従って盲目的にＡＩの判断を受け入れる可能性が高くなるのである。

自動翻訳機が普及すれば多言語コミュニケーションが容易になって便利かもしれないが、だからといって誰も外国語を勉強しなくなれば、もしもその翻訳機が誤訳をしても誰も気づかなくなる恐れがある。そのような危険は翻訳だけでなく、薬品開発や法律解釈などあらゆる分野で発生する可能性があるのだ。

現に囲碁でも二〇二三年二月にＡＩの脆弱性を発見したアメリカ人のアマチュアがＡＩ相手に十六戦中十五勝を挙げて話題になったが、このようにＡＩにも欠陥があることを理解する必要があるだろう。

本来ならＡＩが本当に正しいかどうかをチェックできる優秀な人間が必要だが、時間が経って中味が複雑になるにつれて、それができる人間がいなくなることが懸念される。

第四として、人が一旦ＡＩに頼り始めると、ＡＩなしではやっていけなくなるリスクが生じるということである。

ＡＩの判断が正しいと信じて常にＡＩに判断してもらううちに、人は自分自身で判断することが恐ろしくてできなくなることが予想される。

なんといっても結婚相手さえも、当の本人よりＡＩのほうが余程間違いなく的確な人物を選べるようになる可能性が高いのである。

ＡＩに頼らないと不安で何もできない、そんな人間が行きつく先は、ＡＩを自分の脳に実装することだろう。


これに関して、イスラエルの歴史学者ユヴァル・ノア・ハラリは『ホモ・デウス』という著作の中で衝撃的な未来予測をしている。

彼に言わせると、人類は誕生以来、自分たちの生存を脅かす敵と常に戦ってこなければならなかったが、人類を悩ませてきた三大問題である「飢饉」と「疫病」と「戦争」に関しては、ここにきてある程度抑えられるようになってきたというのである（新型コロナウイルスやウクライナ戦争を見ていると、果たしてそうなのか疑問もあるが）。

生存を脅かされる心配がなくなった人類が次に取り組むのは、信じ難いほど発達したテクノロジーをどちらに振り向けるかという問題に移っていき、そうなると今後人類は、「不死」と「至福」と「神性」という新たな目標を追求するようになるという。

そして生物工学によって肉体改造が可能となり、情報工学によってＡＩの知的レベルを自らの脳に実装できるようになった人類の行きつく先は、従来のホモ・サピエンスより心身共にパワーアップしたホモ・デウスへと変貌を遂げることだというのである。その結果、人類はごく一部のホモ・デウスと大多数の奴隷のようなホモ・サピエンスとに分化するか、あるいはデータ至上主義が信奉されるようになって人は単なる生化学的なアルゴリズムとして大量のデータフローと一体化するようになるという。

そんな荒唐無稽な話などあるわけがないと思うかもしれないが、想像を絶するスピードで進展するテクノロジーの変化を見ていると、我々の予想を遥かに超えてそのようなことが現実化しても、少しも不思議ではないのである。

現に日本でも東京大学の池谷裕二教授を中心として「脳ＡＩ融合プロジェクト」というものが二〇一八年から始まっている。

このプロジェクトは、脳をＡＩと融合させることで、眠っている潜在能力を最大限顕在化させることを目指しており、将来的には脳をインターネットと接続したり、複数の脳を連結したりすることも視野に入れているという。

もしそんなことが本当に実現したら、人間そのものが従来の人間という概念と大きく異なるものになって、人生の意義や社会構造も含めて全てを再構築し直さなければならなくなるだろう。

それではそんな世の中が本当に到来したら、囲碁はどうなってしまうのだろうか？

人間よりＡＩのほうが強くなってからというもの、ＡＩを使用した不正を防ぐために、プロ棋士は対局中にスマホを預けることになっており、二日制のタイトル戦では一日目の夜もスマホを返却してもらえないそうである。

誰もが標準的にＡＩを脳に実装したり、脳が直接ネットと繋がってパワーアップすることが当たり前の世の中になったら、不正を防ぐという理由で、プロ棋士にだけそのようなパワーアップを認めないということは果たして現実的といえるだろうか？

それは肉体的なパワーアップが当たり前の世の中になっても、オリンピック選手にだけそのような肉体改造を認めないことが現実的か否かという問題と同じである。

肉体改造が当たり前になったらもうドーピングどころの騒ぎではなくなるだろう。

囲碁の勝負も、どのようなＡＩを実装しているのか、如何にネットと効率良く繋がるかというテクノロジーの勝負となり、プロ棋士はＦ１チームのドライバーのような存在になっていくのかもしれない。そうなったらプロ棋士に求められる能力も、今とは全く異なるものへと変わってしまうだろう。

もしかしたら我々は、生まれたままの生身の肉体と脳を使って勝負するという、最も原初的で牧歌的な時代の最後の世代に属しているのかもしれない。

第一章

二〇一九年七月。

この夏は前年の猛暑とは打って変わって涼しい日和が続いていた。そんな中、大手町の大手総合商社に勤める入社二年目の井山聡太は、七夕に行われた丸の内のライバル商社との囲碁対抗戦に無事勝利を収めたが、その直後に燃え尽き症候群に陥ってしまった。

若菜麗子が席亭を務める神楽坂の囲碁サロン「らんか」で名人となり、麗子と共に黒い扉に入って行くことを人生最大の目標としている井山にとっては、今回の対抗戦も一つの通過点に過ぎなかったのだが、さすがの井山も対抗戦のプレッシャーから解放された途端に猛烈な虚脱感に襲われたのだった。

麗子の魅力に惹かれて囲碁を始めて以来、すっかりはまってしまった井山は、常人では考えられないほどの情熱を傾けて邁進してきたが、ここにきて完全に金属疲労を起こしたのだった。

それも無理からぬことで、全生活を犠牲にして驚異的な上達を果たした井山は、「らんか」に通うようになってから僅か十か月で七段に達したわけだが、こんな極限状態を十か月も続けてきたこと自体常軌を逸しており、大抵の人間ならもうとっくに精神に破綻をきたしてもおかしくなかった。

井山は頭では囲碁をやらなければならないと分かっていたが、生理的にどうしても碁盤に向かう気になれなかった。そういった意味では、井山には休息が必要なのかもしれなかった。

そんな井山とは対照的に、一般職の星野初音は今回の対抗戦でも大活躍してすっかり自信を取り戻したので、心から囲碁を楽しむようになっていた。

会社に入って直ぐに囲碁にはまって仕事がおろそかになる井山に対して、初音も最初は冷ややかに接していたが、囲碁の魔宮へと強引に引きずりこまれた今となっては、もう井山と共犯関係で結ばれているも同然だった。

初音にとっては、対抗戦の前に仕事そっちのけで井山と共にひたすら囲碁道に励んだ日々は、かけがえのない思い出となっていた。

昔から精神的なプレッシャーに弱かった初音は、負けを恐れるあまり囲碁から遠ざかっていたが、そんな自分をまた痺れるような勝負の世界へと荒々しく引き戻してくれた井山に、今は感謝すると同時に、男女が秘め事を共有するうちに生じる感情に正直なまま、恋心さえ抱くようになっていた。

「井山と毎日夫婦囲碁が打てたらどんなに楽しいだろうか。そして子供ができたら虎丸と名づけて絶対に囲碁を教えよう。井山虎丸なんて、本当に強そうで素敵な名前ではないか」

初音は勝手に妄想を膨らませては一人悦に入っていた。

そんな初音にとって、麗子は最も警戒すべき恋敵といえた。

海千山千のおじさん連中さえことごとく手玉に取る麗子からしたら、恋愛経験の乏しいうぶな井山をその気にさせることなど、赤子の手をひねるようなものだろう。

それにさゆりも福田とどんな関係か知らないが、井山を手に入れようと虎視眈々と狙っているようで油断がならなかった。

初音は、井山に悪い虫がつかないようにしっかり目配りすることこそ自分の役目と肝に銘じ、姉さん女房を気取って甲斐甲斐しく井山の世話をするようになった。しかし悲しいかな、乙女心に鈍感な井山には、そんな初音の恋心に気づく気配は全くなかった。

井山の上司である鈴井部長ことパンダ眼鏡と榊課長こと髭ゴジラは、ライバル商社との囲碁対抗戦を勝利で終えたというのに、また新たな問題に頭を抱えていた。

囲碁勝負には勝ったが、田中社長が本当に約束通り仕入を倍にしてくれるのか疑わしかった。

田中社長の性格を熟知している二人は、今回も何だかんだと屁理屈をこねて約束が反故にされることを恐れたが、最悪でも現在の仕入量は死守したいと考えていた。

しかし田中社長以上に厄介なのは寧ろ社内問題だった。

サラリーマンにとって足もとをすくわれるリスクは、社外問題より社内問題のほうが圧倒的に多いものである。今回も二人は火消しに追われて社内各所を奔走した。

社内では、「囲碁勝負で重要な商談を決めるなどという破廉恥極まりない博打行為が行われた」という噂が、どこからともなく漏れ伝わっていたが、出どころが籾井ＩＣＴ事業本部長の筋であることは間違いなかった。

籾井本部長は、ラーメン本部長と揶揄される小池食料本部長と同期で、専務の座を争っているライバルだった。そのため食料本部のスキャンダルを大袈裟に咎めだてて出世競争で優位に立とうという魂胆は明らかだった。

それでもラーメン本部長が部下のパンダ眼鏡や髭ゴジラをかばってくれればまだ少しは救われるが、二人に入ってくる裏情報は、どれもラーメン本部長の責任逃れの言動ばかりで、このままでは自分たちはトカゲの尻尾のように切り捨てられるのではないかと不安に駆られるばかりだった。

今回の件が責任問題に発展した場合、ラーメン本部長にまでその影響が及ぶかは定かではないが、パンダ眼鏡と髭ゴジラが何らかの責任を取らされることは確実だった。

もしそうなっても、井山にまで責任が及ぶ可能性はほとんどないだろうが、それでもこの問題の決着の仕方によっては自分にも甚大な影響があることは、いくらノー天気な井山でもよく分かっていた。

上司が総入れ替えとなれば、これまでのようなお気楽は許されなくなるだろうし、それ以前に、もし廃部にでもなれば、これまでろくに仕事をしてこなかった自分の居場所など、社内のどこにもないとしか思えなかった。

もう囲碁はほどほどにして、そろそろ真面目に仕事に取り組む潮時かもしれなかった。

一年ほど前に囲碁と出合い、死にもの狂いで取り組むうちに気がついたら七段になっていた。それは確かに凄いことかもしれないが、これから八段を目指すとなれば、少なくともこれまで以上の強烈な努力が必要となるのだ。

でもそんなことは、本当に可能なのだろうか？

正直井山には自信がなかった。

たとえ八段になったとしても、名人になるためには、こんな壮絶な努力をまだ何年も続けなければならないのだ。

もしかしたら、そんなことをいくら続けても、永遠に名人になどなれないかもしれないのだ。

そう考えると、井山の心は何ともいえぬ虚しさにじわじわと浸食されて憂鬱な気分になった。

囲碁をやっている時はただ楽しくて、何も考えずにここまで走り続けてきたが、冷静に考えてみると、名人も「奥の院」も所詮は実現不可能なおとぎ話に過ぎないのかもしれなかった。

そうだとしたら、そんな泡のような夢物語に惑わされるのはもうこれくらいにして、そろそろ現実に立ち戻って真面目に仕事に取り組むべきかもしれなかった。そうすれば今ならまだ会社をクビになることだけは避けられそうな気がした。

対抗戦で勝利を収めたというのに、井山の心は暗い影に覆われていた。

実をいうと井山を悩ませている問題はそれだけではなかった。福田諒と早乙女さゆりの採用の件が社内で物議を醸していたのだ。

通常の手続きをすっ飛ばして福田とさゆりを採用したことに批判の声が上がったので、糾弾を恐れたラーメン本部長の指示で、二人の採用はあっさりと取り消されてしまった。ラーメン本部長は、二人のことは本当に知らなかったので、身の潔白を証明するためにも厳正な措置を取ることが必要だったのだろう。

そうなると井山としても、対抗戦に二人を巻き込んだ張本人として、この件を放っておくわけにはいかなかった。

福田とさゆりの問題は採用取り消しにとどまらなかった。

対抗戦で幼い頃からのライバルである星飼に逆転負けを喫した福田は、ショックのあまり直ぐに会場を飛び出したが、その後一目散に駆け込んだ先はあろうことかまたあの洞窟だったのだ。

そこはもともと人が住むような場所ではなかったので、井山はあまり近づきたくはなかった。

さゆりも井山と同じように、放火犯が分かり呪縛が解けた今となっては、一刻も早くそこから出たいと思った。

これまでは福田がさゆりを外に連れ出そうと尽力してきたが、さゆりがその気になった途端に今度は福田が洞窟に籠ってしまったのだから、何とも皮肉な話だった。

そうなるとさゆりとしても、これまで自分に寄り添ってくれた福田を残して、自分だけそこから出ることは人としてなかなかできなかった。

こうして立場が逆転して、今度はさゆりが仕方なく福田と一緒に洞窟にとどまることになった。井山は何とか福田を洞窟から連れ出そうと説得を続けたが、洞窟の中で落ち着きなく歩き回る福田は、井山に対して攻撃的だった。

福田が攻撃的なのは、対抗戦に巻き込んだことを恨んでいるからだと井山は勝手に思い込んでいたが、実はそれは怒りの一部でしかなかった。

福田にとって、あんな大事な場面で逆転負けを喫したことはどうしようもない屈辱で、本来なら怒りの矛先は自分に向けるべきことはよく分かっていたが、それ以上に、囲碁の神様に愛され、何があってもここ一番で負けない井山がただ妬ましかった。


なぜ井山だけが愛されて自分は愛されないのだろうか?

どうしたら自分も愛されるようになるのだろうか?

それが分かる人がいたら、教えてほしかった。

ひたすら碁の神様に愛されたいと願ってきた福田にとって、気まぐれに愛する相手を選ぶ神様はあまりにも不公平で理不尽に思えた。

おまけにさゆりまで井山に想いを寄せているように見えるので、それは福田にとって、囲碁の神様に愛されない以上に耐え難いことだった。

福田はただ さゆりの前から姿を消してほしいと思って井山を激しく罵倒した。厳しい言葉を浴びせられた井山は、失意のうちに洞窟を後にせざるを得なかった。井山は福田とさゆりのことが心配だったが、囲碁をやる気が失せてから「らんか」に行かなくなったので、自然と洞窟からも足が遠のいていった。

商社同士の囲碁対抗戦に勝った大手町サイドも、戦後処理のトラブルで必ずしも喜びに湧いていたわけではなかったが、それでも負けた丸の内サイドよりはまだましだった。丸の内では、大きな商談をまとめて本来なら大いに称えられるべき土屋本部長も、囲碁勝負で負けたとあっては言い訳のしようもなかった。

これで常務に昇格して次のコンシューマー産業グループ長の座に就くのは、氷の女王水野ということで決着したが、その人事が発表される前に土屋は退任を決意した。これで妻からチャンネル権を譲ってもらうことは一生叶わぬ夢と消えたが、それでも平日昼間から囲碁番組を観られるので、それがせめてもの慰めだった。

氷の女王に忖度することなく対抗戦に出場した埜口は、どこか名もなき国へと飛ばされそうになった。

埜口は「土屋本部長の執拗な誘いに抗しきれずに参加せざるを得なかったが、女王への忠誠を忘れることなくわざと負けた」と涙ながらに訴えて何とか左遷だけは免れたが、彼が以後、女王の覚えめでたい取り巻きに加えられることはなくなった。

また対抗戦で勝利を挙げた星飼に対する監督責任を追及された埜口は、仕方なく星飼を地方に飛ばすことにした。

星飼には、ほとぼりが冷めたら元の部に戻すと約束したが、星飼はその言葉を信じなかった。

早々にプロ棋士になることを諦めた星飼はその後会社の天辺を目指す競争に身を投じたが、努力や成果とは異なる次元で評価が下される組織の在り方に疑問を感じていた。

思い悩んだ星飼は、そろそろ潮時かと思ったが、職場を変えても今より良い環境が得られる保証はないので、なかなか辞める決心はつかなかった。

星飼は次第に、こんなにも囲碁が好きだから、囲碁で生計を立てられれば一番良かったと思うようになった。何故あの時もうひと頑張りできなかったのかと、プロ棋士になれなかったことを今はただ悔やむばかりだった。


燃え尽き症候群に陥って囲碁をやる気が失せた井山は、その後、少しは真面目に仕事に取り組むようになった。

元々大学院でゲノム研究をしていただけあって、頭の回転は悪くなかったが、それでも井山には仕事に対する覇気が全く感じられなかった。

囲碁抜きの井山は、所詮は魂を抜かれた肉の塊でしかなかった。

問題は、囲碁への意欲は失せたのに、いつなんどきも囲碁のことが頭から離れないことだった。

あんなに囲碁にのめり込んでいた井山が、こんなにもあっさりと打たなくなったことが初音には信じられなかった。

初音は仕方なく一人寂しく「らんか」に通うようになった。

以前は井山と心躍らせて通り抜けた神楽坂の裏路地も、今は単に色あせて古びた小路としか映らなかった。

このままでは、残念ながらどう転んでも井山虎丸を産む展開にはなりそうもなかった。


そんな複雑な思いを胸に初音が「らんか」を訪れると、麗子が直ぐに近づいてきた。

「最近井山さんを見かけないですけど、どうかされたんですか？」

麗子に対する警戒心を解くことなく、初音は淡々と答えた。

「仕事が忙しいみたいですよ」

麗子は井山が囲碁より仕事を優先することなどあり得ないと思った。

「あらそうなんですか。それは意外ですね。でも色々と伺いたいことがあるので、私が会いたがっていたと伝えておいてください」

ますます警戒心を強めた初音は、麗子を挑発するように答えた。

「私も井山さんとは是非とも囲碁を打ちたいと思っているんですよ。でも彼がいつもここで打つとは限らないですからね」

二人の女が火花を散らして睨み合っていると、頭がツルっとした鈴木が見るに見かねて初音に声をかけた。

「初音さん、一緒に飲もうよ。さあ、こちらにいらっしゃいよ」

鈴木はいつものように、中年太り白髪交じりの松木や鈴木塾の久美と一緒にカウンターでワインを飲んでいた。初音が険しい表情のままカウンター席に着くと、鈴木が心配そうに尋ねた。

「井山さんが仕事で忙しいなんてちょっと嘘っぽいよね。六月末に賜さんと対局してから、二人とも顔を出さなくなったから心配してたんだよ。賜さんは少々ご立腹だったからまだ分かるけど、井山さんが二週間も顔を出さないなんて今まで一度もなかったからね」

「ライバル商社との対抗戦の準備で忙しかったんですよ」

「そういえばそうだったね。それで、対抗戦はどうだったの？」

「三対二でうちが勝ちました」

「それじゃあ、埜口さんや星飼さんは参加しなかったのかね？」

「お二人とも参加しましたよ」

鈴木と松木は驚いて、思わず顔を見合わせた。

「そういえば、最近星飼さんも来なくなったね。彼は本当に仕事が忙しいのかもしれないけどね」

初音は不吉な予感がした。

「星飼さんも来てないんですか？」

「どうしたのかね。対抗戦で負けて落ち込んでいるのかね」

「星飼さんは勝ったんですよ」

「それじゃあ、どうしてなのかな？」

「個人では勝ったけど、会社は負けたという、社内ポリティクス上最悪の結果だったので、社内でまずい立場になったのかもしれないですね」

「難しい話でよく分かんないけど、井山さんも何か事情があるのかな？」

「彼は勝ったけど、大一番が終わって一気に気が抜けたようなんですよ」

そう言ってから、初音は余計なことを言ってしまったと悔やんだ。

「やっぱりそうだったのか。井山さん、囲碁を始めてからずっと物凄い集中力で突っ走ってきたから、実は心配していたんだよ」

「さすがの井山さんにも疲れが出たのかね」

鈴木と松木はまた顔を見合わせると、納得顔で頷き合った。

「それじゃあ、井山さんもー、囲碁合宿にー、誘ったらどうですかー」

突然久美が空気の抜けたような話し方で割り込んできた。

「どちらに行かれるんですか？」

初音が興味を示すと、久美に代わって松木が答えた。

「私の高校の同級生が大井川の上流の方に別荘を持っているので、そこに皆で合宿に行くんだよ。囲碁以外にも、温泉に浸かったり、バーベキューをやったりするんだよ」

「囲碁もー、真剣勝負っていうよりもー、皆でペア碁や連碁をやったりー、時には麻雀とかポーカーをやる時もあるんですよー。凄く楽しいから、初音さんもー、井山さんを誘って一緒に来てくださいよー」

今の井山にはこんな気楽な息抜きが必要なのかもしれなかった。

鈴木や松木は「奥の院」を目指してストイックに囲碁道に励む猛者をしり目に、若い女性とお気楽な合宿を楽しんでいるようだが、これも囲碁の楽しみ方の一つなのかもしれない。

どちらが正解ということではなく、人それぞれに囲碁に対する向き合い方、楽しみ方があるのだろう。

これまで井山は真剣勝負の世界で生きてきたが、一方でこんな囲碁との接し方もあると分かれば、疲れを癒し、凝り固まった心を溶かすことになるのかもしれなかった。

「分かりました。それでは井山さんを誘ってみることにします」

目を輝かせて頷く初音を満足気に眺めながら、松木が思い出したように切り出した。

「あ、そうそう。そういえばすっかり忘れてたけど、別荘を持っている友達というのは、実は星野さんと同じ会社なんだよ」

「え、本当ですか！」

「竹内っていうんだけど、大きな会社だから分からないかな」

「もしかして、自称五段の竹内部長ですか？」

「あいつ、会社では五段って言ってるの？　それじゃ、違う人かな？　会社の囲碁仲間の石垣部長といつもつるんでいるんだけどね」

「それでは同じ方だと思います」

「それは、世の中狭いな。でも囲碁好き同士は意外とどこかで繋がっているもんだよね」

「本当にそうですよね。石垣部長も自称五段ですよね」

「本人がそう言ってるなら、そういうことにしておきますよ。私たちはあまり段位にこだわらないので、楽しければそれでいいんですよ。囲碁は皆で集まる口実みたいなもんですからね」

自称五段の件はともかく、そこには名人を目指して血眼になって囲碁に取り組んできた井山が知らない全く別の世界がありそうだった。

考えてみれば、初音も精神的なプレッシャーに弱くて、真剣勝負から逃げてばかりいたが、以前からこういう接し方があると知っていれば、囲碁とのつき合い方もまた違ったものになっていたのかもしれなかった。

初音は是非ともそんな世界を覗いてみたいと思った。

翌日会社で、井山の席に椅子を近づけた初音は他の人に聞かれないように小さな声で話しかけた。

「昨日『らんか』で鈴木さんや松木さんと会って、今度の週末に温泉合宿に行こうって誘われたんだけど、良かったら一緒に行かない？」

ゆっくりと初音のほうに顔を向けた井山は、さほど興味のなさそうな表情でポツリと答えた。

「温泉合宿ですか？」

井山の反応があまりにも薄かったので初音は少し落胆したが、それでもその合宿がいかに楽しそうか一生懸命アピールした。

すると初音の説明を黙って聞いていた井山が、またポツリと質問した。

「それで、その合宿には麗子さんも参加するんですか？」

初音はガツンと一発殴られたような衝撃を受けて、頭がクラクラした。

自分の恋心に全く気づかない鈍感さに加えて、こんなに親身になって心配している心優しき乙女の前で、よりによって麗子の名を口にするとは、なんとデリカシーのない男であろうか。

それでもここは辛抱のしどころと我慢すると、努めて冷静に答えた。

「勿論来ますよ。麗子さんのいない合宿なんて気の抜けたシャンパンみたいじゃないですか」

「あ、そうですか。最近会ってないし、それじゃ、行こうかな」

相変わらず無神経な井山に腹を立てながらも、それでも何とか合宿に誘い出すことに成功した初音は、心中で快哉を叫んだ。

実際に合宿に行って麗子がいないことに井山が気づいたとしても、その時は何とでも言い繕えばよかった。話の中に多少の嘘があっても、それが井山を守るためなら、十分許容の範囲だと自分に言い聞かせた。

一旦合宿先へ連れ出してしまえば、あとは楽しい時間に浸るうちに、井山も麗子のことなど忘れてしまうだろうと、初音はあくまでも楽観的に考えていた。

第二章

七月半ばの土曜日に、大井川合宿に参加する一行は静岡駅に集合した。

この日は少し蒸し暑かったが、幸い曇りがちだったので、猛暑というほどではなかった。

東京から着いた井山と初音が待ち合わせ場所に行くと、すでに六名の参加者がカジュアルな服装で楽しそうに立ち話をしていた。

頭がツルっとした鈴木と中年太り白髪交じりの松木の他に、看護師をしている鈴木の甥、久美と香澄と新菜という鈴木塾の二十代女性三人を加えた六名だった。

井山は全員のことをよく知っていたので少し安心した。

鈴木の甥や久美は、井山が十か月ほど前に十級で「らんか」のリーグ戦に参加し始めた頃のライバルで、当時は毎日のように対局しては勝ったり負けたりしながら、お互いに切磋琢磨した仲だった。

そしてその頃五級だった香澄や新菜は、井山にとっては追い着き追い越すべき恰好の目標だった。

囲碁を始めたばかりの一年近く前の記憶が蘇り、井山は堪らなく懐かしい気持ちになった。

あの頃の自分は、囲碁という未知なる世界に足を踏み入れたばかりの、生まれたての赤ん坊のようなものだった。見るもの、触れるもの、全てが新鮮な驚きに満ちていて毎日楽しくて仕方なかった。

そんな新たな世界に魅了された井山も、その奥に潜む神髄を求めてひたすら先へ先へと突き進むうちに、気がついた時には到達点の見えない闇の中をあてもなく彷徨うようになっていた。

囲碁という得体の知れぬ魔宮の奥深くに入り込めば入り込むほど、囲碁を始めた頃のあの溢れ出る歓喜の情動は薄れ、あとに残るのは辛く苦しい思いばかりとなっていた。

確実なご褒美など約束されていないこの闘いの中で、何故こんなにも辛い思いをしなければならないのかと疑問を持ったら最後、その疑心はガン細胞のように増殖して一切のやる気を奪うのだった。

そういった意味で、大きな壁にぶちあたった井山にとって、囲碁を始めた頃の新鮮な記憶を呼び覚ませてくれるこの合宿は、かけがえのない癒しの場といえた。


井山と初音に気づいた久美が、相変わらず空気の抜けたような声で話しかけてきた。

「井山さーん、お久し振りー。今日はー、ありがとうございますー」

「こちらこそ、お誘いありがとうございます。それにしても久し振りですけど、久美さんは相変わらず囲碁を楽しんでますか?」

「そりゃもうー、私、囲碁大好きですからねー。ずーっと、頑張ってるんですよー。井山さんは、あっという間に、先のほうに行っちゃったけどー、私だってー、一生懸命やってるんですよー」

「それは良かったです」

「井山さんから見たらー、全然大したことないかもしれないけどー、私も五級になったんですよー」

「それは凄いじゃないですか」

「こう見えてもー、毎日、結構頑張って勉強してるんですよねー」

「それじゃあ、もう、香澄さんや新菜さんと互先ですか？」

「井山さん、私たちだって一年前とは違いますからね。私はもう一級なんですよ」

「香澄さん、それは凄いですね。初段まであともう一歩ですね」

「そうなんですよ。でも初段の壁が結構きついんですよね。それだけ挑戦しがいがありますけどね」

「新菜さんはどうなんですか？」

「私は二級です。香澄にいつも少しずつリードされているけど、離されないように頑張ってますよ」

「そうですか。皆、頑張って囲碁を続けているんですね」

「そうですよ。今日も強い人に教えてもらうのを楽しみにしているんですよ。そうだ、井山さんも一緒にペア碁を打ちましょうよ」

「ペア碁ですか？　今までやったことないな」

「凄く楽しいですよ。それに強い人と組んで打つと良い勉強になるので、お願いしますよ」

「分かりました。それではやりましょう。楽しみにしていますよ」

次に井山は少し距離をおいて立っていた鈴木の甥に話しかけた。

「鈴木さん、お久し振りです。どうですか。最近は石を殺せるようになりましたか？」

「それが看護師という仕事柄、相手の石を殺すことにまだ抵抗があるんですよ。だから勝ったと思っても、打ち込んできた石を殺せずによく負けちゃうんですよ」

「そうですか。それも一種の職業病だから仕方ないですね」

「そうなんですよ。ズバッと相手の石を殺せるようになったら、看護師としてまずいですからね。それでも、石を殺さなくても他で得して勝つ方法を身につけてきたので、少しずつ強くなっています。今では四級になったので、久美さんとは相変わらず良いライバル関係が続いているんですよ」

「相手の石を殺さなくても勝てるなんてプロみたいですね。それに久美さんと良いライバル関係が続いているのも素敵ですね」

ここにいるのは、それぞれ棋力は違うが、囲碁が大好きで、心の底から楽しんでいる者ばかりだった。囲碁の楽しみ方は人それぞれ違うのかもしれないが、自分なりの楽しみ方を十分心得ているという意味では皆が共通していた。

そのことを再認識した井山は、この合宿で自分も原点に戻って、ペア碁でも打ちながら気楽に囲碁を楽しもうと思った。

すっかり心を和ませて、麗子の不在を気にする様子を見せない井山を見つめながら、初音は心の底から安堵すると同時に、改めてこの合宿に井山を誘って良かったと思った。

するとそこに、自称五段の竹内と石垣の二人が借りたマイクロバスに乗ってやってきた。

初音からこの二人も参加すると聞いていたので、井山は驚かなかったが、同じ会社の先輩と休日にプライベートで遊びに行くことに抵抗感があった。

それでも竹内も石垣も、昔からの囲碁仲間に囲まれて寛いだ様子で冗談を言い合って、普段会社で見せる緊張感をみなぎらせた管理職の顔とは全く異なる顔を見せていた。

竹内と石垣の自称五段という棋力は、ライバル商社との対抗戦では全く役に立たなかったが、このような囲碁コミュニティにあっては、なかなか有効なツールとして機能しているようだった。

五十代、六十代のおじさん四人と、鈴木塾の三人の二十代女性、それに井山、初音と鈴木の甥を加えた総勢十名の男女は、静岡駅でマイクロバスに乗り込むと、バーベキューの食材や飲み物を買うために、近くのスーパーマーケットに向かった。

そこで山ほど食材を買い込んだ一行は、竹内の別荘がある大井川上流の川根本町を目指して出発した。

マイクロバスは、最初は交通量の多い市街地を進んで行ったが、そこを思いのほか早く抜けると、気がついた時には、直ぐ間近に山が迫る田舎道を辿っていた。

井山が思わず車窓に目を凝らすと、そんな田舎道もやがて両側に高い杉が迫る緩やかな上り坂へと変わり、いつしか深い山の中に入りこんでいた。本格的に山の奥へと上って行くにつれ、勾配は急になり、道幅もどんどん狭くなっていった。暴れる蛇のように左右に曲がりくねる急カーブが連続する細い山道を、速度を落としてかろうじて通り抜けながら、マイクロバスはクネクネと進んで行った。

マイクロバスの中では、出発と同時に全員がビールで乾杯して、宴会が始まっていた。

もともと囲碁を通じて知り合った仲間だが、打ち解けて話し始めると、話題は囲碁にとどまらず、趣味から家族に至るまで多岐にわたった。

狭いバスの中は楽しい会話が飛び交い、あちこちで笑いの渦が起こった。

時間の経過と共に皆すっかり酔っぱらって、ますますやかましく話し声が飛び交うようになった。

特に、若い女性を相手に終始ご機嫌の竹内、石垣両部長は、おじさんパワーも全開に、いつになく饒舌だった。二人とも会社では見せたことのないリラックスした語り口で、多彩な趣味の一端や海外での珍しい体験談を面白おかしく脚色しては、若い女性を楽しませていた。

囲碁以外に趣味を持たない井山にとって、他に語れる話題といえば、稲のゲノムか古いヨーロッパ映画くらいしかなかったが、『スター・ウォーズ』や『アベンジャーズ』ならともかく、ヴィスコンティやゴダールの話をしても、若い女性には受けそうもないと最初から諦めて、寝たふりをしながらおじさんたちの自慢話に耳を傾けていた。


マイクロバスは一時間ほどで川根本町に到着した。

大井川の上流に位置するこの小さな集落はこれまで過疎化が進んできたが、茶畑が広がる美しい景観と比較的温暖な気候、そして取り壊されずに残っている多くの古民家が思いがけず人気となり、近年では日本全国から若い家族が移住してくるようになっていた。

移り住んで来た若者は、田舎の集落にありがちな人情味溢れる近所づき合いに時に戸惑いを感じつつ、感謝の念を持ってこの町に溶けこんでいた。なかには古民家を改装してレストランやショップを始める人も多く、町に活気をもたらす原動力となっていた。

この日は、古民家を改装した人気レストラン「風工房」で昼食を摂ることにした。

一行が土間に入って行くと、クリクリとした大きな瞳が愛らしい看板娘のくるみちゃんが笑顔で出迎えてくれた。

土間から畳敷きの居間を見晴らすと、向こう側の縁側まで風通しの良い大きなオープンスペースが広がっていて実に心地良かった。

居間には座卓が三つ配置されていたが、どれも部屋の大きさに負けないくらい大きくて頑丈そうだった。なかでも部屋の中央に我がもの顔で鎮座する正方形の座卓は、箪笥を造り直した珍しいもので、八人が楽に囲めるほど大きかった。

土間で靴を脱いで居間に上がると、井山は興奮して縁側まで進んで行き、目の前に迫る杉が密集して立ち並ぶ山景色に思わず見入った。

初夏のそよ風が大きな家の中を吹き抜けて爽やかだった。

井山はこのような古民家に住んだことはないが、どこか懐かしい気持ちに包まれた。

この古民家レストランは、何故か金目鯛の煮付を売りにしていたので、海から遥か離れた深い山の中で、思いがけず一匹丸ごとの金目鯛を味わった。

昼食が済むと、一行はそのまま竹内の別荘へと向かった。

別荘が建つ広大な敷地は大井川に面していて、庭から一歩踏み出せば河原に降りることができた。

別荘の右斜め前方には、目と鼻の先にきかんしゃトーマス号で有名な大井川鐵道の鉄橋が架かっており、煙を吐きながら大きな唸りを上げて通り過ぎていく機関車を目にすることができた。

川は、幅の広い河原の真ん中付近を悠然と流れていた。

向こう岸には、鬱蒼と茂る木々に覆われた切り立った山が川の縁まで迫っていた。

別荘の入口は川とは反対側に面しており、目の前には綺麗な緑色の茶畑が一面に広がっていた。茶畑の先にはやはり鬱蒼と木々が茂る切り立った山が迫っていた。

五月に茶摘みが終わっていたが、こんなに目にも鮮やかな緑色に映える茶畑を見るのは初めてなので、井山はその美しい光景に思わず見惚れてしまった。

よく見ると茶畑だけでなく、別荘の庭から川沿いにかけて並ぶ木立や向こう岸に迫る山も、また茶畑に迫る山も、全てが綺麗な新緑に燃え盛って、生命の力強い息吹を感じさせた。

囲碁を打ちたくてうずうずしていた自称五段の竹内と石垣は早速碁盤を庭に持ち出して、気持ち良さそうに陽の光を浴びながら、青空対局を始めた。さすが自称五段同士だけあって、実力伯仲で飽きないようだった。

頭がツルっとした鈴木と中年太り白髪交じりの松木は、縁側に腰掛けると「らんか」にいる時と同じようにワインを飲み始めた。

それ以外の若い男女六人は、別荘に置いてあるカヤックを借りて、川下りを楽しむことにした。

井山はカヤックが初めてなのであまり乗り気でなかったが、初音や久美から盛んに誘われたので仕方なくつき合うことにした。

一行はカヤックを抱えてマイクロバスに乗り込むと、少し上流まで竹内に運んでもらった。

最初は乗り気でなかった井山も、ひとたび川に乗り出すと、冷たい水を浴びて思いのほか心地良く感じた。途中でひっくり返ったり、方向を誤ったりして、びしょ濡れになったが、その都度奇声を上げて大騒ぎした。

何とか川を下って竹内の別荘の近くまでたどり着くと、六人は川岸に上がった。

すると生い茂る大きな木が絶妙な日陰を作っているせせらぎで、四人の年配の男性がこたつの卓を囲んで、流れゆく川の水に気持ち良さそうに浸りながらマージャンに興じていた。皆ステテコに腹巻、頭にはねじり鉢巻きというういで立ちで、どこか寅さんを思わせた。三人は六十代に見えたが、一人は明らかに八十歳を越えていた。

カヤックを抱えて川から上がってきた井山たちに気がつくと、四人は急に落ち着きをなくして一瞬ざわついたが、その中で「小野ちゃん」と呼ばれた男が、軽い乗りで声をかけてきた。

「あんたっち、東京から来た衆だか？」

神楽坂の静岡おでんの店「きょんちゃん」でも聞いた懐かしの静岡弁だ。

「はい、そうです」

「そうずら、そうずら。そんじゃあ、竹ちゃんのとこに来ただか?」

「そうです。竹内さんの別荘に遊びに来ました」

「そりゃええなあ。なあ、まっさん、菊さん、そんじゃあ、おれらも後で竹ちゃんとこ遊びに行かざあ。おらっちがヤマメ釣って持ってってっからさ、焚火たいて待っててって、竹ちゃんに言っといてや」

「そんだな。小野ちゃんはプロの『ヤマメ焼き師』だもんな」

何故か菊さんと呼ばれた最高齢の老人はズーズー弁だった。

カヤックを担いで別荘に戻った六人は、四人のおじさんが囲碁を打ったりワインを飲んだりしてすっかり寛いでいたので、若手だけで小野に頼まれた焚火の準備に取り掛かった。井山と甥の鈴木が河原に降りて流木を拾い集めている間に、他の者がバーベキューの下ごしらえを始めた。

作業が一段落すると、川下りで全身びしょ濡れになった若者六人は、ひと風呂浴びに行くことにした。

六人は別荘を出ると、目の前に広がる茶畑の中を通り抜けて、直ぐ近くの山の麓にある温泉風呂まで歩いて行った。

ひと風呂浴びてさっぱりしたところで、いよいよ日が暮れてきたので、庭の窪地をコンクリートブロックで縁取りした中で火起こしを始めた。

庭で集めた木の葉に火を点けると、素早く小枝を重ねて燃え上がらせ、徐々に大きな木へと燃え移らせていった。パチパチと音をたてて始まった小さな火種が、やがて木に燃え移ってチロチロと舌を出すように燃え始めると、少しずつ勢いを増す火の上に、太い流木を巧みに組みあげていった。

生まれたばかりの火はしばらく苦しそうにくすぶっていたが、やがて流木に燃え移って火力を増すと、ほどなくして大きな炎が、たけり狂う生き物のように立ち上がった。

井山は焚火の脇に椅子を持ってくると黙って火を眺めた。

時に龍が噴く炎のように勢いよくうねりをあげるその焚火はいくら眺めていても飽きることがなかった。燃え盛る火を眺めていると、眠っていた野性が呼び覚まされて思わず何もかも燃やしてしまいたい衝動に駆られた。

様々に形を変えて勢いよく立ち上る炎を眺めながら、井山は賜が放火した時の光景を思い出していた。

人間には燃え盛る火を見ると思わず奮い立つ性質があるのかもしれないが、賜も人間本来の本能の赴くままに火を付けようとしたのだろうか？

それともあの黒い扉を燃やそうとしたのだろうか？

黒い扉を燃やすためには、お札が必要なのだろうか？

放火されたさゆりの家にも、お札が落ちていたが、それはやはり黒い扉を破壊することが目的だったのだろうか？

そもそも、井山が夢で見たさゆりの家の黒い扉は本当にあったのだろうか？

もしそうだとしたら、麗子とさゆりの両方の家の放火は、偶然ではないのかもしれなかった。

若菜麗子と早乙女さゆり。

二人は一体、どんな関係なのだろうか？

麗子が父親に教わった門外不出の「秘儀」を、どうしてさゆりも知っていたのだろうか？

麗子とさゆりを巡って井山はあれこれと考えを巡らせたが、二人にはまだ秘め事が多そうで、井山の疑問は尽きなかった。


井山が燃え盛る炎に魅入られてぼんやりと考え事をしていると、急に辺りが騒がしくなった。思わず顔を上げると、先程川辺でマージャンをしていた近所の住人が友人を引き連れて乱入してきたところだった。

「どうも、どうも、さっきは急に声かけて悪かったっけや。お、もう随分いい感じで火が燃えてんじゃん。いいね、いいね。『ヤマメ焼き師』の小野ちゃんが来たもんだから、あとは任せときなって」

そう言うと、小野は密閉されたビニール袋からヤマメを取り出して慣れた手つきで割り箸を突き通すと、焚火の縁にあるブロックの穴に挿していった。焚火の周りに十匹あまりのヤマメを設置し終えると、小野はいい火加減で焼けるように割り箸を傾けて調整した。

その一連の手際は実に見事で、さすが「ヤマメ焼き師」と言われるだけのことはあったが、内臓が除かれた真空パック詰めのヤマメはどう見ても釣りたての魚には見えなかった。

菊さんという老齢の男性は猪の肉と一升瓶を抱えていた。

「おらー、女泣かせの菊といわれてんだからさ、これしか飲まないんだわ」

菊さんはズーズー弁で若かりし頃の武勇伝を披露しながら、島田の名酒「女泣かせ」を皆に振舞った。

そうこうしているうちに、焚火の脇のバーベキュー用の炭火もよい火加減に仕上がったので、囲碁合宿にきた十人と乱入してきた地元民が交ざり合って、騒がしくおしゃべりしながら次々に焼き上げた食材に食らいつき、酒をくらって思い思いに宴を満喫した。

井山にとっても、田舎の純朴な人たちとの交流はなんともいえぬ癒しの時間となった。

大いなる自然に抱かれて、燃え盛る火を前に、本能の赴くままに食欲を満たし、酒に酔い、笑顔で語らうことは、実にシンプルな人の営みの原点だと感じた。その途端に、これまで仕事や囲碁で思い悩んでいたことが、なんだかとてもちっぽけな問題に思えた。

食事が済むと、地元の人たちは乱入してきた時と同じテンションのまま、ワイワイと騒ぎながら嵐のように去っていった。

辺りにはまた静けさが戻った。

少し肌寒くなってきたので、合宿メンバーは建物に入った。酔いと疲れもありしばらくまったりしていたが、誰からともなく対局をしようという声があがった。するとそこは囲碁好きが集まっているだけに、直ぐに広いリビングで三対三の連碁が、そしてその隣の畳の居間ではペア碁が始まった。

井山は連碁に加わったが、初めてだったのでとても新鮮に感じた。一人で対局する時は、良い手を打っても悪い手を打っても、結果は全て自己責任なので分かりやすい。それに比べると、連碁は後の二人がどこに打つかよく分からない難しさがあるが、それが逆に意外な楽しさを生んでいた。

自分の後に打つ者が、その意図が分からず思わぬ方向に脱線したかと思うと、相手方でも同じような脱線が起こり、お互い予想もしない手が次から次へと飛び出すこととなった。

高段者から級位者まで六人ものプレーヤーが意思疎通に苦しみながら、共同で一局を紡いでいく様は、誰も想定し得ない奇抜な構造物を築き上げていくような驚きに満ちていた。

高段者の後の級位者の手に皆がどよめいたかと思えば、次の手では悲鳴があがり、思わぬ方向へと局面が転がって、一手ごとに形勢が逆転するスリリングな展開が最後まで続いた。

級位者にとっては、一緒に組んだ強い人がどこに打つのかを参考にすることで、自分の着手の改善に役立つようだった。

井山はこんな囲碁の楽しみ方もあるのかと、目から鱗が落ちる思いだった。

組み合わせを変えて何度か連碁を楽しむうちに、酔ってリビングで寝込むおじさんや二階のベッドルームに退散する女性も現れて、次第に囲碁を打つ人数は減っていった。夜中の三時を過ぎる頃には気がつくと碁盤に向かっているのは井山と初音の二人だけになっていた。

燃え尽き症候群で抜け殻のようになった井山がこの合宿でまた囲碁を打つようになることを望んでいた初音は、思い切って井山に対局を申し込んでみた。

「井山さん、久し振りに打ちませんか？　私の定先でお願いします」

この日は連碁やペア碁のお遊びばかりで一対一の対局はまだしていなかった。初音は井山が申し出を受けて真剣勝負に応じてくれることを願った。

井山はじっと初音の顔を見つめたまま、打とうかどうしようか迷っているようだったが、ふっと溜息をつくと静かに答えた。

「初音さん、今日はもう遅いからまた今度にしましょう」

まだ打つ気になれない自分との葛藤が続いているようだった。

井山は気を紛らわすように大きく伸びをすると、突然立ち上がって縁側に出て行った。

初音は少し落胆したが、表情を変えることなく井山に続いて縁側に出ると、井山の隣に腰を下ろした。

井山は考え事をするように腕組みして目をつむっていたが、初音には井山の心の揺れが手に取るように分かった。

しばらくすると井山はまた大きく伸びをして夜空を見上げた。

雲の切れ間から数えきれないほどの星が顔を覗かせて瞬いていた。

「初音さん、ほら見てください。凄い数の星ですよ」

星空を見上げた初音は思わず感嘆の声をあげた。

「本当に凄いですね。こんな星空、東京じゃ見られないですよね」

信じ難いほどの数の星が光り輝くその星空は、幼い頃に北海道の田舎で目にした光景そのままで、初音は急に懐かしい気持ちに包まれた。

星空を見上げながら井山がしみじみと呟いた。

「本当に楽しかったなあ。初音さんに誘ってもらって良かったですよ」

まだ真剣勝負を打つところまでは回復していないようだが、それでもこの合宿を通して、大自然に抱かれながら囲碁の新たな楽しみに触れて、井山の心も徐々に溶け始めたようだった。

満天の星の下、大井川のせせらぎと緑豊かな大自然に囲まれているうちに、初音はすっかりロマンチックな気分になっていた。

直ぐ横には童心に帰って夢中で星空を見上げている井山の顔があった。

井山の悩みを解消して立ち直らせることができるのは、この世に自分しかいないと思うと、初音の心は沸き立ち、井山に対する熱い思いをどうにも抑えることができなくなった。

初音は直ぐ横で星空を見上げている井山に顔を近づけると唇を重ねた。

突然の口づけに井山は思わず身体を硬直させたが、拒否はしなかった。

初音は黙って立ち上がると、小さな声で「おやすみなさい」と言ってそのまま足早に寝室へと去っていった。

初音とキスをしてしまった。

井山にとっては夢の中の出来事ではなく、リアルな世界での初めてのキスだった。

思いがけない初音とのキスに井山はしばし呆然とし、しばらくそこに座り込んでいた。


今日は色々なことがあった。

朝早く起きて新幹線で静岡まで来て、バスに揺られて大井川上流までやって来た。カヤックを漕ぎ、温泉につかり、焚火を起こして、バーベキューパーティをやり、連碁やペア碁も打った。

東京では見ることができない満天の星の下、新緑に溢れた大自然を全身で体感しているうちに、井山は適度な疲労感に誘われて、いつの間にか縁側で横になっていた。

目の前を流れる大井川の心地よいせせらぎが微かに耳に届き、爽やかなそよ風が吹き渡っていた。

自然の中に抱かれている安心感と、自分が大宇宙の一部を成している実感があった。

すると縁側でまどろむ井山の目の前に突然白く輝く光が現れた。

眠りに落ちた井山は身体を起こしたくても動けなかったが、何故か目の前に現れたものの姿はしっかりと捉えていた。

眩しい光を放ってそこに立っているのはあかねだった。

神楽坂でしか遭遇したことがないあかねが突然大井川に現れたので、井山は不思議に感じた。

あかねは井山の目の前をスーッと移動すると、別荘の庭から外に出て行った。井山は足が動かないことをもどかしく感じながらも、必死にあかねの後を追った。

あかねは別荘の前に広がる茶畑の合間を縫って山に向かってスーッと移動していった。あかねの後を追って井山が山の麓にたどり着くと、そこは昼間に行った温泉風呂の辺りだったが、何故か「静岡おでんきょんちゃん」と書かれた大きな提灯がぶら下がっていた。

ここはやはり神楽坂なのだろうか？　それともきょんちゃんは地元の静岡に戻って来たのだろうか？

井山があれこれ考えていると、突然格子の引き戸が開いた。

「井山さん、お待ちしてましたよ。さあどうぞお入りください」

看板娘の明子が明るい声で井山を招き入れてくれた。

「あら、井山さん、元気そうじゃん。よく来たっけね」

店の主人のきょんちゃんがいつも通りの静岡弁で挨拶した。

カウンター席には髪を金色に染めた美容師の西山が座っており、その奥には井山が知らない中年男性が座っていた。おとなしそうなその男は店に入ってきた井山に一瞥をくれたが、無表情のまま視線を逸らすと無言で一人で酒を飲んでいた。

井山はどこかでその男と会ったことがあるような気がした。もしかしたら「らんか」に来ている客かもしれないが、対局は勿論、会話をしたこともなかった。

「そんなところに突っ立ってないで、さあ、早く座んな」

きょんちゃんに促されて井山がカウンター席に着くと、西山が碁盤を引っ張り出してきた。

「井山さん、一局打ちませんか?」

井山はまだ囲碁を打つ気になれずに黙っていた。

「どうしたんですか、井山さん。勿体ぶらないでくださいよ。本当は打ちたいんでしょ。もういい加減に悩むのは止めて、自分に正直になってくださいよ」

井山は挑発してくる西山を睨みつけた。初段の西山相手なら気楽に打てるので、軽くひねりつぶしてやろうかと思った。

「別に勿体ぶってるわけではないですよ。西山さんがそこまで言うのなら、久し振りに打ちますか。私は『らんか』ではまだ五段のままなので、四つ置いてください」

西山は薄笑いを浮かべた。

「やだな、井山さん。たまには互先で打ちましょうよ」

井山は今や七段に迫る実力をつけつつあったので、初段相手に互先なら目をつむっていても勝てそうだった。井山は余裕を見せて黒番を譲った。

「いいですよ。それでは西山さん、先に打ってください」

その後対局がどのように進んだかよく覚えていないが、気がついた時には井山は負けていた。

カウンターの隅にいた中年男性がいつの間にか直ぐ後ろに立って、あの手が甘かったとかこの手が敗着だと淡々とコメントした。

囲碁を打たないはずのきょんちゃんや明子までも碁盤を覗き込んで検討に加わったが、コメントはどれも上から目線で、皆が井山より上手であるかのようだった。

苛ついた井山はむきになってその一つ一つに反論した。すると西山がじっと井山を見据えて、諭すように語りかけてきた。

「井山さん。勝ちたいという気持ちが強すぎると駄目ですよ」

西山の言葉に井山は絶句した。

すると中年男性が続けた。

「囲碁の世界には、善きものと善からぬものがいるんですよ」

井山が驚いてその男を見上げると、すかさず明子が続けた。

「だからあまり強く勝ちたい勝ちたいと思っていると、善からぬものにつけこまれるんですよ」

揃いも揃って、皆で何を言い出すのだろうか？

どこかで聞いたことのあるセリフばかりだが、自分は一体どうすればいいのだろうか？

「井山さんには、やらなきゃならないことがあるだよ。それはあんたにしかできないことだだよ」

井山はまた驚いて顔をきょんちゃんに向けた。

「私にしかできないことですか？」

「そうだだよ」

「それは一体なんですか?」

「それはね、ちゃんと囲碁と向き合えば、おのずと分かってくるだよ。そこから逃げちゃ駄目だだよ」

「このままでは善からぬものにつけこまれますよ。でもその前に、まずはさゆりさんを助けてあげてくださいよ」

井山はまた驚いて、西山のほうに顔を向けた。

「直樹君の言う通りだだよ。さゆりちゃんを助けることができるのは井山さんだけだだよ」

井山はどういう意味か分からず困惑した表情で周りを見回した。

「私たちは、皆、さゆりさんの味方なんですよ」

中年男性がポツリとそう言うと、井山を取り囲んでいる他の三人も表情を変えることなく井山に顔を近づけた。

目の前に迫る無表情な四人の顔に圧倒されて目が回った井山は、思わず頭を抱えてカウンターの上に突っ伏した。


「井山さん、井山さん、どうしたんですか!」

頭を抱えてうなされていた井山は、激しく身体を揺り動かされて徐々に両手を放した。

呆けた表情で顔を上げると、初音が心配そうな顔で覗き込んでいた。別荘の縁側で身体を丸めて震えている井山を初音がそっと起こしてくれた。

眩しい朝の陽を浴びて井山は思わず目を細めた。


静岡から東京へと戻る新幹線の中で、井山は終始無言だった。

隣に座る初音は、昨晩の口づけのことを井山が真剣に受け止めて考え事をしているに違いないと思ったが、実際には井山は夢の中の言葉の意味を探ろうとしていた。

夢の意味はよく分からないが、自分は囲碁から逃れられない運命にあること、そしてまずはさゆりを助けなければならない事情があるようだった。

「さゆりさんに会いに行こう」

井山は無意識にそう呟いたが、独り言にしては大きな声だったので、初音にもよく聞こえた。

初音は麗子の他にも井山に悪い虫がつかないように、警戒を強めなければならないと思った。

第三章

合宿から戻った翌日は休日だったので、井山はさゆりが福田と共に籠る洞窟を再度訪ねてみることにした。

神楽坂駅で降りて置屋の焼け跡に向かって歩いて行くと、近くの狭い路地で美容師の西山と出くわした。西山は警戒して身構えたが、井山は目の前まで歩み寄るとニッコリと微笑みかけた。

「西山さん、いいところで会いましたね。実はこれからさゆりさんに会いに行くところなんですよ。良かったら一緒に行きませんか?」

そう言うと井山は西山の脇をすり抜けて焼け跡のほうへと進んで行った。西山は戸惑いの表情を見せたが、恐る恐る井山の後をついて行った。

井山は敷地の中へと入り込んで行くと、地下へ通じる入口のふたを持ち上げた。西山は恐怖に顔をこわばらせながら、ポッカリと開いた穴の前で立ちすくんだ。

「さゆりさんはこの中です。私もさゆりさんの味方ですから安心してください。さあ一緒に降りて行きましょう」

そう言って井山はそこに身体を滑り込ませた。西山はしばらく躊躇していたが、やがて井山に続いて穴の中へと入って行った。

狭くて急な石段は、下からロウソクの灯りが微かに届くだけで暗闇に近かった。背筋に寒気を覚えながら、不気味な妖気に引きずられるようにして井山は階段を降りて行った。

慎重に石段を下り終わると、洞窟の奥で揺れるロウソクの灯に照らされて向き合っているさゆりと福田の姿が目に入った。

井山と西山が近づいていくと、さゆりが二人に気づいた。

「あら井山さん。それから直樹君も」

二人に顔を向けたさゆりの表情がこわばっていたので、井山は嫌な予感がした。

すると案の定、さゆりは突然井山の手を掴むと勢い込んで訴えてきた。

「井山さん、福田さんが大変なんです。助けてください」

驚いた井山が福田のほうに顔を向けると、福田は憔悴しきった表情で力なくうなだれていた。そして時々怯えたように顔を上げると焦点の定まらない視線を井山に向けてきた。頬はこけ、目は大きく見開かれてギラギラと病的に輝いていた。

「対抗戦で負けて以来こんな感じで、少しでも目を離すと何をするか分からないから、ずっと見守っていなければならないの。もうこっちのほうが変になりそうだわ」

さゆりの泣きそうな声を聞いて、西山が思わず声を荒らげた。

「さゆりさん、なんでこんな洞窟に籠っているんですか？　こんな奴はここに置いて、一緒にここから出ましょうよ」

初めてこの洞窟を訪れた西山がこれまでの事情を知らずに憤慨するのは仕方のないことだった。

「ちょっと待って直樹君。福田さんは私が精神的に追い詰められてここに籠っていた時にずっと献身的に寄り添ってくれていたの。だから福田さんを置いてここから出るわけにはいかないのよ」

西山はショックを受けたようだった。

「僕の知らないところでそんなことになっていたなんて……。なんでもっと早く知らせてくれなかったんですか？　僕だってさゆりさんのためなら何だってしたのに」

そう言うと、西山は黙りこんでしまった。

「直樹君、でもこうやって来てくれて嬉しいわ」

さゆりは優しく西山の肩に手をかけた。

「まずは福田さんをどうやったら連れ出せるか、一緒に考えてちょうだい」

さゆりにそう言われて、西山も事態の深刻さをようやく理解したようだったが、自分にできることはもうなさそうだと、諦め顔になっていた。

「さゆりさん、僕はちょっとこの洞窟が苦手でこれ以上ここにいることに耐えられそうもないので、もう行きますね。それでも心配だから時々様子を見に来ますよ」

「ありがとう直樹君。そうしてくれるとありがたいわ」

西山が失意のうちに洞窟から出て行くと、さゆりは井山に向かって正直に心情を吐露した。

「さっきは福田さんを置いて私だけここから出ることはできないって言ったけど、本当は私もこんなところにはもういたくないのよ。それなのに福田さんが頑として動こうとしないから困っているの。私だってもう限界なのよ」

さゆりの心からの訴えに、井山も真剣に福田を連れ出そうという気になって、うなだれている福田の身体を起こすと正面から見据えた。

福田は怯えたように身体を後ろにねじったが、次の瞬間、井山の手を振り払うと突然立ち上がった。

「俺だって本当はもっと強くなれるんだよ。さあ、よく見とけよ」

井山に向かってそう叫ぶと、福田は洞窟の隅にある亀裂に向かって勢いよく走って行った。

さゆりが腰をかがめて大きな悲鳴を上げた。福田は頭からその亀裂の中へと突っ込んで行った。

さゆりは慌てて亀裂の淵へ駆け寄ると、亀裂に身体をねじ込もうとしている福田の足にしがみついて絶叫した。

「井山さん、早く、早くこっちに来て！ここから先は危ないの！」

一瞬の出来事に呆気に取られていた井山は、さゆりの声で我に返ると慌てて駆け寄り、一緒に福田の足を引っ張った。

亀裂からはこの世のものとも思えぬ異様な殺気が漏れ伝わってきて、悲鳴とも喚き声ともつかぬ不気味な気配とともに、何者かが力ずくで福田を亀裂の中へと引きずりこもうとしているかのようだった。

井山は目を閉じて必死に福田を引き戻そうとしたが、心に直接訴えかけるように優美な雅楽が聞こえてきて、思わずその奥へ入って行きたい衝動に駆られた。

思わずうっとりとした井山が福田の足を掴む手を緩めると、福田の足にしがみついていたさゆりがすかさず井山を蹴っ飛ばした。腹に一撃くらった痛みで我に返った井山は、その妖気の誘いから逃れるように顔を背けてまた福田の足を引っ張った。

必死に二人で引っ張っているうちにずるずると福田の身体が動き始め、やがて亀裂の外へと引っ張り戻すことができた。

さゆりは慌てて毛布でその亀裂を塞いだ。

福田は疲れ果てたようすでその場にうずくまると、またすねたように身体を丸めた。

井山はほっとして大の字に寝転がったが、下手をしたら自分もあの亀裂へ入って行きたい衝動を抑えることができないと思った。

「ありがとうございました」

激しい息をしながらさゆりが井山の手を握って礼を言った。

「取り敢えず良かったけど、本当に怖かったですよ。それにしてもあの先には何があるんですか?」

「何があるかよく分からないけど、相当囲碁が強くないと危ないことだけは確かです」

井山は驚いてさゆりを見た。

「囲碁の神様でもいるんですか？」

「さあ、どうでしょう。でも囲碁が強くなりたい願望が強い人ほど中に入りたくなるようなんです」

まさに人間の弱みにつけ込んでくるということなのだろうか？

「つまり善からぬものがいるってことですか？」

どこでそんな表現を覚えたのかと驚いてさゆりは井山を見た。

「恐らくそうだと思います」

「さゆりさんは大丈夫なんですか？」

「私はだいぶコントロールできるようになったので大丈夫です」

「ということは、さゆりさんは完全に自分を取り戻して、本来の強さに戻ったんですね」

さゆりは瞬きもせずに頷いた。

「そうなると、福田さんとの勝負は、最近はどうだったんですか？」

「最近はもうかなり私が負けないようになっていました」

「やっぱりそうだったんですね。すると今度は福田さんが、さゆりさんに勝てるようになれば、ここから出られるようになりますかね」

「それか、あの亀裂の中に入って行くか、どちらかですね」

さゆりは怯えたように呟いた。

さゆりが元気になったので井山は嬉しかったが、福田がおかしくなったのでは意味がなかった。

それにしても福田がなかなか勝てないというのは、何という強さであろうか。確かにさゆりは対抗戦でも、八段の埜口を相手に無類の強さを見せつけていた。

その時井山は、対抗戦でさゆりが使った「秘儀」のことを思い出した。

「さゆりさんが対抗戦で使った布石ですけど、あれはどこで覚えたんですか?」

突然の井山の質問に、さゆりは戸惑いの表情を見せた。

さゆりのほうこそ、井山が何故「秘儀」を知っていたのか知りたかった。

するとそれまでうずくまって身体を丸めていた福田も、かすかに顔を上げて聞き耳を立てた。

「あれは私が父から直接教わった布石です。門外不出の『秘儀』だからここ一番の大事な対局でしか使うなと言われたものです。井山さんこそそんなものをどこで誰に教わったんですか? 本当は父に会ってるんじゃないでしょうね?」

思わぬさゆりの言葉に、今度は井山のほうが慌てた。

「私は『らんか』の麗子さんから教わったんですよ。大事な対抗戦があるって言ったら、直前に彼女が教えてくれたんです」

さゆりは敵意をむき出しにして声を荒らげた。

「あの女がなんで知ってるっていうの?」

「彼女も門外不出の『秘儀』として父親から教わったそうです」

すると福田が突然身体を起こして座り直すと、素っ頓狂な声をあげた。

「てことは、さゆりさんと麗子さんの父親は同じってことなの？」

三人は驚いて顔を見合わせた。そう考えると全て辻褄が合うような気がした。

「さゆりさん、放火された家のどこかに石板でできた黒い扉はなかったですか。蔵の入口のような、こんな大きな扉です」

大きく両手を広げる井山を厳しい表情で睨みつけながら、さゆりは小さな声で答えた。

「何故そんなことまで知ってるんですか？あれこそ秘中の秘ですよ」

ますます興味をそそられた福田は、立ち上がると、二人の顔を交互に見た。

「実は同じ黒い扉が『らんか』にもあるんですよ」

「なんと！」

さゆりは絶句した。

道理であそこには不気味な妖気が漂っていたわけだ。

「さゆりさん、あの黒い扉は一体何ですか？　あの扉の先には何があるんですか？」

「私にはよく分かりません。父は何も教えてくれなかったんです」

さゆりは言葉を選びながら慎重に答えた。

「らんか」にも黒い扉があるのなら、麗子も父親から囲碁の強いパートナーを見つけてその扉を守るようにといわれている可能性が高かった。

さゆりは井山が囲碁の神様から愛されている様を対抗戦の時に目にしたが、麗子も当然そのことに気づいて井山を狙っているに違いないと思った。そうなると、麗子はさゆりにとって井山を巡る最大のライバルということになる。

さゆりは急に甘えるように言った。

「あの黒い扉のせいで火をつけられて母を失ったんです。だから私、凄く怖いんです」

「お気持ちはよく分かりますよ」

「それならお願いだから、家に黒い扉があったことは誰にも言わないでくださいね」

「ええ。勿論ですよ」

「絶対ですよ。麗子さんも含めて本当に誰にも言わないでくださいよ」

「分かりました。約束しますよ」

安堵したさゆりはさらに畳みかけた。

「それから井山さん、囲碁を打ちたいなら『らんか』になど行かずに、いっそここで一緒に打ちましょうよ」

「え、ここで打つんですか?」

「そうよ。ここで一緒に打ちながら、福田さんを立ち直らせるよう手伝ってくれたら嬉しいわ」

さゆりは福田を横目でちらりと見ながら遠慮がちに井山を誘った。

結局、井山を洞窟に誘い入れるために自分はダシに使われているだけかと思うと、福田はすっかり白けてしまって、すねた表情のまままたしゃがみ込んだ。

「実は私はもう、しばらく囲碁をお休みしようかと思っていたんですよ」

井山がそう言うと、さゆりは険しい表情で叱責した。

「あなた、何言ってんの。あなたに限ってそんなことが許されるわけがないでしょ。どんなに辛くてもやり遂げなきゃ駄目よ」

驚いた井山は目を丸くしてさゆりを見たが、福田はますます白けて、身体を丸めて寝転がった。

「あなたは特別に選ばれた人間なのよ。だからあなたが勝手に囲碁を止めるなんてことは許されないのよ」

「ちょっとさゆりさん、勘弁してくださいよ」

「それじゃあ囲碁のことはさておき、私を助けてちょうだいよ」

さゆりはまた甘え声を出した。

「私を助けるってどういうことですか?」

「実を言うと、私だって本当はここから早く出たいのよ」

さゆりは身体を丸めて不貞腐れている福田をちらりと見て、気遣いながら言葉を選んだ。

「私が大変な時に福田さんに助けてもらったことは勿論忘れてないし、福田さんのお蔭で私も回復することができたので本当に感謝しているの。だから今度は私が助ける番だと思っているけど、私だって本当はもうこんなところに籠っているのは嫌なのよ」

するとそれを聞いた福田が、かすかに顔を上げた。

「それじゃあ、もうとっとと、ここから出て行けばいいだろ」

「なんですって！」

その言葉に激怒したさゆりはしゃがみ込むと、寝転がっている福田の体を叩きながら泣き叫んだ。

「諒君、あなた何言ってんの。あなたがしっかりしてくれないからでしょ。そんなこと言ってないで、諒君、もっと頑張って、もっともっと強くなってよ！」

突然のさゆりの豹変ぶりに井山は狼狽したが、慌てて後ろから抱きかかえて福田から引き離した。

「さゆりさん、そんなに興奮しないでください。私も福田さんがここから出られるようにお手伝いしますから」

井山のその言葉に、今度は福田が激怒した。

「お前の助けなんかいらないから、もうここから早く出て行け！」

我慢の限界に達したさゆりの心情も、さゆりを想う福田の気持ちも、井山には痛いほどよく理解できたが、両方の顔を立てることは難しそうだった。このままでは永久に福田をここから救い出せなくなるかもしれないので、井山は一旦、二人が冷静になる必要があると感じた。

「分かりました。今日はもう帰ることにします。でもこれからも時々顔を出すようにしますよ」

さゆりは涙で目を腫らしながらすがるように井山を見つめた。

「分かりましたよ、さゆりさん。囲碁もまた打つようにします」

「是非そうしてください」

「それが少しでも二人のお役に立つのならそうしますよ」

福田は顔をそむけて黙っていたが、さゆりは感謝の眼差しを井山に向けて頷いた。


翌朝、井山が大手町のオフィスに出社すると、初音が笑顔で椅子を寄せてきた。

「おはようございます、井山さん」

「あ、おはようございます」

「合宿はどうでしたか?」

初音は井山の口から歓喜の言葉が溢れ出ることを期待してじっと見つめた。

井山は静かに目をつむると、大井川の大自然や目の前に広がる茶畑、満天の星を思い描こうとしたが、直ぐにきょんちゃんや西山が出て来て、あの時の奇妙な夢が頭から離れなくなった。

井山は夢の意味を改めて考えてみた。それは単に無意識のうちに眠っていた深層心理が表出したのかもしれないし、あるいはあかねからのメッセージかもしれなかった。

井山は初音から合宿の感想を求められていることを忘れて、様々な可能性を漫然と考え始めた。

目をつむって物思いに耽る井山を見つめながら、初音は初音で、井山は大自然に抱かれた心地良い思い出に浸りながら、言葉も出ないほど感動しているのだろうと、勝手に想像して心ときめかせていた。

しばらくしてから目を開けた井山は、まだそこでじっと見つめている初音の平べったい顔に気づくと、思い出したように言葉を返した。

「勿論、凄く、何というか、興味深かったですよ」

井山の返事に満足した初音は、大きく頷くと恐る恐る訊いた。

「それで、井山さん、また囲碁をやる気になりましたか？」

井山は昨日のさゆりとの約束を思い出して何度も頷いた。

「ええ、ようやくまた打つ気になりましたよ」

「それじゃあ、早速今日、一緒に『らんか』に行きましょうね」

初音は合宿に誘ったことは大成功だったと満足して、満面の笑みを浮かべて自分の席へ戻った。


井山が「らんか」に顔を出すのは、麗子からの「秘儀」のレッスンや対抗戦を除くと、六月末の賜との対局以来だったので、ほとんど三週間ぶりだった。

こんなに長い期間顔を出さないことは今まで一度もなかったので、さすがの井山も初めて来た時のような緊張を覚えた。

喜々として対局部屋へと入って行く初音に続いて入室した井山は、カウンターでワインを飲んでいた頭がツルっとした鈴木と白髪交じり中年太りの松木から直ぐに声をかけられた。

「井山さん、ようやく来たね。合宿に参加してまた打ちたくなったのかな？」

「井山さんも初音さんもお疲れ様でした。どうでしたか合宿は？」

初音は常連客らしい慣れた様子でカウンター席に近づくと、愛想よく笑顔を振りまいた。

「とても楽しかったです。井山さんも大自然の中で心が洗われて、また打ちたくなったようです」

そんな初音の堂々とした態度とは対照的に、井山は初めてこのサロンに来て物怖じする客のように襖の前から動こうとしなかった。

井山にとって三週間のブランクは想像以上に大きいようだった。


するとその時、井山に気づいた麗子が、飼い主を見つけた犬のようにすっ飛んで来た。

「井山さん、お久し振りです。最近いらっしゃらなかったから、心配していたんですよ」

麗子は井山の手を取って涙を流さんばかりに喜びを爆発させた。

麗子のはしゃぎっぷりはどこか芝居じみていて大袈裟だったが、たとえそれが客を喜ばす演技だとしても、井山にとっては心がとろけるほど嬉しいものだった。ひょっとするとどんな説得や脅しよりも、こんな麗子のおだてのほうがよほど井山を碁盤へと向かわせる力となるのかもしれなかった。

二人が手を取り合って喜んでいると、初音がずかずかと近づいて、穏やかな笑顔で声をかけた。

「さあ井山さん、折角来たんだから、早く打ちましょうよ」

そう言って初音は二人の手をほどいた。麗子は初音の大胆な行動に驚いたが、直ぐに気を取り直すと、めげることなくまた井山の手を取ってすり寄った。

「井山さん、あれ以来ずっとお会いしてなかったから、お会いしたかったんですよ。それにどうしてもお訊きしたいことがあるんです」

「そ、そうですか。実は私も訊きたいことがあるんですよ」

手を取って見つめ合う井山と麗子は、直ぐ横でいきり立つ初音の存在も忘れて、しばし二人の世界に浸っていたが、やがて麗子が井山の耳元に口を近づけて囁いた。

「ここではなんですから、ちょっとこちらにいらしてください」

「は、はい」

井山は上ずった声で返事をした。

ちらりと初音に視線を送った麗子は、勝ち誇ったように軽く会釈すると、緊張した面持ちの井山の手を引いて、そのまま廊下を渡って雑魚寝部屋へと向かった。


賜が放火を試みた際にたまたまそこに居合わせた井山と麗子が止めに入ったので、幸い大事には至らなかったが、その日以降雑魚寝部屋は畳の入れ替えという名目で立ち入り禁止になっていた。

二人が入って行くと、燃やされた痕跡は取り除かれていたが、祭壇がしつらえてあった箇所を中心に畳がはがされたままになっていた。事情をよく知っている井山には、それがひどく痛々しい光景に映った。

麗子が黒い扉を守っていることを思うと、建物が受けた物理的な損傷もさることながら、精神的にも深い傷を負ったであろうことは容易に想像できた。

今回の放火犯が賜であることははっきりしたが、二年前のボヤ騒ぎを起こしたのも賜であるという確証はなかった。またターゲットが黒い扉であるのなら、それが焼失するまで常に誰かに狙われ続ける可能性があった。そう考えると、いつまでたっても放火が終わることはないのかもしれなかった。

畳がはがされて木の板がむき出しになっている床を眺めながら、井山がそんな心配をしていると、麗子のほうから話しかけてきた。

「井山さん。先日の対抗戦の時に連れてきたさゆりさんですけど」

井山はこわばった顔を麗子のほうに向けた。

「あの方は一体何者なんですか?」

麗子の唐突な質問にたじろいだ井山は、慎重に言葉を選んだ。

「さゆりさんは、うちの会社の社員です。囲碁が強いので対抗戦に出てもらったんです」

「それでは何故あの『秘儀』を知っていたんですか? まさか井山さんが教えたわけではないですよね」

「いや、私は教えてないですよ」

井山はきっぱりと否定した。

「多分そうだと思うけど、それでは何故彼女が『秘儀』を知っていたのか、何かご存じですか?」

麗子から厳しく詰問された井山は、さゆりとの約束を思い出して言葉を詰まらせたが、苛ついた麗子はさらに強い口調で畳みかけてきた。

「それでは私が直接訊きますから、今度さゆりさんをここに連れてきてください。いいですか、井山さん。これは私にとって、あなたが思っている以上に重要な問題なんですよ」

麗子のいつになく真剣な眼差しに射すくめられて恐れをなした井山は、あっさりと白状してしまった。

「実をいうと、さゆりさんも父親から直接あの『秘儀』を教わったのだそうです。だから麗子さんとさゆりさんの父親は同じ人である可能性があるんですよ」

麗子は信じられないという顔をしたが、直ぐに思い出したように井山に問いかけた。

「そうすると、父はまだ生きているんですかね?」

麗子の父親は十年ほど前に亡くなったと聞いていたので、井山は麗子の言葉の意味を計りかねた。

井山の困惑した顔を見た麗子は、さゆりの話を聞き出すためにも、そろそろ自分も正直に打ち明けたほうがよさそうだと考えたようだった。

「今から二年前の一月、つまり二〇一七年一月に、うちの旅館でボヤ騒ぎがあったんですけど、そのことはご存じですよね」

「はい、それは聞いてます。確かそれがきっかけで旅館を止めて囲碁サロンを始めたんですよね」

「そうなんです。でも放火犯がまだ捕まっていないので、ずっと心配していたんです」

「そうですよね。今回は賜さんだったけど、二年前も彼の仕業だったのか、はっきりしてないですからね」

「そうなんですよ。でも私、思い出しちゃったんです」

麗子が急に何を言い出すのかと、井山は興味を抱いた。

「何を思い出したんですか？」

「先日の放火の騒ぎの中で、井山さんと一緒に火を消しているうちに昔の記憶が蘇ってきたんです。今までは忘れよう、忘れようと思っていたんですけど……」

麗子は心なしか震えているように見えた。

「昔の記憶って、一体何ですか？」

「今から十二年前の二〇〇七年十二月にもボヤがあったんですけど、実はそれも放火だったんです」

「本当ですか？」

井山は驚いて思わず大きな声を出した。

「私はまだ十六だったんですけど、その時見ちゃったんです」

「何をですか？」

「犯人の顔を」

「賜さんではなかったんですね」

「違います。私の父でした」

それを聞いて井山は絶句した。

まさか父親が自分の家に放火するなど、にわかには信じられない話だった。

「本当にお父さんだったんですか？　何かの見間違いではないんですか？」

「本当に父でした。今でもはっきり覚えています。私も凄いショックで、そんなこと信じたくないと思ったんですけど、あれは間違いなく父でした」

「何故そんなことしたんですかね？」

「さあ、それはよく分かりません。いつもは朝まで熟睡する私が、何故かあの日は夜中に目が覚めたんです。そんなことは珍しいので嫌な胸騒ぎがして、念のため旅館の中を見て回ることにしたんです。そうしたら、パチパチっていう火が燃える音が聞こえてきて……」

麗子は焦点が定まらない視線を虚空に泳がせながら、思い出したくない恐怖の瞬間の記憶を手繰り寄せていた。

「この間と全く同じだったんです。焦げ臭い匂いと、パチパチとはぜる音。その方向に慌てて駆けつけたら、父が火を点けていたんです」

麗子は黙って目を閉じた。

「その時は丁度火を点けた直後だったので、大きな声で皆を起こして、駆けつけてきた母と一緒に直ぐに消し止めたんです。バタバタと慌てて火を消して回ったのもこの前と全く一緒だったので、それで十二年前のことをまた思い出しちゃったんです」

信じたくないと思って封印していた過去の記憶が、今回の出来事がきっかけで鮮明に呼び覚まされたようで、麗子は辛そうだった。

「それで、お父さんはどうされたんですか？　最初にここに来た時は亡くなったって伺ったけど」

「放火しているところを私に見られたので慌ててどこかに逃げたけど、もしかしたら賜さんのように黒い扉の中に入ったのかもしれません。その後、姿を現さなくなったので、もう死んだものだと思うことにしたんです」

「それでご家族の方は納得されたんですか？」

「納得も何も、もともと家の外に女を作っては何日も帰って来ないような人だったから、母も私ももう諦めちゃったんですよ。それに実をいうと、火を点けたのが父だったことを誰にも言わなかったんです」

「そうだったんですか！」

井山はまた驚きの声をあげた。

「だから誰も父が火を点けたことを知らないし、不思議なことに段々と日が経つうちに、私自身、あれは父ではなかったんじゃないかって思うようになったんですよ」

「多感な思春期の女の子としてはそうでも思わないと耐えられなかったんでしょうね」

「そうかもしれないけど、そうやって忘れたふりをしながらも、心の底ではいつかまた父が火を点けに戻って来るんじゃないかって、ずっと怯えていたんです」

いつも底抜けに明るくて悩みなどないように見える麗子が、実はそんな深刻な問題を抱えて十二年もの長きにわたって耐え忍んでいたのかと思うと、井山の麗子に対する見方もまた大きく変わった。

井山は原点に立ち戻って、素朴な疑問を投げかけてみた。

「あの黒い扉は一体何ですか？」

「私もよく分かりません。父が教えてくれなかったんです」

さゆりと同じように、麗子にも教えなかったのはどうしてなのだろうか？

「お父さんは黒い扉を燃やそうとして火を点けたんですよね」

「さあ、どうでしょう。それはよく分からないけど、でもその可能性は低いと思います」

「どうしてですか？」

「父は常々、私にはこの扉を守る使命があると言っていたんです。つまり、囲碁を守るためにこの扉を守らなければいけないって」

「賜さんは逆に燃やすのは囲碁を守るためだと言ってましたよね」

「そうでしたっけ？」

「確かそんなことを口走ってましたよ。すると、囲碁を守るために扉を守ろうとする人と燃やそうとする人がいるということですかね？」

「さあ、どうなんでしょう」

ここで井山は以前、麗子から聞いた言葉を思い出した。

「それは善き人と善からぬ人という意味ですかね?」

「黒い扉に対する考え方にそんな違いがあるとは思えないけど、たとえそうだとしても、どちらが善き人かなんて私には分からないです。どちらにしても、家に火を点けることは誰であれもう勘弁してほしいです」

麗子は力なくうなだれた。

「麗子さん。『奥の院』というのは黒い扉の向こうにあるんですか?」

井山が勢い込んで訊くと、麗子は一瞬考えてから口を開いた。

「それは、私の口からは話すことができません」

「どうしてですか? 放火の恐怖から解放されるためにも、一日も早く真相をつきとめる必要があるじゃないですか。麗子さんを助けたいので私にも教えてくださいよ」

「冷たいと思われるかもしれないけど、あなたにはまだその資格がないので教えるわけにはいかないんです」

麗子の言葉に愕然とした井山は、すねたように唇を尖らせた。

「本当に冷たいですよね」

「そんなこと言わないでくださいよ。本当に私を助けたいなら、一刻も早く名人になってください。今はそこまでしか言えません」

そう言うと、麗子は申し訳なさそうに目を閉じた。

井山が麗子と対局部屋に戻ると、初音は、カウンター席でライバル商社の星飼と飲んでいた。星飼がカウンター席で飲むことは珍しいので、井山は意外に思った。

「星飼さん、先日の対抗戦はお疲れ様でした」

対抗戦で負けた相手に、井山があまりにも無神経な声のかけ方をするので、初音はもう少し気遣いができないものかとハラハラしたが、星飼は気にすることなく、いつものようにはにかんだ様子で返事をした。

「こちらこそ、お疲れ様でした」

「星飼さんがカウンターで飲んでいるなんて珍しいですね」

井山の何気ない言葉に、星飼はこともなげに言った。

「どうせ直ぐに異動だから、もう対局しても意味がないんですよ」

「本当ですか?」

井山は動揺を隠せなかった。

「実はあの対抗戦の責任を取らされることになりましてね」

「それでは埜口さんもですか?」

星飼は口を歪めて笑った。

「彼は負けたからお咎めなしなんですよ。変な会社でしょ」

井山は完全に言葉を失った。

対抗戦で最強の難敵だった星飼は、名人を目指す井山にとっては目の前に立ちはだかる最大の壁でもある。それでも星飼は求道者のように常に囲碁に真摯に向き合って、井山に対しても駆け引きをすることなく、親切によく教えてくれていた。そんな真っすぐな人柄に好感を持っていただけに井山のショックは大きかった。

星飼は手に抱えたワイングラスを眺めながらシニカルな笑みを浮かべた。

「本当に変な会社ですよ。私は今までどんな囲碁勝負だって負けたくないと思って真剣に打ってきましたよ。勝てば嬉しいし負ければ悔しい。勝てば誉められるものだと思っていたけど、負けた人が許されて勝った人が罰せられるなんて信じられないですよ」

それを聞いた井山はいたたまれない気持ちになった。

「本当に会社って変なところですよね。いっそ、そんな会社、辞めちゃったらどうですか?」

星飼は思わず悲しそうな笑顔を見せた。心情に寄り添ってくれる井山の気持ちは嬉しかったが、そうできないことは自分でもよく分かっていた。

「私もね、最初は辞めようかと思ったんですよ。もうこんな会社、本当に辞めてやるってね」

星飼は寂しそうに淡々と続けた。

「そう言えたら、どれだけ良かったでしょうかね。でも悔しいけど、辞めても食っていけないですからね。仕事を辞めて囲碁に専念しても食っていける人が本当に羨ましいですよ」

井山もかねてから仕事を辞めて囲碁に専念できる境遇にある政治家の細名やビジネススクール学長の堀井を羨ましいと思っていたので、星飼の言葉に大きく頷いた。

それを隣で聞いていた初音は、井山もろくに仕事をしていないのだから、彼等と大して変わらないだろうとツッコミを入れたくなったが、黙っていた。

「最近は真剣に名人を目指す気になって、また一生懸命に取り組んでいたんです」

星飼はポツリと言った。

「だから院生の頃の熱い闘いを懐かしく思い出すようになっていたんです。物凄いプレッシャーの中で痺れるような勝負の感覚を楽しんで、やっぱり囲碁っていいなあって、また思えるようになっていたんですけどね」

すると横で聞いていた井山のほうがすっかり感傷的になって、涙ぐみながら星飼に訴えた。

「星飼さん、やっぱり会社を辞めて囲碁に専念してくださいよ。ここで名人目指して頑張ってくださいよ。そのほうが星飼さんに向いてますよ。そうしないと、一生後悔すると思いますよ」

名人を目指すライバルがいなくなるなら、表向きは残念そうに振舞っても内心ほくそ笑む者が多い中で、真剣に引き留めてくれる井山を、星飼は改めて良い奴だと感じた。

そんな井山に戦友のような連帯感を抱きながらも、星飼はクールに首を横に振った。

「いや、もういいんです。これが私の運命なんですよ」

星飼は人生とはそういうものだと達観していた。夢はあくまでも夢であって、現実では様々な制約から必ずしも自分がやりたい放題できるわけではないのだ。人生とは夢と現実のはざまでその都度自分を納得させる何らかの折り合いをつけていく選択の連続なのだ。

「それで、いつ異動なんですか?」

「今週中だと思います」

「それじゃあ、これから送別対局をしましょうよ」

井山は勢い込んで誘ったが、星飼はまた首を横に振った。

「今日はゆっくり飲んでいたいので、井山さんはどうぞ対局してください。今期も出足好調でこれまで全勝だったけど、もう打っても意味ないですからね」

「そうですか。それは残念ですけど、分かりました。私のほうは、今期はまだ一局も打ってないので、五段からまた出直しです」

「まずは早く高段者リーグに入ってくださいよ」

星飼に励まされた井山はまたやる気がみなぎってきた。そしてそんな井山を見ていると初音もまた気分が高揚した。

「井山さん、それじゃあ、私と打ちませんか?」

井山は、悪びれるようすもなく初音の誘いをきっぱりと断った。

「早く遅れを取り戻したいので、リーグ戦対局をすることにします」

初音も井山の気持ちを察して笑顔で頷いた。

井山にやる気が出てきたなら、初音としても嬉しい限りだった。

井山が相手を探して対局机のほうに目をやると、真剣に碁盤に向かって没頭している人たちの姿が目に入ってきた。

部屋の中を丁寧に見回していくと、部屋の隅で他の人の対局を黙って眺めている中年男性を見つけた。

おとなしそうで目立たないその男とは、井山はまだ対局したことがなかったが、どこかで見たことがあるような気がした。

井山が眉間に皺を寄せて男のことを必死に思い出そうとしていると、麗子が近づいてきた。

「井山さん、対局相手を探しているんですか？　どうですか、私と久し振りに打ちませんか？」

麗子からの誘いとあれば、通常なら飛び上がって喜ぶところだが、思い出せそうで思い出せないもどかしさに気もそぞろな井山は、それどころではなかった。

「麗子さん。あそこにいる方はどなたかご存じですか？」

麗子は井山が対局の誘いに乗ってこないことを不思議に感じつつそちらに顔を向けた。

確かにどこかで見たことがあるような気がしたが、麗子にもよく分からなかった。

この自分が君臨する「らんか」で、女王の自分が知らない人がいることに驚きを隠せない麗子は、直ぐにバーテンダーの梅崎を手で招き寄せると小さな声で訊いた。

「梅ちゃん、あそこにいる方、どなただったかしら？」

梅崎は目を細めて男を眺めた。

「ああ、あれは盛田さんですね」

「今日初めて来た方かしら?」

「以前から時々いらしてますよ」

「え、そうなの。今まで気づかなかったわ」

「おとなしい方ですし、リーグ戦にも参加していないですからね」

井山も梅崎に、小さな声で訊いてみた。

「棋力はどれくらいですか?」

「普段打たないのでよく分からないですけど、恐らく高段者だと思います」

井山は興味を抱きながらも、どこかすっきりしない気分でその男を眺めていたが、その時突然、それが誰か思い出して「あ、分かった」と大きな声を上げた。

麗子も梅崎も、そして直ぐ横にいた初音と星飼も驚いて井山の顔を見た。

井山は真っ青になってそこに立ちすくんだまま、その男を見つめていた。

角張った髭の濃い顔に真面目でおとなしそうな佇まいは、紛れもなく合宿中に見た夢の中でカウンターの奥に座っていた男だった。

井山は脇目も振らずにその男に歩み寄って行った。その男は驚いて警戒をする様子だったが、お構いなしに井山は勢い込んで話しかけた。

「初めまして。井山と申します」

「あ、どうも。盛田です」

盛田は警戒を解くことなく答えた。

「こちらにはよく来るんですか？」

「ごくたまにですね」

戸惑いの表情を見せて答える盛田に、井山はいきなり対局を申し入れた。

「もし宜しければ、対局をお願いできますか？」

盛田は困惑の表情を崩すことなく即座に答えた。

「いやいや、対局なんて。私はリーグ戦にも入っていないですし……」

この男が何故夢の中に出てきたのか気になった井山は食い下がった。

「リーグ戦でなくていいので、是非とも一局お願いしますよ」

盛田は下を向いて黙っていたが、しばらくすると顔を上げた。

「分かりました。それでは打ちましょうか」

誘ったはいいが、いざ対局となると久し振りなので井山は緊張した。

「私は五段ですが、手合いはどうしましょうか？」

そう井山が訊くと、盛田は顎に指を当てて斜め上に視線をやりながら考えていたが、やがて控えめに答えた。

「それでは互先でお願いします」

握って井山が黒番になった。

井山は対抗戦が終わってからしばらく打っていなかったが、一手目を打って落ち着きを取り戻すと、段々と目の前の対局に集中できるようになった。

リーグ戦の正式な段位は五段だが、実力的には六段か七段はあるので、互先の相手に負けるわけがないという自信を胸に秘めていた。

井山は得意のミニ中国流の布石を打ったが、盛田は途中でそれを回避する手を打たずに、敢えて相手の得意な構えを許した。

井山はこの布石をかなり研究していたので自信を持って模様を広げていった。すると盛田は大きな模様を気に掛けることなく、実におおらかに、相手の打つ手に応じて普通の手をごく自然体で打ってきた。

相手の手に応じるだけで厳しい反発をしない盛田を井山は甘いと感じた。

さすがに互先は手合い違いで申し訳ないと思った。

特に厳しい打ち込みもせず、盛田は自然体で普通の手を打ち続けたが、中盤に入って計算してみるとそれでも盛田が全く遅れていないことに井山は気づいた。

確かに棋理にかなった価値の大きなところを逃さず打っているし、いつの間にか井山の模様もうまく制限していた。しかもよく見ると盛田には大きな地ができているうえに、攻められそうな弱い石もなかった。

井山は得意の布石を気持ちよく打っていたが、うまく打たされていただけで、実は盛田のほうが強いのかもしれないとふと感じた。しかし自分のどこが悪かったのか、相手のどこがそれほど良かったのか、井山にはよく分からなかった。

大きな闘いも起こらないままヨセに入ったが、最後まで打って白番盛田の八目半勝ちで終わった。


五段の手合いで負けた井山のショックは大きかった。悪い碁ではなかったが、あまり強そうに見えない相手にいつの間にか負けていたという、狐につままれたような話だった。

納得がいかない井山は、節目となった局面を再現してはどう打てば良かったか質問してみたが、盛田は自信なさそうに首をかしげては、顎に指を当てて「ここはこの手で良かったんじゃないですか」と答えるだけだった。

何故か分からないが、この時突然井山に、ひょっとしたら盛田はとてつもなく強いのではないかという恐怖に似た感情が湧いてきた。

それを確かめたいと思った井山は、さらに食い下がって、それぞれの局面で盛田ならどう打ったか訊いてみた。

盛田は少し迷っていたが最後は申し訳なさそうに口を開いた。

「自然体で普通の手を打つのが一番良いと思いますよ。井山さんは少し碁を難しく考え過ぎていますよ。あまり勝とう、勝とうと力まないことですね。良い手を打って勝つよりも、悪い手を打って負けることのほうが多いですからね。負ける時は大抵、普通の手より無理した手か、緩い手を打っているんですよ」

随分と当たり前のことを簡単そうに言うが、実は普通の手というのが一番難しくて、それは本当に強い人にしか分からないのだろう。だから弱い人の着手は飛んだり跳ねたりして乱れて、相手につけ込まれて自滅してしまうのだ。

普通の手を当たり前に打つ盛田に井山は底知れぬ強さを感じた。

「盛田さんは、リーグ戦には参加しないんですか？」

「リーグ戦なんてとてもとても」

「相当お強いと思うので、八段でもいけるんじゃないですか？」

「八段なんてとんでもないです。それに仕事も忙しいですからね」

盛田は盛んに謙遜したが、彼の本当の強さがどれくらいなのか、今の井山の実力では推し測ることができなかった。

第四章

久し振りの「らんか」での対局で、初対面の盛田に完敗を喫した井山は、すっかり疲れ果ててしまった。

少し休もうと思ってカウンター席に向かうと、頭がツルっとした鈴木や白髪交じり中年太りの松木に交じって、初音が星飼の愚痴を聞いては慰めたり励ましたりしていた。一番隅のスツールに腰かけた井山もそこに加わって一緒に飲み始めたが、星飼の愚痴はとどまることがなかった。

十二時近くに初音は帰ったが、すっかり酔っぱらった星飼が珍しく遅くまで粘るので、井山も付き合って飲んでいるうちに帰り時を逸してしまった。終電を逃した井山は仕方なく明け方まで一緒に飲んで早朝帰宅した。

疲れ果てた井山は直ぐにベッドで横になったが、この日起こったことを思い返しているうちに目が冴えて眠れなくなってしまった。

井山は麗子とさゆりから聞いた話にどこか引っかかりを感じたので、もう一度よく考えてみることにした。

二人に共通するのは、恐らく父親が同じであること。

家にある黒い扉。

そして二年前とその十年前の二回の放火事件。

麗子の家で二年前にボヤ騒ぎがあったことは以前から聞いていたが、その十年前にも放火事件があったことは今日初めて知った。

よく考えてみると、さゆりの家も二年前の放火で焼失してしまったし、その十年前にも放火と思われるボヤ騒ぎがあったと以前聞いたことがあった。

そうなると、この両家の放火事件は偶然とはいえないのでないだろうか。

しかも麗子の話だと、十二年前の放火犯は父親であり、それをしっかりと目撃したという。

一方のさゆりも、十二年前の放火犯がひょっとしたら父親かもしれないと疑って、そのことに怯えながら今日まで生きてきたのである。

麗子とさゆりの父親が同一人物なら、十二年前のさゆりの家の放火犯も父親である可能性が高いだろう。

しかしよく分からないのがその動機である。

放火の目的が黒い扉を焼失させることだとしたら、囲碁を守るために黒い扉を守ることが麗子やさゆりの使命だと説いていた父親が放火犯であることは明らかに矛盾する。

黒い扉を守る立場の父親の方針が変わったのか、それとも本当の犯人は別の者だったのか、いずれにせよ疑問は残ったままだ。

確かに今回、麗子のところで黒い扉に火を点けようとしたのは父親ではなかったし、二年前に両家で起こった放火事件の犯人もいまだに誰なのかよく分かっていないので、そういった意味では様々な可能性が考えられる。


あれこれ考えても分からないことだらけで、井山の思考は堂々巡りを繰り返して一向にまとまらなかった。

本来なら疲れて眠いはずなのに色々なことが気になって眠れなくなった井山は、もそもそと起き出すと、もやもやとした疑問を解消してくれる何か有効な情報が得られないかと、パソコンに向かってネットで検索を始めた。

二〇一七年一月と二〇〇七年十二月に神楽坂で発生した火事について、世の中ではどのように報道されているのか調べてみると、二〇〇七年十二月に神楽坂近辺で放火と思われるボヤ騒ぎが三件立て続けに発生したことを報じる記事を見つけた。

三件立て続けというのはどういうことだろうか？

詳しく調べてみると、神楽坂の若菜旅館と、早乙女家の置屋、その近くの弁財天神社の三か所とのことだった。

二〇一七年一月の火事について検索してみると、旅館と置屋の放火の記事は見つかったが、弁財天神社に関する記事はなかった。

つまりこの時には、弁財天神社では火災は発生しなかったということなのだろうか？

ということは二〇〇七年十二月の同じ日に弁財天神社で発生したボヤ騒ぎは、単なる偶然だったのだろうか？

井山は弁財天神社についてもう少し詳しく調べてみることにした。

すると二〇〇九年九月に弁財天神社の境内にある神楽殿が、何者かに放火されて焼失したという記事が見つかった。

井山は心臓の鼓動が速まるのを感じた。

麗子とさゆりの家以外にも、放火のターゲットとして狙われたところが存在したということなのだろうか？

もしそうだとしたら、弁財天神社の神楽殿にも黒い扉があったのだろうか？

俄然興味が湧いてきた井山は、そこがどんなところか一刻も早く見てみたくなった。

すっかり興奮した井山は、その日はほとんど眠れなかったが、朝になるといつも通り出社した。

物凄く眠いうえに弁財天神社のことが気になって全く仕事が手につかなかったが、終業時刻になると真っ先に会社を飛び出して、井山は神楽坂の弁財天神社へと向かった。

井山は神楽坂の細い裏通りを何度か曲がって、迷いながらも何とか弁財天神社の正面入口に辿り着いた。その頃にはもうすっかり陽も暮れて辺りは暗くなり始めていた。

正面入口には石造りの鳥居があって、そこから幅が狭くて急な石段が続いていた。鳥居の両側には大きな木が生い茂っており、都会の真ん中にいることを忘れてしまうほどだった。

下から石段を見上げると、傾斜がきつくて先が異様に細く見えた。石段の先はすでに暗闇に覆われていて、誰かがそこに潜んで井山が来るのを待ち構えているかのように感じられた。

井山は思わず辺りを見回してみた。近隣の裏通りは音もなく静まり返り、全く人の気配が感じられなかった。

再び石段の先を見上げると、漆黒の闇がただ無言で井山を待っていた。

井山は勇気を振り絞って一段目に足をのせたが、段差が大きいので思った以上に足を高く上げなければならなかった。右足に力を入れて身体全体を持ち上げると、今度は大きく左足を上げて二段目に足を運んだ。

井山は石段の先に待つ闇から目を逸らすことなく、一段一段ゆっくりと上って行った。

傾斜の急な石段を一番上まで上り切った時には、井山の息は少し荒くなっていた。

そこで立ち止まった井山は、注意深く暗闇の中に目を凝らしてみた。暗くてよく分からないが、目の前にある高台はかなり広い境内のようだった。しかもその広大な敷地の中には大きなクスノキが鬱蒼と生い茂っていたので、井山はまるで深い森の中に紛れ込んだかのような錯覚に陥った。

都会のど真ん中にいるはずなのに、都会の喧騒からすっかり遮断されたその境内は、真っ暗な夜のしじまと生い茂る巨大なクスノキに覆われて、まるで異世界に籠っているかのようだった。

井山は恐る恐る、高台に広がる境内の中へと足を踏み入れていった。大きな木が立ち並ぶ境内の正面奥には小さな拝殿があり、その手前両脇に大きな狛犬が控えていた。井山は深い森の中を彷徨うように、真っ暗な境内の中を手探りで歩いて回った。

正面の拝殿の右側に立ち並ぶ大きなクスノキの間を抜けて、さらに奥に進んで行くと、周りを木に囲まれた小さな空き地に出た。その空き地の凹凸のある地面は一面雑草に覆われていたが、ところどころに朽ち果てて高さもまばらな木の柱が突き出ていた。

そこは神楽殿が建っていた場所に違いなかった。

井山は地面から生え出たように不規則に立ち並ぶ朽ち果てた木の柱の間をゆっくりと歩いて回った。生い茂る木々に囲まれたその空き地の真ん中で、何をするわけでもなくただぼんやりと周辺を眺めまわしていると、ほとんど徹夜で寝ていない疲れが一気に噴き出してきた。

猛烈な眠気に襲われた井山は、身体をふらつかせると思わず地面に片膝をついた。指でこめかみを押さえながら、頭を振って必死に眠気を振り払おうとしたが、襲い来る生理現象を阻むことはできなかった。

魂が身体から抜け出るような感覚に襲われてその場に崩れ落ちると、井山は雑草が生い茂る地面の上にだらしなく身体を横たえた。

遠のく意識の中でようやく安息を得られる喜びに浸っている自分を第三者的に眺めながら、やがて深い眠りへと落ちていき、全てが真っ暗な闇の中へと消えていった。

それからどれくらい眠っていただろうか。ふと顔を上げてみると目の前に立っているクスノキの人の胴回りより太い幹の内側が白く光っていることに気がついた。身体を起こしてよく見てみると、クスノキの幹の内側から怪しく白い光を放っているものは人の形をしていた。

白く光る人影は木の内側にすっぽりと入ったままで、勿論顔を見ることはできなかったが、井山には直ぐにそれが誰か分かった。

「ようやく私を見つけてくれましたね、井山さん」

木の内側から若い女性の声が聞こえてきた。これまで何度も聞いた、よく知っている声だった。

「やっぱりあかねさんでしたか」

「ええ、そうです。やっと会えて良かったです」

「私もようやくお会いできて嬉しいですよ。いつも巫女の恰好をしているので、ひょっとしたらこの神社でお会いできるんじゃないかと期待していたんですよ。でもまさかかぐや姫のように木の中にいるとは思いませんでしたよ」

「かぐや姫ではないですよ」

あかねは軽やかに笑った。

「でも生身の人間ではなくて、幻みたいなものだったんですね」

「何を言ってるんですか。何か勘違いをしてますよ井山さん。私はしっかりとした生身の人間です」

あかねにそう言われて井山は困惑した。

「それじゃあ、あかねさんに会うことはできるんですか？」

「勿論私も一刻も早くそうしたいと思っているけど、今はここに閉じ込められているので、直接お会いすることができないんですよ」

井山にはあかねの言っていることの意味がよく分からなかった。

「ここというのは、その木のことですか？　それではその木を切ったら、やっぱりかぐや姫のように飛び出してくるんですか？」

あかねは呆れたように笑った。

「そうではないんです。実はわけあって、こちら側の世界、つまりあなたから見たらあちら側の世界に閉じ込められているんです」

あちら側の世界と聞いて、井山には思い当たることがあった。

「それはひょっとして、黒い扉の向こう側ということですか？」

「さすがに良い勘してますね、井山さん。そうなんですよ。黒い扉の内側に閉じ込められて出られなくなったんです」

井山は納得顔で頷いた。

「ということは、やはりここにも黒い扉があったんですね」

「そうなんです」

「十年前にその黒い扉が何者かに放火されて焼失した結果、あかねさんはそちら側から戻れなくなったということですか?」

「まさにその通りです」

そんなことが本当にあり得るのかと、井山は半信半疑だった。

「するともう十年もそちらに閉じ込められたままなんですか?」

それを聞いたあかねは、また笑い出した。

「こちらには時間の感覚がないんですよ。だからそちらで何年経とうと、こちらでは時間が止まったままなんです」


にわかには信じ難い話だが、何故あかねが自分の前に現れたのか以前から気になっていた井山は、順番に問い質してみることにした。

「一体あなたは誰なんですか?」

「私はこの弁財天神社の巫女で、名前は天方あかねです」

「なんでここに黒い扉があったんですか?」

「信じようが信じまいがご自由ですけど、よく聞いてください。実は私の母は弁財天の生まれ変わりなんです」

突拍子もない話が突然飛び出して、井山は仰天した。

「弁財天は技芸の神でもあるので、母は囲碁を守る役も担っていたんです」

「囲碁を守るために、あの黒い扉を造ったんですか？」

「あの黒い扉に関しては、母が造ったのではなく、父がそれを守るように囲碁の神様から命じられたんです」

井山はさらに驚いた。

「今度はお父さんですか。お父さんは一体、何者なんですか？」

「父は毘沙門天の生まれ変わりです。ご存じですか？　狛虎で有名な神楽坂の善國寺の本尊です」

井山は完全に言葉を失った。


善國寺の毘沙門天と弁財天神社の弁財天が生まれ変わって、人の世で結ばれてあかねが誕生したということなのか？

「父も母も、守護神ですから、当然のことながら二人そろって囲碁を守っていく使命があったんです。それに加えて、父はあの黒い扉を管理して守護する役目も負っていたんです」

あかねの父親が黒い扉を守る使命を負っていたということは、麗子やさゆりの父親と同一人物ということなのだろうか？

そうなると、麗子やさゆりの父親も毘沙門天の生まれ変わりということになるのだろうか？

分からないことばかりで井山は混乱したが、咄嗟に思いついた疑問を口にした。

「あの黒い扉を守ることが囲碁を守ることになるんですか？」

あかねは慎重に言葉を選んだ。

「黒い扉がどういう役目を果たしているのか父から説明を受けたことがないので、私もよく知らないですが、どうもそのようです」

「でもお父様は結局その黒い扉を守ることができずに、何者かに燃やされてしまったんですよね」

井山の質問に、あかねは今度は黙りこんでしまったが、しばらくすると静かに語り出した。

「違うんです。恐らく黒い扉を燃やしたのは父だと思います」

あかねの話は驚きの連続だったが、よく考えてみると麗子もさゆりも同じようなことを言っていたので、父親が放火犯というのは間違いないのかもしれなかった。

それでも今ひとつ納得がいかない井山はなおも質問を続けた。

「お父様はもともと黒い扉を守る役目だったのに、どうして燃やすことになったんですか？」

「私にも父の真意は分からないですが、少なくとも二〇〇七年十二月に一度燃やそうとしたけどうまくいかなかったことだけは確かです」

「二〇〇七年十二月というと、ボヤで終わった時のことですね」

「ええ、そうです」

「その時にお父様が火を点けるのを見たんですか？」

「見たわけではないですが、その頃、しばらく家を空けていた父が突然帰ってきたんです。私は直接会わなかったんですけど、母が『お父さんは変わってしまった』と言って凄く怯えていたんです。その直後に放火があったので、父が犯人で間違いないと思います」

「するとその時は、黒い扉を燃やすことに失敗したんですね」

「恐らくその時は、父はまだ迷っていたんだと思います」

「黒い扉を燃やすことが囲碁にとって本当に良いことなのか確信が持てなかったということですか？」

「それもあるかもしれないけど、それ以上に、私たちを巻き込むことを恐れたんだと思います」

「だから思い切り焼き尽くすことができなかったのですね」

「多分そうだと思います。それで私と母は、いつまた放火されるか分からないので、夜寝る時は隠れることにしたんです」

「どこに隠れたんですか？」

「黒い扉の内側です」

井山は自分の耳を疑った。

「あかねさんは黒い扉を通り抜けることができるんですか？」

「私は通り抜けることができないですが、母は扉の開閉ができたんです。何といっても弁財天の生まれ変わりですからね」

「そうだったんですね。でも他に隠れる場所はなかったんですか?」

「その時はそこが一番安全だと思ったんです。でも家族がいないことで却って安心したのか、思い切り燃やすことになったのかもしれません。まさかこちら側に閉じ込められるとは思っていなかったので、完全に裏目に出てしまいました」

そこで井山は、また素朴な疑問をぶつけてみた。

「あなたはそちら側にいても大丈夫なんですか?」

「一応、弁財天と毘沙門天の生まれ変わりの子供ですから大丈夫です。でもそれ以上に、囲碁が強いから何とかなっているんだと思います」

井山はまた驚いて訊き返した。

「囲碁の強さが関係あるんですか?」

「どうもそのようです」

井山は麗子やさゆりも父親に鍛えられて強くなったことを思い出した。

「あかねさんは、囲碁をお父様から教わったんですよね」

「そうです。物心ついた時から、黒い扉を守ることが私の使命だから、囲碁が強くなければならないと、父に鍛えられたんです」

「そんなに強くても、黒い扉を自由に行き来できないんですか?」

「そうなんですよ。何とかここにいることには耐えられるけど、父ほどではないので、ここから先に進むことはできないんです」

「つまり、そこから出ることも、その先に進むこともできないんですね」

「そうなんです。だから誰か囲碁の強い人が助けに来てくれるのを、ひたすらここで待っているんです」

井山は思わず息を呑んだ。

あかねは、井山が強くなって、黒い扉を抜けて自分を助けに来ることを待っているのだろうか？

そうすると、黒い扉を抜けて行った賜とは、あちら側でもう会っているのだろうか？

「賜さんが黒い扉の向こうに行きましたけど、そちらで会わなかったですか？」

あかねは黙りこんだが、長い沈黙の後にまた話し始めた。

「賜さんは確かに強いですけど、私たち側の人ではないんです。だから私は隠れていました」

「そうだったんですね。でも彼くらい強くなれば、そちらに行っても大丈夫なんですね」

「そうなんです。だから井山さんも早く囲碁が強くなって、私を助けに来てください」

遂にあかねからも井山を待ち望む言葉が投げかけられた。もっと囲碁が強くならなければ何事も始まらないということなのだ。

あかねを助けることも、さゆりを立ち直らせることも、麗子と「奥の院」に入ることも、全ては囲碁が強くなってからの話だった。

強くなりたい。

囲碁がもっと強くなりたい。

井山がそう念じていると、たしなめるような麗子の声が聞こえてきた。

「井山さん、強くなりたいと念じてばかりいても駄目ですよ。肩の力を抜いて、ひたすら無心になって、ただ囲碁を極めることだけを心掛けてください」

すると今度は、前日打った盛田が遠慮気味に語り掛けてきた。

「井山さんはあまりにも勝とう、勝とうと強く考え過ぎて囲碁を難しくしているんですよ。普通の手を当たり前のように打てるようになれば、ごく自然に勝てるようになりますよ。何が普通の手かは、ひたすら努力すればおのずと見えてくるものなんですよ。己に打ち克つことが何より大事なんです」


朝露に濡れた雑草が生い茂る空き地に身体を横たえていた井山は、麗子と盛田からの戒めの声で目を覚ました。眠い目をこすりながら大きな伸びをすると、身体についた土埃を払ってのそのそと立ち上がった。

空が白々と明けていくところだった。

東から射す陽の光の中で、井山は改めて周りを見回して、大きなクスノキに守られた境内の様子を目に焼きつけた。

匂い立つ木々の葉の香りを身体全体で受け入れるように大きく息を吸い込んで落ち着きを取り戻すと、ゆっくりと歩いてそのまま境内を抜けていった。

石段の前まで進んだ井山は、そこから急な傾斜を見下ろして思わず足をすくませたが、次の瞬間、一気に石段を駆け下りて行った。

下から振り返ってもう一度石段を仰ぎ見てから、またゆっくりと歩き出して弁財天神社をあとにした。

第五章

弁財天神社から早朝戻った井山は疲れがピークに達していたが、その日も仕事帰りに「らんか」へと向かった。

燃え尽き症候群を脱してようやく囲碁を打つ気になった井山は、再び名人を目指して五段からリーグ戦に復帰することになった。

少しでも遅れを取り戻したいと思った井山は、早速立て続けに二局打って連勝を収めた。六月の最後に賜に勝っていたのでこれで三連勝となり、六段昇格及び念願の高段者リーグ入りまであと二勝と迫った。

休みなく二局打った井山は、前日もゆっくり寝ていない疲れが一気に出てきたので仮眠したくなった。

そこで井山は周りの目を気にしながらこっそりと立ち入り禁止になっている雑魚寝部屋に入っていった。

ロウソクに灯りをともして、薄明りの中で改めて部屋の中を見回してみると、焼け焦げた畳が取り除かれた箇所は板敷がむき出しになって痛々しかった。ここに新しい畳が収まれば他の客に知られることなくまた以前の日常に戻るのだろうと思うと、井山は放火の衝撃から幾分心を落ち着かせることができた。

井山はロウソクを消すと畳の上に身体を横たえたが、真っ暗な部屋の中で寝転んでいると、不気味な妖気が我が物顔で徘徊している気配を感じて寒気を覚えた。

この怪異な気配は黒い扉から漏れ出ているのだろうか？

もしそうだとしたら、あかねはこんな恐ろしいところで、いや、ここよりもっと恐ろしい場所で一人助けを待っているのだろうか？

天方あかね。

切れ長の目をした古典的日本美女。

毘沙門天と弁財天の生まれ変わりを両親に持つ巫女。

まさに神仏習合の象徴のようなおめでたい存在である。

それにしても丸十年もあちら側に閉じ込められているとは、何とむごい話であろうか。早くあかねを救い出してあげたいが、そのためには井山自身が囲碁が強くならなければならないのだ。

そこまで考えた井山はその時突然、ひょっとしたら、ここの黒い扉を開ければあかねを助け出せるかもしれないと思いついた。

ちょっとした思いつきだが、試してみる価値はありそうだった。

井山は真っ暗な部屋の中で立ち上がると、妖気に立ち向かう勇者のように玄室へと向かった。

恐る恐る開き戸を開けると、より濃密な妖気が身体にまとわりついてくるように感じられた。井山はそんな妖気を振り払いながら手探りで玄室の中に入って行った。

真っ暗な中でも、神々しく黒光りする扉の存在を感じることができた。

思わず黒石板の扉に両手の平をつけて恍惚の表情でそのひんやりとした感触を楽しんでいると、たまらなく気持ち良くなり、身体中に震えを感じた。

「強くなりたいですか?」

黒い扉が手の平を通して問いかけてきた。

「はい、強くなりたいです」

「勝ちたいですか?」

「勿論です。誰にも負けたくないです」

そう強く念じると、無機質な黒い石板に当てた手を通して、力がみなぎってくるのを感じた。

強くなっている。

これならもう誰にも負けない。

「あなたは誰にも負けないくらい強くなりますよ。さあ、こちらにいらっしゃい」

恍惚の表情を浮かべて扉の表面に必死で張りついている井山の両手は、次第に黒い扉の中へとめり込んでいった。

井山はますます気持ちよくなり、黒い扉のなすがままに我が身を任せた。手の平から手首、手首から腕と、さらに深く身体をめり込ませていった。

井山が気持ち良さそうに黒い扉に肘までめり込ませていると、突然後ろから思い切り頭を殴られた。その衝撃で井山は我に返ったが、同時に頭がクラクラして立っていられなくなった。

頭を抱えてうずくまりながら咄嗟に振り返ると、盛田が申し訳なさそうな顔で立っていた。

「井山さん、大丈夫ですか？　非常に危ない状況だったので、少し強めに頭を殴ってしまいました」

なんで盛田がこんなところにいるのかと不思議に思いながら、井山は激痛が走る頭を抱えてそこにしゃがみ込んだ。

「本当に大丈夫ですか？　申し訳なかったですけど、危険ですから早くこの部屋から出ましょう」

盛田に抱きかかえられて、井山は玄室の外に出た。

「盛田さんはここで何をしてたんですか？」

井山は激痛の走る頭を押えながら、盛田に問い質した。

「実はある人に頼まれて警戒していたんです。そうしたら井山さんがこの部屋に忍び込むのが見えたので、後をつけてきたんです」

「ある人って麗子さんですか？」

「いいえ違います。麗子さんは知らないと思います」

麗子以外に誰がそんなことを頼むのだろうか？

「ひょっとして、麗子さんのお父さんに頼まれたんですか?」

盛田は困惑して顔をそむけた。

「これ以上はお答えできません」

井山は必死に食い下がった。

「ちょっと待ってください盛田さん。するとあなたはこの黒い扉の守護者ということなんですか?」

「これ以上はお答えできません」

盛田がまともに答えようとしないので、井山は挑発するように言った。

「守護者なら何故、賜さんの放火を止められなかったんですか?」

すると盛田は気色ばんで、自己弁護するように口走った。

「彼も黒い扉を守る役を担っていたから、まさかそんなことをするとは思わなかったんですよ」

予想外の盛田の言葉に、井山は虚をつかれたが、次の瞬間にまた新たな疑問が浮かんできた。

「それでは彼が裏切ったということですか? 善き者と善からぬ者がいて、彼は善からぬ者のほうに行ったということですか?」

盛田は困って下を向いたが、少し考えてから慎重に言葉を選びながら話し始めた。

「善き者と善からぬ者がいて、この部屋でも両方の『気』がせめぎ合っていることは確かですが、その分類でいくと賜さんは善き者で、そこは変わってないです。彼が変わったのは、囲碁を守る考え方なんです」

「囲碁を守るために黒い扉を守る使命を負っていたのに、彼はそれを燃やすことが囲碁を守ることだと考えるようになったということですか?」

「その通りです。何が囲碁を守ることなのか、その解釈が異なる者が現れたということなんです」

まるで宗教の異端を巡る論争のような話になってきた。

「私がお話しできるのはここまでです。もう対局部屋に戻りましょう」


井山は盛田と一緒に対局部屋へ戻ったが、殴られた箇所に痛みが残って、頭の中は霧がかかったようにぼんやりとしていた。

もう対局どころではなかったので、井山はぼんやりと八段同士の対局を観ていた。

するとその時突然、髪を金色に染めた美容師の西山が勢いよく対局部屋に飛び込んで来た。

西山はキョロキョロと辺りを見回して、井山を見つけると、慌てて近づいてきた。

「井山さん、さゆりさんが大変なんです。今直ぐに来てください」

西山は驚く井山の腕をつかむと強引に引っ張っていった。

二人は無言で真っ暗な神楽坂の路地裏を抜けて、置屋のあった焼け跡まで走って行った。

地下へと通じる入口の前まで来ると、井山はそこに入ることを一瞬躊躇し、怯えた表情で、西山に顔を向けた。

「大変なことって何ですか?」

「福田さんが、強い力であの亀裂の先に引きずり込まれそうになっているんですよ。僕も助けに行きたいけど、怖くてこれ以上入れないんです」

井山は洞窟の中を覗き込んだが、真っ暗で何も見えなかった。

もし福田に何かあったら、井山にも責任があることなので、放っておくわけにはいかなかった。

井山は勇気を振り絞って、真っ暗な階段へと足を踏み入れた。

するとその時、大きなさゆりの悲鳴が聞こえた。

井山は慌ててスマホの懐中電灯を点けると、手探りで階段を下りて行こうとしたが、不気味に漂う妖気に引きずられて、一気に階段の下まで転がり落ちてしまった。

身体のあちこちが痛んだが、井山は暗闇の中で四つん這いになって大きな声で叫んだ。

「さゆりさーん。どこですかー」

直ぐにさゆりが返事をした。

「井山さん、こっちです。早くこっちに来てください」

井山が行く先を照らしながらさゆりの声の方向に進んで行くと、洞窟の奥でうずくまっているさゆりを見つけた。さゆりは髪を振り乱しながら、亀裂の中に手を突っ込んで必死に何かを探していた。

「どうしたんですか?」

「井山さん、お願い、助けて。諒君が、諒君が大変なんです」

「福田さんがどうしたんですか?」

「どうしよう。私のせいだわ」

「さゆりさん、しっかりしてください。落ち着いて私を見て」

「え、ええ。大丈夫です」

「福田さんはどうしたんですか？」

井山に身体を強くつかまれて、さゆりは落ち着きを取り戻した。

「諒君がここを塞いでいた毛布を取っ払って、亀裂の中に入って行ったんです。私も必死に止めようとしたけど、力が足りなくて」

井山は亀裂の中にスマホの灯りを当てて覗き込んでみた。

「福田さーん。どこですかー？」

井山の声がこだましながら地の底へと沈んでいった。

その先がどこまで続いているのか見当もつかなかった。

福田を捜し出すには、亀裂に入っていくしかなさそうだった。

井山は怖くて仕方なかったが、福田を見捨てるわけにはいかないので、覚悟を決めると、その狭い亀裂の中に身体をこじいれようとした。

「やめて、井山さん。あなたも戻って来られなくなるわ」

さゆりは泣きながら叫んだ。

「あなたの力じゃまだ危ないわ」

さゆりの言葉が引っかかった井山は身体を亀裂から戻した。

「それはどういう意味ですか？」

さゆりは半狂乱の状態で興奮しながらまくしたてた。

「その先に行きたいと思わせられるけど、それは危険な罠なの。とっても危険なの。だからお願いだから行かないで。せめて井山さんだけでも助かってくれないと困るわ」

井山はさゆりの言葉の意味がよく分からなかったが、ここで迷っている暇はなかった。

亀裂へと誘う甘美な雅楽のような音色が再び聞こえてきて、井山は一瞬うっとりとしたが、思い切り頭を振って追い払うと、ティッシュを耳に詰めた。それがどれほど役立つか分からなかったが、井山は勇気を振り絞って身体を亀裂の奥へとねじ込んでいった。

「ああ、井山さんまで」

さゆりは絶望に打ちひしがれて思わず悲痛な声を漏らした。


亀裂の奥の地面に降り立った井山は、懐中電灯をかざして奥の方向へとゆっくり進んで行った。

甘美な雅楽が心に直接届いて心地良く響いた。井山が神楽坂の路地裏で無意識のうちに「らんか」へと誘われた時と同じように、井山は亀裂の奥へと導かれて行った。まるで催眠術にかかったかのように、今どこで何をしているのか自分でもよく分からなかったが、その先に行けば囲碁が強くなれるという思いだけは強く感じた。

しばらく夢中になって進んでいくと行き止まりにたどり着き、そこで壁にへばりついている福田を見つけた。壁の向こうから微かに甘美な音色が漏れるなかで、福田は指の先から血を流しながら必死に両手で壁の土をかいていた。

求めているものが近いと感じた井山も壁にへばりつくと、福田と一緒に壁の土をかき始めた。

二人が夢中になって土をかき続けていると、やがて壁に細い亀裂が何本も入った。次の瞬間、壁が一気に崩れて大量の土砂が二人の上に覆いかぶさってきた。

二人は崩れた壁の下敷きになって思わず尻餅をついたが、同時に恍惚の世界へと誘う甘美な音色は一層大きく心に響いた。

必死に土砂をかき分けて這い出た二人は、泥だらけの顔を見合わせて立ち上がると、喜んで穴の向こうに行こうとした。

するとポッカリと開いた穴の向こうには、巫女の恰好をした若い女性が腕組みをして立ちはだかっていた。

それは、あかねだった。

呆気にとられた二人はあかねに頭をポカポカと叩かれて正気に戻った。

それまでの甘美な音色が消えて、地獄の阿鼻叫喚に代わった。

「ここから先は危ないから私と一緒に戻りましょう」

あかねは両手を大きく広げて二人を押し戻した。

井山は正気に戻ったが、その先に何があるのか気になった。

「この先に何があるんですか？」

あかねは思わず顔をしかめた。

「ここから先にあるものは全て幻のようなものです。手に入れたいものは手に入れられず、避けたいと思うものに遭遇する羽目になります」

あかねに止められながらも、井山は好奇心を抑えられなかった。身体を大きく伸ばしてポッカリと開いた穴から向こう側を覗き込んでみた。

目の前には、大きな森が暗闇の中に沈んでいた。

「あかねさんはこの暗い森の中にいたんですか？」

「そこに身を隠していたんです。随分と悲惨な場所だけど、他の場所よりはまだましに感じたんです」

目の前の森の直ぐ右側には、なだらかな上り坂が連なっていた。

「こちらは丘陵地帯ですね」

「そっちはとても危ないんです。さあそれくらいにして、危ないから早く戻りましょう」

井山にはそのなだらかな丘陵が危ない場所には思えなかった。

全貌を視界に捉えようと、穴からさらに顔を突き出すと、明るい光が降り注ぐ丘の稜線が目に入ってきた。

その眩しく光る丘陵の先に求めているものがあるように感じて、井山はうっとりと眺めた。

すると福田も穴から顔を出して、二人は一緒に恍惚の表情でその美しい景色を仰ぎ見た。

「あれは恐ろしい罠だから、つけこまれないようにしてください。危ないからもう行きますよ」

あかねに促されて一旦は顔を引っ込めたが、次の瞬間、二人は顔を見合わせて頷き合うと、あかねを押しのけて穴の向こう側へ飛び出した。

「そっちに行ったら駄目ですよ」

あかねが大きな声で叫んだ。

二人はあかねの制止を振り切って、希望に満ちているように感じる丘の上へと駆け上がって行った。しかし途中で丘の中腹に寝そべっている動物に気がついて思わず足を止めた。

動物はゆっくりと立ち上がったが、よく見ると、それは世にも恐ろしい獰猛な顔をした狛犬と狛虎だった。

二人に気づいた二頭の動物は怒ったように吠えたてた。

「危ないから、早く逃げて」

あかねの叫び声はほとんど悲鳴に近かった。

あかねの声で我に返った二人は一目散に逃げだしたが、狛犬と狛虎も二人を追って駆け出した。

「はやく、もっと速く走って」

あかねが泣き叫ぶ中、猛然と疾駆する狛犬と狛虎はみるみるうちに距離を詰めてきた。激しく追い立てる二頭の猛獣がまさに襲いかかろうとした時、二人は、あかねが待つ穴の中へ飛び込んだ。

二人が戻ると、あかねは必死に穴を塞ごうとしたが、狛犬と狛虎も穴の中に入って来ようとした。

「あかねさん、危ない」

井山は叫んで咄嗟に石を投げつけた。二頭はひるんで後ずさりしたが、もう穴を塞ぐ暇はなかった。

「さあ、走って」

井山は大きな声を上げると、あかねの手を取って真っ暗な洞窟の中を走り出した。

体勢を立て直した狛犬と狛虎もゆっくりと穴の中に入ってくると、暗闇の中を逃げて行く三人の気配を追って駆け出した。手探りで真っ暗な洞窟の中を逃げる三人は、猛獣の激しい息遣いを直ぐ近くに感じて震え上がった。

暗闇の中で怯える三人に大きな牙をむき出しにした狛犬と狛虎がいよいよ迫り、これで万事休すかと思われた瞬間、突然目の前に松明を両手に持った人影が亀裂を抜けて降り立った。

仁王立ちになった男が、松明の火を振り回して狛犬と狛虎を威嚇すると、二頭はそのまままもと来た方向に走って逃げて行った。

一瞬の出来事で、三人には何が起こったのかよく分からなかった。狛犬と狛虎が走り去ったことを確認すると、その男は緊張した面持ちで声をかけた。

「さあ、急いで戻ってください」

松明に照らされたその男の顔を見て井山は驚いた。それは先程黒い扉に吸い込まれそうになった井山を助けてくれた盛田だった。

「盛田さんは何故ここにいるんですか？」

「金髪の青年が井山さんを連れて行くのを見て、ただならぬ事態が起こっていることを察知して、直ぐに松明を用意して駆けつけたんです。ともかくここは危険ですから早くそちらに戻ってください」

盛田に促された三人が亀裂の向こうに戻ったのを見届けると、盛田は下から声をかけた。

「今からこの亀裂を塞ぎますが、この洞窟自体も大変危険です。恐らく黒い扉の燃やし方が中途半端だったので完全に遮断することに失敗したんだと思います。ですから洞窟の入口も塞いで、もう二度と入れないようにしてください」

そう言うと盛田は松明を下に置いて、辺りに転がる大きな石でその亀裂を塞いでいった。

井山は盛田が心配だった。

「盛田さんはどうするんですか？」

盛田は黙々と亀裂を塞ぐ作業を続けながら、表情を変えることなく答えた。

「私はこちらに残りますが、心配しないでください」

亀裂のこちら側に戻ってひと安心した井山は、改めてろうそくの灯に照らされた顔を見回した。

福田は怯えたように震えながらさゆりにしがみついていた。

さゆりはそんな福田を抱きかかえて、優しく頭を撫でていた。

あかねは疲れ果てた顔でしゃがみ込んでいた。

井山は皆に声をかけた。

「盛田さんが言っていたように早くここから出て、この洞窟自体を塞いでしまいましょう」

すると福田を抱きかかえていたさゆりが、苛立たしげに訊いた。

「それより、ここに突然飛び込んできたあの男は何者なの？それからこの巫女は一体誰なの？　この亀裂の下には何があって、そこで何が起こったの？まずは全部私が納得できるように説明してちょうだい」

井山はさゆりをなだめようとしたが、そもそも盛田が何者か知らなかったし、亀裂の下で見たことを説明しても信じてもらえるかどうか分からなかった。そこで取り敢えずあかねを紹介することにした。

「こちらは天方あかねさんです」

あかねはさゆりのほうに顔を向けると、軽く会釈した。

「天方あかねといいます。弁財天神社の巫女をしていたんですが、十年前に放火されて、あちら側に閉じ込められていました」

さゆりは怯えた顔で訊いた。

「あちら側って何のことなの？」

あかねは落ち着いて答えた。

「あなただってご存じのはずよ、さゆりさん。私は黒い扉の内側に隠れていたら扉が燃やされて、それで外に出られなくなったの」

さゆりは目を大きく見開くと言葉を失って手を口に当てた。

弁財天神社にも黒い扉があり、十年前に燃やされたということなのだろうか？

「それじゃあ、あなたは黒い扉の向こうにいたのね。そこは一体どんなところなの？」

あかねは慎重に言葉を選んだ。

「そこは、人によって居心地が変わる幻のような世界なの。是非とも行ってみたい極上の場所と、絶対に行きたくない最悪の場所が混在していて、どちらに落ちるか自分ではコントロールできない怖さがあるの。だから私はじっとしてたの」

さゆりはしばらく考え込んでから、探るようにあかねに訊いた。

「囲碁が強ければ、自分の行きたい場所に行けるの？」

あかねは感心したように頷いた。

「恐らくそういうことだと思います。さすがにあなたもお父様から黒い扉を守るようにと薫陶を受けて囲碁を鍛えられてきただけのことはあるわね」

あかねがここにも黒い扉があったことを知っていたので、さゆりは驚きを隠せなかった。

そんなさゆりにあかねはさらに驚くべき事実を伝えた。

「私も父から同じ教えを受けたのよ。つまりあなたと私の父は同一人物で、私たちは腹違いの姉妹なのよ」

さゆりはまた驚いて絶句した。

麗子だけでなく、もう一人、自分が知らないところに姉妹がいたと知って、さゆりの動揺は収まらなかったが、あかねは冷静に語りかけた。

「あなたを驚かせるつもりでこんなことを言っているんではないんですよ、さゆりさん。それより重要なことは、囲碁を守るべき黒い扉がいまだに何者かに狙われていて、いつ放火されるか分からないということです。この危機を脱するためにも、私たちは力を合わせて、もう二度とこのような悲劇を繰り返さないようにしなければいけないのよ」

「あなたは放火犯を知ってるの?」

「最初に火を点けたのは父で間違いないと思うけど、今では放火に対する賛成派、反対派が入り乱れて、囲碁の神様も巻き込んだ大きな問題に発展しているの。このままではいずれ最後の黒い扉も燃やされてしまうことになると思います。でもそうなる前に私たちは父の教えにしたがって、最後に残った黒い扉を守っていく使命があるのよ」

「旅館にあった黒い扉ですね。今では囲碁サロン『らんか』にあるものですね」

井山がすかさず口をはさんだ。

「はい、そうです」

するとあかねの言葉に興味を持った福田は二人の姉妹を交互に見ながら、黒い扉に対する素朴な疑問を口にした。

「父の教えって何だったの？一体どうやって皆で扉を守っていくの？」

福田の疑問に対してさゆりは口を閉ざしていたが、あかねが答えを促すようにさゆりに問いかけた。

「あなたも父の教えを覚えているでしょ。黒い扉を守るためにどうしろと言われたか」

さゆりは井山や福田の前では言いづらそうだった。

父親の教えが分かれば、さゆりとうまくやっていくヒントになるかもしれないと考えた福田は、目をらんらんと輝かせてさゆりに迫った。

「さゆりさん、お父さんから何て言われたのか教えてよ。その黒い扉を守るためにはどうしたらいいの？　それが囲碁を守ることになるのなら、しかもさゆりさんのお父さんの教えということなら、俺にできることなら何でもするから」

さゆりは目を伏せて答えた。

「私より囲碁が強い人を見つけて一緒に黒い扉を守れと言われたの。それくらい強い人でなきゃ、自由に扉の向こうに行くこともできないし、囲碁そのものを守ることもできないらしいの」

さゆりの言葉に井山は頷いた。

「やっぱりそういうことなんですね。囲碁サロン『らんか』では、他と隔絶した強さを示して名人になると、麗子さんと一緒に『奥の院』に入る権利を得ることができるんですよ。その『奥の院』に入ることこそが黒い扉の向こう側に行くことなんですね」

福田は途端に明るい表情になった。

「なんだ、そんなことなら簡単じゃないか。これで目標がはっきりしたから、俺もまた頑張れそうだな」

それを聞いたさゆりは顔を上げると、福田に憐みの目を向けた。

「あなたには無理だと思います」

福田が驚いてさゆりを見た。

「どうしてそう思うの？」

さゆりは冷淡に言い放った。

「囲碁の神様に愛されていないから」

福田はその言葉に大きな衝撃を受けた。

「何を言ってるんだ。失礼なこと言わないでくれよ」

「もうこれは、どうしようもないことなのよ」

思い当たることがないわけではなかったので、福田はいきり立った。

「それじゃあどうしたら囲碁の神様に愛されるようになるっていうんだ。俺はさゆりのためなら何でもするよ。囲碁をメチャクチャ好きになって、死ぬほど努力すればいいの？」

「そんなこと私だって分からないわよ。人を愛することにさしたる理由がないのと同じで、神様も気まぐれに愛する相手を選ぶだけで、理由なんて特にないのよ」

「だったら何の理由もなく気が変わることだってあるかもしれない。俺はメチャクチャ頑張って囲碁の神様の気持ちを変えてみせるよ」

　さゆりのためなら何でもするという決意で言い放つ福田を見ながら、さゆりは溜息をついた。

　本当は井山を応援したいが、福田がそこまで言うのならこれも自分の運命かもしれなかった。それに井山を応援しても、実際に井山がその権利を得た時にさゆりを選ぶ保証はどこにもなかった。

　少なくとも麗子は井山と共に入ることを主張するだろうし、もしかしたらあかねだって、何かと理屈をつけて自分こそが黒い扉を守る正真正銘の守護者だと主張するかもしれなかった。

　そうなると姉妹三人による井山争奪戦が勃発することになる。

　その争いに確実に勝つ見込みがないのなら、最初から福田に賭けてみるのも悪くなかった。何といっても現時点では福田のほうが井山より遥かに強いし、そのうち囲碁の神様だって気まぐれに微笑む相手を変えるかもしれなかった。

「分かったわ。それでは私も諒君を応援するわ。芸者稼業を再開してあなたを支えるから、あなたは囲碁に専念して何としてでも名人になってちょうだい」

　さゆりは福田の手を取ると、殊勝なところを見せた。

　それまですねていた福田もこれですっかり元気を取り戻した。

「もう一度、全身全霊を捧げて囲碁に取り組むから見ていてくれよ。絶対にさゆりを喜ばせてみせるから」

「お願いよ。あなたとはもう運命共同体よ。私も覚悟を決めたわ」

その様子を見ていたあかねは、自分も急いで応援する相手を探さなければならないと思った。

あかねは依然として井山が本命と見ていたが、このままでは麗子に取られる可能性が高い。麗子から井山を奪う策を念頭におきながら、同時に有力な対抗馬を見つける必要があると感じた。

井山は福田が元気を取り戻したので取り敢えず安堵したが、まさか福田が「らんか」のリーグ戦に参戦することになるとは夢にも思っていなかったので、これは大変なライバルを引き入れてしまったと警戒を強めた。

星飼の転勤で強力なライバルが一人いなくなると思って安心していたが、入れ替わりで福田が参戦するとなると、今度は福田が最大の壁となることは間違いなかった。

予想外の展開に井山は渋い顔をしていたが、あかねの言葉で我に返った。

「最後に残っている黒い扉をこの目で確認してみたいわ」

あかねのその言葉をきっかけにして、四人は、「らんか」へと向かうことにした。

深夜の闇に沈む神楽坂の裏通りを抜けて、「らんか」の前にたどり着くと、あかねもさゆりも、そこから発する異様な妖気に直ぐに気づいて思わず身震いした。

囲碁サロン「らんか」では、翌日から地方へ旅立つことになった星飼のためにささやかな送別会が行われていた。

カウンター席にはいつものように頭がツルっとした鈴木と白髪交じり中年太りの松木が陣取ってい

たが、そこに星飼と麗子が加わってワインを飲んでいた。

星飼の上司である埜口はさすがに顔を出していなかったが、これまで数々の好勝負を繰り広げてきた弁護士の矢萩や医者の奥井、それに財務官僚の羽田などが星飼の周りに集まってきて思い出話に花を咲かせた。途中から星飼がすっかり酔っぱらってしまったので、別れの挨拶を済ませると一人また一人と対局机へと去っていった。

深夜になると対局者もいつの間にかいなくなり、鈴木と松木も最後に星飼に励ましの言葉をかけると帰って行った。

カウンター席には、星飼と麗子の二人だけが残った。

麗子は星飼を高段者リーグの主役の一人と見ていただけに、その離脱を残念に思った。

同時に星飼自身の行く末についても心配していた。

「星飼さんがもうリーグ戦に参加しなくなるなんて本当に残念だわ」

「俺なんかもうどうでもいいよ」

酔えば酔うほど捨て鉢になる星飼は珍しくまた愚痴をこぼした。

「星飼さん、そう言わず早くまた東京に戻って来てくださいね」

すっかり酩酊した星飼は呂律の怪しい口調で言った。

「そんなもん、いつになるか分かんねえよ。もう戻って来ないかもしれねえしな」

「あらあら、そんなこと言わずに、東京に戻った時には顔を出すようにしてくださいね」

「もう来ねえよ。囲碁なんてやったって意味ないし」

「でも三か月に一回でも顔を出せば優勝候補を負かして名人になるのを阻止できますよ。そうすればそのうち星飼さんにも名人になるチャンスが巡ってくるかもしれないじゃないですか」

星飼は顔を上げると、うつろな目で自分の考えを述べ始めた。

「今は俺が名人に一番近いんだよ。それは間違いないよ。だけど転勤で名人になる夢も、もうパーさ。早いとこケリをつけたかったけど、もう手遅れだよ」

麗子は笑いながら首を振った。

「そんなに直ぐに老け込んじゃうこともないでしょう。まだまだお若いじゃないですか。星飼さんだったら、東京に戻ってきてからでも十分に可能性はありますよ」

「直ぐに手遅れになるさ」

「どうしたっていうんですか?」

「あの小僧が、直ぐに誰も敵わないくらい強くなるだろうさ」

「丸山敬吾君のことですか?」

「ああ、あの小僧、最近メキメキ腕を上げているからな」

「確かに最近も院生Aクラスに上がったって聞きましたよ」

「そりゃ凄いな。早いとこプロになって、ここに顔を出さなくなりゃいいけどな。でも俺だって院生時代にAクラスの一位になったことがあるんだぜ」

「それは凄いですね。本当はプロになれたんじゃないんですか？」

「俺には覚悟が足りなかったんだよ」

「覚悟ですか？」

「そう、プロになる心構えができてなくて、他にもやりがいのある仕事があるんじゃないかって思ったんだよ。世界を股にかけた商社マンに憧れて、色々と目移りしちゃったんだよ」

「お勉強もできたんですね。何でもできる方は、却って選択肢が増えて迷ってしまうんですね」

星飼は自嘲気味に笑った。

「そんな恰好良いもんじゃないけどね。今から思うとやっぱり覚悟の問題だったんだよ。俺は言い訳を考えてただけだったんだよ。だから試験碁ではいつも勝ってた相手に思いもよらず足をすくわれたんだ。覚悟のある奴は、やっぱり目の色が違ったからな」

「そうだったんですね。敬吾君の覚悟のほどはどう思いますか？　彼はプロになれますかね」

「ああ、彼は問題ないよ。あのふてぶてしいところを見ても、精神的に強いものを持っているから、ここで下手に大人たちに潰されなければプロになれるだろうね」

「随分酷い方もいますからね」

「見てるとおとなげないのもいるよね。明らかに丸山少年を潰しにかかってるからね。それだけ彼の実力を恐れているんだと思うけどね」

「堀井さんなんていつもスマホゲームに誘ってますものね」

「子供は好きだからね。上野愛咲美もツムツムが好きらしいから、気分転換には良いのかもしれないけどね」

「でも敬吾君はやりたい気持ちをぐっとこらえて、いつも誘いを断ってるみたいですね」

「えらいよね。大したもんだよ。この間なんか、埜口さんが難しい詰碁の問題を出して、これが解けるまで対局するな、なんてプレッシャーをかけてたからね」

「そんな厳しいことを言ってるんですか？　でも敬吾君には良い勉強になっているんじゃないですか」

「でもよく見たら『玄玄碁経』の有名な失題だったんだよ」

「失題ということは正解がない間違いの詰碁ということですか？」

「そうなんだよ。『玄玄碁経』にはいくつか失題があるからね」

「まあ酷い。そんな問題を延々と解かせて時間を奪うなんて」

「さすがに見るに見かねてこっそりと教えてあげたけどね。彼も十歳から大人の中でもまれているから、きっと逞しい社会人になると思うよ」

星飼の話を聞いて、麗子もしみじみとおじさんたちにもまれて逞しくなっていく丸山少年に思いを馳せた。

「そうなのね。敬吾君には是非ともプロになって欲しいわね」

「そうだな。でもね、俺が本当に恐れているのは、実は丸山少年じゃないんだよ」

「え、それは一体誰なんですか？」

「井山だよ」

「え、井山さんですか?」

「麗子さんだって分かっているでしょ。あいつは特別なものを持っているんだ。それが何で、何故彼だけそうなのかよく分からないけど、とにかくあいつは特別なんだよ。悔しいけど俺がいくら努力したって、もうどうにもならないことだってあるんだよ」

「そんなことないですよ。神様は気まぐれで不公平かもしれないけど、気まぐれだけにまた気持ちが変わるかもしれないじゃないですか。だから星飼さんがまた本気で囲碁に打ち込む姿を見たら、神様だって気持ちが変わるかもしれないですよ」

「そんなことあるわけないだろ。俺はもうそんなファンタジーを信じる歳じゃないんだよ」

そう言うと、星飼は不貞腐れてカウンターの上に突っ伏してしまった。


もう十二時を過ぎていたので、星飼と飲んでいた麗子もすっかり眠くなった。

麗子が星飼を起こしてそろそろ帰ろうかと思っていると、突然襖が開いて井山が入ってきた。

麗子が驚いていると、井山に続いて緊張した面持ちのあかねとさゆり、その後ろから福田も対局部屋に入ってきた。

部屋の中で強い「気」を感じたあかねとさゆりは、その出どころを盛んに探っているようだった。

カウンターに座っていた麗子は直ぐにスツールから降りた。

「あらいらっしゃい。こんな時間に皆さんお揃いで」

さゆりと話してみたいと思っていた麗子は、酔いも眠気も吹っ飛んだ。

すかさず井山が麗子に小さな声で話しかけた。

「麗子さん、会いたがっていたさゆりさんを連れてきましたよ」

麗子は顔をこわばらせたままさゆりに軽く会釈した。

「それからその隣にいるのがあかねさんです。彼女も麗子さんとは姉妹のようです」

激しく動揺した麗子は、それでも毅然とした態度で努めて平静を装った。

井山はなおも麗子に近づくと、また小さな声で囁いた。

「二人ともお宅に、黒い扉があったそうです」

麗子の顔は今度はみるみるうちに険しくなった。

「二人とも放火でもう黒い扉を燃やされてしまったそうです」

すると今度は怯えたように顔をこわばらせた。

「犯人は分かっているんですか?」

麗子は勢い込んで二人の姉妹に訊いた。

「うちの神社では十二年前にボヤがあり、その二年後に完全に燃やされてしまったんですが、両方とも父がやったんだと思います」

あかねの返答に、麗子は驚いて大きく目を見開いた。

するると今度はさゆりが答えた。

「うちも十二年前にボヤがあり、その時は恐らく父の仕業だと思いますが、二年前に完全に燃やされた時の犯人はまだ分かっていません」

すかさず井山がつけ加えた。

「もしかしたら賜さんがやったのかもしれないですね」

麗子は思い出したように小さく頷くと、さゆりに質問した。

「あなたが対抗戦で使ったあの布石、あれはお父さまから教わったものだったんですか？」

「そうです。門外不出の『秘儀』として大事な対局の時に使うようにと教わったんです。小さい頃から随分と囲碁で鍛えられました」

「そうだったのね。私も小さい頃から厳しく鍛えられましたよ」

麗子は昔を懐かしむように静かに目を閉じた。

「囲碁は厳しかったけど、楽しくて優しい人だったわ」

さゆりも思わず昔を思い出して感傷的になった。

「そうですね。私はお父さんっ子で大好きだったの」

昔の記憶が段々と蘇ってきた麗子は何度も頷いた。

「でも囲碁では厳しかったわ。囲碁を守る使命を果たすために強くならなければ駄目だってよく言われたわ」

麗子のその言葉に、思わずあかねも反応した。

「私もそうだったわ。強い相手を見つけて一緒に黒い扉を守っていけって言われたわ」

この日初めて顔を合わせた三姉妹は、懐かしい父親との思い出に浸って、最初は和気藹々と心を通わせていたが、あかねのこの何気ない言葉によって、三人とも自分たちの本来の使命を思い出し、同時にその点に関してはお互いにライバルであることに思い至った。

残る黒い扉は麗子が守る一つだけである。さゆりもあかねも自分こそが向こう側へ行ってそこに何があるか見極めたいと思っていた。

もしかしたらそこで父と会えるかもしれないし、そうなれば父に一体何が起こったのか、直接確認できるかもしれないのだ。

三姉妹とも、そんな日が来ることを夢見ながら、それぞれがこれまで苦難に耐えてきたのだ。

「麗子さん、二人ともここの黒い扉を是非とも見たいと言ってるんですよ。麗子さんだったら、二人の気持ちもよく分かると思うので、よかったら少し見せてやってくれませんか?」

井山の頼みに麗子は黙って頷くと、先頭に立って雑魚寝部屋へと案内した。

麗子の後にさゆりとあかね、そしてその後に井山と福田が続いた。

さゆりとあかねは雑魚寝部屋に近づくほどに、妖気が満ちてくるのを感じた。

雑魚寝部屋に入ると麗子は電灯を点け、次いで玄室の入口まで進んでいって開き戸を開けた。

さゆりとあかねはゆっくりと玄室の中へと入って行くと、威厳に満ちた無機質な黒い扉をその目で捉えた。

久し振りに対面する喜びを隠そうともせず、二人は足早に近づいて行くと、愛おしそうにツヤツヤとした石板の表面を撫でた。

懐かしい感触だった。

同時に父親と過ごした厳しくも楽しい修行の日々が時空を超えて一気に蘇ってくるような気がした。

二人に続いて玄室に入った福田は、洞窟の中で感じたのと同じ甘い誘惑に導かれて黒い扉へと吸い寄せられると、そこにへばり着いて恍惚の表情を浮かべた。

それを見て慌てたさゆりは、福田の身体を荒々しく引きはがした。

「この先にはあなた自身の実力で入って行くのよ、諒君。その時こそあなたは晴れて私を連れて行くことができるようになるのよ」

我に返った福田は、催眠術が解けたような表情でキョトンとしていたが、やがてさゆりの言葉の意味を理解すると力強く頷いた。

さゆりの言葉は、福田を励ますためのものだったが、麗子には聞き捨てならないものだった。

「さゆりさん、それはどういう意味ですか？　これは私が守っているもので、あなたには関係ないのよ」

「あらそうかしら？　麗子さんは『奥の院』に一緒に入って行く相手を探しているようですけど、相手にも選ぶ権利があるんじゃないかしら？」

麗子は大きく目を見開くと、怒りで身体を震わせた。

「あなた何を言っているの？」

さゆりの肩を持って、福田は勢い込んで言った。

「俺もここのリーグ戦に参加することに決めたから。今期中にも圧倒的な力で優勝して、その後にあなたにも勝ってみせるさ」

福田が力強くそう宣言すると、後ろのほうから拍手する音が聞こえてきた。振り返ってみると、それまで黙ってことの成り行きを見守っていた星飼だった。

「これはこれは、相変わらず勇ましいですね、福田先生。是非とも名人目指して頑張ってくださいよ」

福田はからかわれていると感じて、怒りで身体を震わせた。

「またお前か。そうやって俺の邪魔をするのが楽しいんだろ。でも今度という今度は、もうお前なんかには負けないからな」

熱くなって吠えたてる福田を、すっかり酔っていてもいつものクールさを忘れることなく星飼はあざ笑った。

「いつもながら熱いね、福田君。でもご安心を。俺は今日を最後にもうお別れだから、これで福田先生も悔しい思いをすることもないだろうよ。ラッキーだったな」

「なんだと。ふざけんなこの野郎。俺はお前がいたってちゃんと名人になってみせるさ。お前こそ怖気づいて尻尾を巻いて逃げるつもりなんだろ」

「ばか野郎、俺だってお前なんか屁とも思ってないさ」

「だけど会社を辞められないんだろ。俺のことを囲碁から離れられなくて未練がましいとか言ってるくせに、お前こそ本当は囲碁をやりたいくせに会社に縛られて思い通りにできないただの奴隷じゃねえか」

「何だとこの野郎、ふざけんじゃねーぞ」

いつもニヒルでクールな星飼が珍しく語気を強めた。

「これは俺が選んだ道なんだ。俺が納得すりゃそれでいいんだよ」

「思いっ切り囲碁に専念してもう一度俺にぶつかってこいよ。俺が名人になるのを阻止しなくていいのかよ」

福田の挑発に、星飼は一瞬酔いが醒めたような顔を見せたが、次の瞬間、止めどなく溢れ出る涙を抑えることができなくなった。

「俺も本当はそうしたいんだ、ばか野郎。でもどうにもならないんだよ。俺にも生活があるんだよ」

するとあかねが声をかけた。

「あなたは囲碁を続けるべきよ」

星飼は驚いてあかねを見た。

「あんた、誰なの?」

「私はあなたの味方よ。私には見えるの。あなたは囲碁に命を懸けるべきよ。あなたが意に反した決断をして苦しんでいる様子が私には手に取るように分かるの。あなたは囲碁を捨てちゃ駄目よ。あなたは囲碁でまた生き返るわ」

星飼は狐につままれたような表情で、黙ってそこに立ち尽くしていた。

「あなたほどの実力者が囲碁をやめるなんて勿体ないわ。生活の心配はいらないから囲碁に専念しなさい。こう見えても私は結構資産家だから、スポンサーになるわ」

星飼の酔いはすっかり醒めた。

この巫女姿の女が何者なのかよく分からないが、星飼にとってはこれまでの人生において、彼女こそ自分の最大の理解者であるような気がした。

この時星飼は辞表を叩きつける決心をした。それがどれほど痛快なことかは分からないが、いつかやってみたいとずっと夢見てきたことだった。

これで福田の参戦に続いて、星飼もリーグ戦に残ることになったので、井山の焦りはますます募った。

第六章

福田が新たに「らんか」のリーグ戦に参戦するようになり、星飼も会社を辞めて囲碁に専念することになったので、燃え尽き症候群を脱したばかりの井山のやる気にも再び火が点いた。

囲碁に対するやる気をみなぎらせた時の井山の集中力、執着心には恐るべきものがあった。朝起きてから夜寝るまで、ことによっては寝ている間の夢の中でもまさに囲碁三昧の生活が始まった。

初音はそんな井山の再起を心から喜び、愛する井山のためにとことん尽くそうと心に決めた。井山がそれに気づくことがなくても、また見返りなど得られなくても、自分がそうしたいのだからそれで満足だった。

夢中になって囲碁に取り組み始めた井山はまた仕事をさぼって昼間から「らんか」に入り浸るようになった。初音は井山がさぼった分の仕事を代わりにこなして井山の不在を感じさせないように努めた。終業時間がくると直ぐにオフィスを飛び出して、その日の仕事内容を井山に報告するために「らんか」へと向かった。井山は対局中のことが多かったので、初音は対局後に井山を捕まえて報告したが、井山は終えたばかりの対局のことで頭がいっぱいでいつも上の空だった。

井山の上司のパンダ眼鏡と髭ゴジラは、ライバル商社との囲碁対抗戦で勝利を収めたというのに、ご褒美である仕入れ倍増はいつまでたっても実現しないうえに、このふざけた「お遊び」の責任を誰が取るのかという問題が浮上してきたので「社内営業」に忙殺されていた。そのためこの二人が井山に構っている暇がなかったことも幸いした。

二〇一九年七月の後半に、リーグ戦に五段で復帰した井山は勝ち星を重ねて五連勝となり、早くも七月のうちに六段、そして念願の高段者リーグ入りを果たした。

ライバル商社との対抗戦に向けた練習対局で、七段の手合いで高段者に鍛えてもらっているうちに、六段の実力は十分身についていたとみえて、燃え尽き症候群による二週間のブランクを全く感じさせなかった。

八段で高段者リーグに参加するようになった福田は、芸者業を再開したさゆりの支援を受けて囲碁漬けの生活を始めるようになった。こんな刺激は院生の時以来だったので、強いプレッシャーを感じながらもまた痺れるような勝負に挑む幸せを感じた。

商社を辞めた星飼も朝から晩まで囲碁漬けの生活に変わった。生活費は弁財天神社への帰還を果たしたあかねが支援してくれることになったので、心おきなく囲碁に専念できるようになった。これまでは名人にそれほど執着していなかった星飼も、実際に黒い扉を目にしてからはかなり本気になっていた。彼にとっては院生の頃に果たせなかった夢に再度挑戦する、人生のリベンジマッチでもあった。

こうして本腰を入れて名人を目指す井山、福田、星飼の三人は、七月から九月の高段者リーグに遅れて参加した。この時点での勢力図は以下の通りだった。

六月の対局を最後に政治家秘書の賜が姿を消したので、八段は七人に減っていた。元々四天王だった弁護士の矢萩、ライバル商社の埜口と星飼、自由奔放な藤浦の四人と、韓国で修行してきた十歳の天才少年の丸山、元々七段だったが仕事を辞めて囲碁に専念することで念願の八段昇格を果たした医者の奥井と財務官僚の羽田の合計七人である。そこに福田が加わって八段は再び八人になった。

八段を追う七段は、銀行を定年退職した和多田、現役銀行員の山戸、女性コンサルタントの村松を始めとして十名ほどに増えていたが、その誰もが八段との間の越えられそうで越えられない壁に苦しんでいた。七段の者が非常にうまく打てた時に八段の足をすくうことも稀にあったが、なかなか八段へと昇段するまでには至らなかった。

それに比べると、元政治家の細名や元ビジネススクール学長の堀井は六段に昇格したばかりだったが、二人とも仕事を辞めて囲碁に専念していたのでその上達振りには目を見張るものがあった。現に二人とも、他にも十名ばかりいる六段の者を圧倒するようになっていた。

七月に始まったばかりのリーグ戦は大方の予想通り、弁護士の矢萩、商社マンの埜口、そして丸山少年の三人が全勝を守って他をリードしていた。

特に弁護士の矢萩が今期のリーグ戦に懸ける意気込みには凄まじいものがあった。

六十代後半の矢萩は伸び盛りの若手を倒して優勝する可能性は、時間が経つにしたがって厳しくなることをよく分かっていた。そこで一年だけ仕事を離れて後悔のない囲碁人生を全うしようと決めたのであるが、その期限が刻一刻と迫っていた。

矢萩の設定した期限は年末なので、優勝のチャンスはあと二回しかなかった。そういった意味で矢萩は悲壮ともいえる覚悟をもって今期のリーグ戦に臨んでいた。文字通り老体に鞭打って、毎日深夜まで棋譜並べを繰り返して、最新のトレンドを探ろうと努めたが、それは矢萩にとってとても過酷なことだった。

しかもその過酷さは体力面だけではなかった。

ここにきて若手を中心にＡＩ流の打ち方が主流になりつつあったので、矢萩も取り組み始めたのだが、勉強をすればするほど違和感を覚えることが多かった。それどころか、これまで六十有余年かけて積み上げてきた囲碁の常識が根底から覆される恐怖すら感じた。

つい先日も象徴的な出来事があった。六段の細名と堀井の対局の局後の検討に加わった時のことである。大変な熱戦だったが、結果的にヨセで堀井にミスが出たために細名が際どく逆転で半目勝ちを収めた碁だった。

序盤早々に細名に疑問手があって、それがこの碁を難しくしたと感じた矢萩は検討の際にそのことを指摘したが、細名はタブレットで素早く確認すると自信たっぷりに反論した。

「お言葉ですが矢萩さん、ＡＩもこの手を推奨していますよ」

矢萩は何かというとＡＩに頼る風潮を快く思っていなかった。

「ＡＩが何と言おうと、この手は明らかに筋違いだと思うな。そもそもここまでの形勢を見ても特に地を稼いでいるわけでもないし、大した厚みを形成しているわけでもないから、凄く中途半端で、この時点でもう勝てる見込みはかなり少ないと思うんだよね。最後は堀井さんのミスでかろうじて勝てたから良かったようなものだけどね」

細名は釈然としない表情で反論した。

「でも矢萩さん、この時点でＡＩの評価値は六十五パーセントで、私のほうが少し良いんですよ」

細名のその言葉に、矢萩は完全に言葉を失った。

ＡＩがいくらその手を推奨したとしても、矢萩のこれまでの常識からしたらそれはとんでもなく筋の悪い手にしか見えなかった。

老兵は静かに去るべきなのだろうか？

矢萩はこの風潮に果敢に挑み、最後まで抵抗を試みる覚悟を持っていたが、ますます自分の去り際が早まっていることを認識せざるを得なかった。

そういった意味では、今期がラストチャンスかもしれなかった。

幸い良いスタートを切ったので、矢萩はこの勢いのまま一気に押し切って名人を獲得したいと考えていた。

元来が勝負師である矢萩が今期のリーグ戦に懸ける意気込みは日々凄味を増すようになり、元々淡泊な草食系の若者は、その気迫に圧倒されて負けてしまうことも多かった。

そんな矢萩が最も警戒していたのはやはり埜口だった。

伸び盛りの丸山少年もどんどん力をつけており侮れないが、前回のリーグ戦では経験不足を突いて見事に勝利を収めたので、経験豊富な自分が慎重に打ち進めさえすれば、もう二度と不覚を取ることはないと楽観的に考えていた。

対局に臨む際の精神的優位は勝敗に大きく作用するものである。そのことをよく心得ている矢萩は、半年後はともかく、現時点ではまだこの若造に負けるわけがないと自己暗示をかけることで勝利を確実に手繰り寄せることができると信じていた。

寧ろ若い丸山よりも海千山千の埜口のほうがどんな駆け引きを仕掛けてくるか分からないので厄介だった。おまけに埜口は決して若手とは言えないのに、AI流も熱心に研究していたので警戒が必要だった。

したたかな埜口は、若手と打つ時は無理してAI流を使わないのに、矢萩と打つ時は積極的にAI流で揺さぶりをかけてくることが予想された。

本来なら最大のライバルと目されていた星飼が地方へ去ることになって、矢萩も内心安堵していたのだが、あろうことか星飼は会社を辞めて東京に残ることになったので矢萩は激しく動揺した。しかも星飼と幼少の頃から切磋琢磨してきた福田まで新たに加わるというおまけまで付いたので、矢萩の思惑は大きく狂ってしまった。

矢萩としては、渾身の力を振り絞って埜口さえ倒せば、全勝優勝も見えてくると計算していたが、星飼のことは埜口より苦手としていたし、福田に至っては一度も対戦したことがないのでどんな碁を打つのかよく分からなかった。

いずれにせよ、今期の優勝は現在全勝を続けている矢萩、埜口、丸山の三人と七月後半から参加してきた星飼、福田の五人で争われることは確実だった。

矢萩は優勝候補との対局はなるべくリーグ戦の後半に持っていくようにして、それまでは慎重にも慎重を期して決して取りこぼしのないように注意しようと肝に銘じた。

全勝を守ったうえで迎える優勝候補同士の直接対決こそが、恐らく囲碁人生最後にして最大の大勝負になることが予想された。

自由奔放な藤浦の強さは矢萩も認めていたが、今期も彼が「らんか」に来ることは稀だったので、それほど警戒する必要はなかった。恐らく嫉妬深い若妻の由美が、藤浦が麗子に近づくことを警戒して監視の目を緩めていないのだろうが、時々藤浦は厳重な監視網をかいくぐっては「らんか」にこっそり駆けつけて、カウンターで盛んに麗子を食事に誘っていた。

甥の丸山少年から、麗子を口説いている情報が若妻の由美に伝わるとまた痛い目に遭うので、藤浦の口説きもそれが口説きだと思われないような巧妙なものだった。

藤浦はどうしても他の人に聞かれたくない重要な話があるので、少しでいいから外で話す時間が欲しいと、誰にも聞こえないほどの小さな声で囁いたが、その後に麗子が大きな声で反復するので、藤浦の思惑とは裏腹に多くの人の知るところとなり、当然の結果として丸山少年を通じて若妻の由美にも伝わり、結局は「らんか」に行く回数が減るという悪循環を生んでいた。

七夕に行われたライバル商社との囲碁対抗戦で、井山たち大手町側は勝利を収めたが、社内では相変わらずこの問題がくすぶっていた。

上司のパンダ眼鏡と髭ゴジラは火消しに奔走していたが、状況は日に日に悪化の一途をたどり、一部の早耳社員の間では、部そのものがなくなるという噂がまことしやかに囁かれるようになっていた。

初音はそんな噂を耳にする度に不安に駆られたが、七月の後半からリーグ戦に復帰した井山は、そんなことはお構いなしに毎日せっせと「らんか」通いを続けていた。対抗戦の直後は燃え尽き症候群に陥った井山だったが、今や以前と同じように脇目も振らずにどうしたら強くなるのかを極限まで追求する求道者の顔に戻っていた。

初音は井山が囲碁に邁進する姿を見てますます恋心を燃え上がらせたが、強くなりたいという井山の願望が純粋に囲碁に対するものならよいが、麗子と「奥の院」に行くことが目的なら、それはそれで問題だと思った。

リーグ戦に復帰して直ぐに六段に昇格し、念願の高段者リーグ入りを果たした井山は、最初は勝ったり負けたりしていたが、次第に白星が続くようになった。

井山は最大のライバルである六段の細名と堀井を撃破すると、その勢いのまま七段の和多田や松村にも定先で勝利を収めた。

特に七段の和多田との対局は、終始相手を圧倒しての中押し勝ちだったので、互先でも勝てる地力がついてきたことを物語っていた。

すっかり自信をつけた井山は、果敢に八段の優勝候補にもチャレンジしていった。

六段なので名人になる資格はまだないが、八段の優勝候補を破れば名人に待ったをかけることができるし、二子の手合いならそのチャンスは十分にあるように思えた。

井山は最も手ごわいと思われる福田と星飼に挑んだが、あっさりと返り討ちに遭ってしまった。六段や七段相手なら納得のいく碁が打てるようになったが、この二人には六段の手合いでも全く敵わなかったので、井山のショックは大きかった。

井山は気を取り直すと、その後も六段や七段、時には五段や四段を相手に連勝を続けた。

こうして井山は四連勝したかと思ったら星飼に負け、また四連勝の後に福田に負けたので、八段と対局すると七段への昇格条件である八連勝はなかなか難しかった。

八月も終わる頃に、カウンターで何気なく対戦一覧表を見ていたバーテンダーの梅崎が、井山は直近十局が八勝二敗で勝率が八割であることに気づいた。

七段への昇格条件は八連勝の他に直近十局の勝率が八割以上というものがあることを井山はすっか

り忘れていたが、こうして井山は六段になってから僅か一か月で七段に昇格した。

昇格を意識していない中で転がり込んできた棚ぼたの昇格ではあったが、井山は素直に喜んだ。

そうなると、目標の八段までいよいよあともう一歩だが、その最後の僅か一段を上り切ることが極めて難しいことは、これまで多くの七段の者の苦労を目の当たりにしているだけに、容易に想像できた。

七段の和多田は、囲碁を始めてからこれまでに費やしたのと同じくらいの時間と労力を傾けなければ八段になれないと言っていた。いや、それだけでは足りなくて、その努力に加えて才能も必要とのことだった。

現にこれまで七段から八段への昇格を果たしたのは、医者の奥井と財務官僚の羽田の二人だけで、大人になってからそれを成し遂げたことはまさに奇跡といえた。

井山の目の前には、想像もできないほどのとてつもなく高くて険しい壁が立ちはだかっていた。

その壁を越えるために、これから一体何をしたらよいのだろうか？

井山も何とかここまで来たが、和多田の言葉が正しいなら、まだ丁度、道半ばということになる。

これでは時間が全然足りなかった。

折角ここまで来たのにいよいよ時間切れで夢を逃すことになってしまうのだろうか？

こうして悩んでいる間にも、優勝候補の五人はもの凄い勢いで全勝を続けて、刻一刻と名人に近づいているように見えた。

星飼と福田がリーグ戦に参加して以降の展開は、まさに矢萩が予想した通りとなり、星飼も福田も居並ぶ相手をバッタバッタとなぎ倒し、二人の強さには対戦相手ばかりでなく、周りで観戦している者も恐れ慄くほどだった。

こうしてこれまで全勝を続けていた八段の矢萩、埜口、丸山に星飼と福田の二人を加えた優勝候補の五人が依然として全勝を続けていたが、こうなってくると、矢萩に限らずこの五人はお互いに優勝候補同士であることを意識して完全に対局を避けていた。

それでも五人とも取りこぼしがなかったので直接対決は持ち越されていたが、八月も終わる頃にはそろそろお互いに対局しなければならなくなった。

目標とする八段にあと一歩と迫りながら、最後の壁を越えられず悩む井山は、圧倒的な強さで全勝を続ける八段の優勝候補五人を見て絶望的な気持ちになっていた。

七段に昇段した後も、井山は比較的順調に勝ち星を重ねたが、自信を深めて果敢に八段に挑戦しては毎度返り討ちにあってその都度自信は脆くも砕かれた。

七段に昇段した後も大きく勝ち越していたので、本来なら大いに称えられるべきだったが、井山にとっては目指すところはさらにその上なので、どうしても越えられない壁の大きさを痛感しては焦りを募らせるばかりだった。

七段と八段の間に横たわる大きな差は、これまでも多くの人から聞かされてきたが、実際に自分がその高みに到達して、初めてその違いがよく分かるようになった。

序盤でちょっとしたリードを広げる工夫、相手の予想を裏切る着想、中盤での闘いの強さ、読みの速さ、形勢判断の正確さ、そのどれをとっても、少しずつ井山を上回っているように感じられた。それはほんの僅かな違いかもしれないが、どうあがいても追いつける気がするものではなかった。


緊迫の高段者リーグの優勝争いは、五人の優勝候補が全勝で譲らないまま、いよいよ運命の九月へと突入していった。

優勝候補の五人は、互いに顔色を窺いながら、そろそろ全勝同士の対局をしなければならないと考えるようになっていた。

今期からリーグ戦に参加した福田は、毎日必死に勉強しながら対局をこなしていた。最初は手探りで入っていったが、対局を重ねるうちに相手の実力も徐々に把握できるようになり、九月に入る頃には、全勝を続けるライバル以外には特に警戒すべき相手がいないと感じていた。ライバルが対局している時は熱心に観戦して、局後の検討にも加わったので、相手の力量もつかめるようになっていた。

実際に対局してみないと分からないが、福田が見たところ、自分も含めた優勝候補の五人はまさに実力伯仲で、全員に優勝の可能性があるように思われた。勿論、棋風や特徴はそれぞれ違うが、よく知っている星飼や、若い丸山ばかりでなく、矢萩や埜口にも彼等なりの凄味を感じた。

そんな中、九月の二週目に入っていよいよ優勝候補同士が直接相まみえる時がやってきた。

矢萩はライバルの中では、丸山少年が一番与しやすいと考えていたので、まず丸山少年に対局を申し入れた。

弁護士の仕事を休んで囲碁に専念するのは年内いっぱいと決めた矢萩の気迫には並々ならぬものがあった。

丸山少年としても、矢萩には最初の練習対局の時にたまたま勝利を収めたが、前回リーグ戦では老練な打ち回しに翻弄されてまさかの敗北を喫したので、院生Aクラスに上がったプライドにかけても、こんなロートルに二度続けて負けるわけにいかないと思っていた。

対局は序盤から黒番の矢萩が手厚く打ち、対照的に白番の丸山少年が足早に打ち進めていく展開となった。丸山少年は直ぐに三々に入って地を稼いだが、方々の石が薄くて、これでは打ち切れないように見えた。

中央の厚みをバックに、矢萩は孤立した白石にプレッシャーをかけたが、丸山少年はまたまた手抜きをすると、小目をしまってさらに地を稼いでしまった。

いくらなんでも稼ぎ過ぎだと怒った矢萩は、猛然と孤立した石を攻め立てたが、丸山少年はのらりくらりとあっちにつけたりこっちにもたれたりしながら簡単にさばいて、その過程で攻めてきた相手の石も切って逆に攻撃をしかけてきた。

そんな強引な手に全く気づいていなかった矢萩は動揺したが、この手を見ていたから丸山少年は散々手を抜いたのだと分かった。

矢萩も勝負師らしく強手を連発して反撃したが、丸山少年はその裏をかいては矢萩が予想もしていない手で応じてそのまま押し切ってしまった。

丸山少年の会心の一局で、矢萩にとっては衝撃的な完敗となった。

ここまで順調に全勝を重ねていた矢萩の落ち込みは激しかった。

それでも矢萩は気を取り直すと、観戦していた他の優勝候補も交えて熱心に局後の検討を行った。

「孤立した石を脅かしたのに、手を抜いて小目をしまったのには本当に驚いたよ。こんな手は怖くて私は絶対に打てないけど、その後のしのぎは見えていたんですか?」

丸山少年は当然という顔で答えた。

「うん、そうだよ」

横で盛んにタブレットを操作していた細名も大きく頷いた。

「AIの推奨もその手ですね」

それを聞いた矢萩は愕然とした。

自分だったら絶対に打てない手を丸山少年は平然と打ち、しかもそれがAI先生の推奨する手と一致しているとは。時代が先に行き過ぎていて、矢萩には理解不能だった。

こんな手は、今後どんなに努力しても、これまで培ってきた棋理が染みついた自分には一生打てないと思った。

すっかり打ちのめされた矢萩は、真剣勝負は今回のリーグ戦で終わりにしようと決めた。

一年ももたなかったが、良い夢を見させてもらって幸せだった。

この対局を境に矢萩の気迫はすっかり影を潜め、これまでだったら想像もできない淡泊な手であっさりと負けてしまうようになった。


星飼は電撃的に会社を辞めて以来、上司だった埜口を見かけてもなるべく顔を合わせないようにしていたが、優勝候補同士とあっては対局を避けるわけにはいかなかった。星飼は寧ろ埜口との対局を心待ちにしていた。皆の前で打ち破って、早々に優勝候補から引きずり降ろしてやりたいと燃えていた。

九月に入って三週目のある日、星飼は埜口を見かけると近づいて行って対局を申し込んだ。埜口としては、星飼との対局はもう少し後にしたかったが、皆が見ている前で申し込まれては、理由もなく断るわけにいかなかった。

埜口は実力的には星飼と拮抗していると思っていた。現にこれまでの対戦成績は五分に近かったが、最近は少しずつ負けが込んでいることに本人は気づいていなかった。埜口にとっては、星飼はいつまで経っても大学囲碁部の後輩で、会社の部下で、若造でしかなかった。

一方の星飼は埜口に対する敵愾心をマグマのように蓄積していたので、あとはそのエネルギーを一気に爆発させるだけだった。

埜口は昔から布石に定評があったが、序盤の優勢を意識して中盤の勝負どころで僅かに緩む時があった。星飼は埜口につけ込むとしたら、中盤のどこかで生じるその僅かな隙を衝いて、一気に乱戦に持ち込むしかないと思っていた。

この日の対戦は、まさに星飼の想定通りに展開した。

序盤で布石をうまく打った埜口が少しリードする展開となったが、星飼は焦らず、粘り強くついていった。中盤の勝負どころで埜口が慎重に打って少し緩んだ瞬間、その緩着を咎める厳しい手で勝負に出た。堅く打って逃げ切りたかった埜口も、星飼の勝負手に反発せざるを得なくなり、そこから激しい闘いに引きずりこまれていった。手堅い手を後悔した埜口は、その後の着手が乱れて一貫性を欠いた。

結果は白番星飼の三目半勝ちに終わった。

今期も名人になるチャンスを逃して埜口は悔しがった。星飼がおとなしく地方に転勤してくれなかったことが恨めしかった。


その碁を観戦していた福田は、埜口の布石のうまさに改めて感心したが、同時に中盤につけ入る隙があることもよく分かった。福田は中盤の闘いでの読みの力には絶対の自信を持っていたので、そこで勝負に持ち込もうと考えた。

埜口が星飼に敗れた翌日に、今度は福田が埜口に対局を申し込んだ。

敗北を喫した途端に、全勝の者が自分を餌食にしようと群がってくるようで、埜口は不快に感じたが、こうなった以上はなめてかかって来る相手を返り討ちにするしかなかった。

福田と埜口の対局は、福田が予想した通りの展開になった。

布石で埜口はうまさを発揮して地を取ったうえに発展性のある方向に石が向かい、この時点で埜口が打ちやすい碁形になった。

中盤に入って序盤のリードを意識した埜口が、手堅く先手で利かしにきた一瞬の隙を衝いて、福田は本来なら一手備えるべきところを放置して、相手の一等地に打ち込んでいった。この利かしに受けないことはあり得ないと思っていた埜口は福田の勝負手に驚いた。

利かしの後に大きな地を確定させて手堅く逃げ切るつもりでいたが、その目論見が脆くも崩れた埜口は、こんな生意気な手を許すわけにいかないと奮い立った。取りかけの勢いで厳しく攻め立てたが、福田は巧みにさばきながら埜口の地模様をすっかり荒らして大きく生きてしまった。

福田も手を抜いたところは多少ぼろついたが、結果的にこの勝負手が功を奏して白番福田が五目半勝ちを収めた。

これで埜口は二連敗となり、名人どころか優勝争いからも脱落した。その翌日にはこれまで得意としていた丸山少年にも敗れて完全にタガが外れてしまった。

九月の四週目に入ると、全勝は福田、星飼、それと丸山少年の三人だけになっていたが、いよいよこの三人が対戦する時がやってきた。

福田も星飼も幼少の頃から数えきれないほどの対局を重ねてきた宿命のライバルだけに、お互いに相手との対局は最後までとっておきたい気持ちが強かった。そして雌雄を決する最後の大一番までは他の誰かに足をすくわれることなく、是非とも全勝を続けてほしいと互いに思っていた。

丸山少年に先に対局を申し込んだのは星飼だった。

星飼は丸山少年の強さをよく知っており、日々の成長も実感していたが、これまで負けたことがなかったので、精神的に余裕をもって臨むことができた。但し伸び盛りの丸山少年に一度でも土をつけられたら、その後は二度と勝てなくなるかもしれないので、星飼は油断することなく気持ちを引き締めた。確かにこれまで丸山少年に負けたことはないが、対戦の度に相手が強くなっていることは肌で感じていた。

丸山少年としてもいつまでも星飼に負けてばかりいるわけにはいかなかった。リーグ戦参加者の中で、今まで丸山少年が一度も勝ったことがないのは星飼だけだった。そういった意味で、丸山少年にとっても真価が問われる大事な対局だった。

この頃になると、この対局はいよいよトーナメントの準決勝のような様相を呈してきて、多くの観戦者が集まるようになっていた。

星飼の対局はあかねも観戦するようになり、福田の対局は仕事を終えたさゆりも見にくるようになっていた。

星飼は丸山少年と対局する日もあかねが来ていることに気づいて、どうしても負けるわけにいかないと奮い立った。

どうしてあかねが星飼を援助してくれるのか、その理由はよく分からなかったが、サラリーマン生活にほとほと嫌気がさして、また痺れるような勝負の世界に戻りたいと感じていた星飼にとっては、まさに渡りに船の有難い話だった。但しあかねも決してボランティアで援助しているわけではないだろうから、その見返りに何かを望んでいるはずだった。これまでそれが何であるかあかねが口にすることはなかったが、名人が視野に入ってきたら、聞いてみる必要があった。


星飼と丸山少年の対局は、福田も観戦した。福田としては星飼が伸び盛りの丸山少年を相手にどのように対応するのかを参考にしたかった。

握って丸山少年が黒番となった。

最初の数手はお互いに時間を使わずサラサラと進んでいった。福田も中韓のトッププロの棋譜並べをすることが多いので、この対局も最新の流行布石で進んでいることに直ぐに気がついた。

ＡＩ推奨の手があと何手か続くと思って福田が眺めていると、しばらく考えていた星飼が、全く違うところに打った。ＡＩの評価値に縛られているばかりでは自分の碁を見失うし、その後も正確に打ち続けなければ意味がないので、星飼の打った手は星飼なりにベストだと思ったものなのだろう。それにＡＩの評価値が僅かに下がったとしても人間の感覚だと一目の差もないことが多いので、本当はそれほど神経質になる必要はないのかもしれないが、問題は、星飼の打った手は、評価値は明らかに下がっても、その後どのように対応したらいいかの判断が非常に難しい、際どい手だということだった。

星飼はわざとＡＩが打たない手を打って、丸山少年を試そうとしたのだ。下手をすればそこから大きく形勢を損ねるリスクもあるが、普段ＡＩを使って研究をしている丸山少年は、この見慣れない手にどう対応していいか分からず、完全に動揺してしまった。

その後、丸山少年の着手は乱れ、精神的な焦りからミスを重ねた。

若いだけに一度勢いづくと無類の強さを発揮するが、一旦乱れ出すと、その崩れ方もまた目を覆わんばかりで、結局中押し負けに終わった。

その翌日に丸山少年に対局を申し込んだ福田は、前日の星飼の作戦を参考にした。

途中まではＡＩ通りの布石を続け、どこで丸山少年の着手を乱すか綿密に作戦を立てた。果たして、ＡＩが打たない見慣れない手で丸山少年を翻弄して綻びを引き出すと、あとはその乱れを衝いて、そのまま一気に押し切ってしまった。

これで全勝は福田と星飼の二人になった。

いよいよ二人の最終決戦を残すのみとなったが、この期に及んでも二人に挑戦する者は後を絶たなかった。多くの者が二人に全勝を続けて最後の大一番を迎えてほしいと願う一方で、我こそは優勝候補に土をつけて名を上げようと考える猛者も多かった。

あくまでも冷静な二人は、そんな挑戦者を危なげなく退けていった。

もう敵いそうもなくなり、二人の直接対決を早く見たいという気運が次第に高まった。

リーグ戦最終日の九月三十日は翌週の月曜日だが、それまで我慢できないという声に押されて、二人は二十七日の金曜日に対局を行うことになった。

その噂は瞬く間に広まって、今期リーグ戦の最大のクライマックスをこの目で見ようと多くの観戦者が「らんか」に集まってきた。

福田にとっても、星飼にとっても、絶対に負けられない闘いだった。

それは単に囲碁サロンでのリーグ戦の一対局という以上の意味を持っていた。

特に福田にとっては、助っ人として参加した大事な対抗戦で星飼に悔しい半目負けを喫したばかりなので、今度という今度はきっちりと借りを返したかった。

思い返せば、院生時代にもプロ入りがかかった大事な対局で星飼に悔しい半目負けを喫し、それは福田にとって一生消えることのない深い傷として残っていた。

芸者に復帰して自分を支えてくれるさゆりの期待に応えるためにも、いや、それ以上にさゆりを失わないために、今回は絶対に負けるわけにはいかなかった。

絶対に負けられないという意味では星飼も同様だった。

福田がさゆりに恩義を感じているように、星飼もなんとかあかねの恩に報いたいと思っていた。

お互いに絶対に負けられないと思いつつも、最終的に勝つのはいずれか一人だけという厳しい勝負がいよいよ迫ってきた。

福田も星飼も相手の事情をよく分かったうえで、それでも勝たねばならぬ勝負の世界の厳しさを改めて嚙みしめていた。

こうして、優勝を懸けた福田と星飼の大一番の日を迎えた。

第七章

神楽坂の囲碁サロン「らんか」のリーグ戦もいよいよ大詰めを迎え、ここまで全勝の福田と星飼は九月二十七日金曜日に優勝を懸けた直接対決に臨むことになった。

最後の決戦を見逃すまいと、多くの観戦者が「らんか」の対局部屋に集まってきた。もしかしたら名人が誕生するかもしれない大一番とあって、観戦者の熱気はいやが上にも高まった。

いつもより多い人出に紛れて、この日は久し振りに自由奔放な藤浦もやってきた。どうしても優勝の行く末をこの目で見届けたいと嫉妬深い若妻の由美を説得した藤浦は、この日限りの来訪を許してもらったようだった。当然のことながら由美は甥の丸山敬吾にお小遣いを渡して、しっかりと藤浦を監視するように言いつけていた。

藤浦は周りの目を気にしながらも、カウンター席にいる麗子にスルスルと近づいて行くと、凝りもせずにまた食事に誘い始めた。

「ねえ、麗子さん。神楽坂に凄い評判の日本料理屋がオープンしたんだけど、知ってる?」

「あら、そうなんですか?　神楽坂ならここからも近いですね」

「そうそう、そうなんだよ。だからもう麗子さんを口説くとかそういう話じゃなくて、そこにどうしても連れて行かなきゃならないんで、お願いだから一度つき合ってよ」

いつもは藤浦の誘いを上の空で聞き流している麗子だが、この日は珍しく興味を示して、藤浦のほうに顔を向けた。

顔全体を覆う白髪交じりの髭と真っ黒なサングラスが目の前にあった。

よく見慣れたはずの風貌だが、麗子は改めてじっと覗き込んだ。

藤浦は今まで麗子からこんなに真剣に見つめられたことがなかったので、すっかり調子が狂ってしまった。

「別に全然無理しなくてもいいんだけど、ちょっと大事な話があるから一度付き合ってほしいんだよ。そのお店は『うお輝』っていうんだけど、あの六本木の有名店『魚輝』の姉妹店なんだよ」

藤浦の顔を覗き込みながらも、麗子は少し上の空で何か他のことを考えているようだったので、藤浦は不安を覚えた。

「ちょっと麗子さん、聞いてる?」

我に返った麗子は直ぐに頷いた。

「大丈夫です。聞いてます」

「六本木店は、うにといくらの土鍋ご飯が売りの人気店で、なかなか予約が取れないんだけど、神楽坂店はオープンしたばかりでまだあまり知られてないから、今なら予約が取れると思うんだよね。でも早くしないと予約が取れなくなっちゃうからなるべく早く行きたいんだよね。聞いてる?」

「え、はい。今ならまだ予約が取れそうなんですね」

「そうなんだよ。神楽坂のほうは古民家を改装した情緒のある造りで、六本木店とは雰囲気が違うけど、こちらも料理は抜群に美味いんだよ。目の前の囲炉裏で一匹丸ごと串焼きにする大トロ鰯なんか最高だよ。お酒もうまいのが揃っていて、洞爺湖サミットで振舞われたあの幻の名酒『磯自慢』も置いてあるんだよ」

麗子は視線を逸らすことなく、即座に答えた。

「分かりました。それではその店に連れて行ってください」

麗子が初めて誘いに乗ってきたので、心の準備ができていなかった藤浦は逆に面食らった。

思わず藤浦は麗子の顔を覗き込んだが、麗子はなおも藤浦の心の奥まで見透かそうとするかのようにじっと見つめていた。

「お店も勿論ですけど、私も藤浦さんのその大事なお話とやらを聞いてみたいので、是非とも連れて行ってください。なんなら、今日これから行きましょうか?」

麗子の言葉に、藤浦はますます困惑して、他の人に聞かれていないかと辺りを見回してから、顔を近づけて小さな声で答えた。

「さすがに今日の今日は無理だから、来週ということでどうかな?」

「あら残念だわ。それでは少しでも早いほうがいいから、来週の月曜日はどうかしら?」

今まででは考えられない麗子の積極的な態度に最初は戸惑いを見せた藤浦だったが、その変化の理由を直ぐに察すると、真っすぐに麗子を見据えて答えた。

「麗子さんにようやく分かってもらえたようで嬉しいよ。俺も早いほうがいいんだけど、月曜日ではまだちょっと具合が悪いんで、十月一日の火曜日はどうかな？　その日ならもう全然問題ないんでね」

藤浦の顔を瞬きひとつせずに見つめていた麗子は、自分の気持ちが藤浦にしっかりと伝わったことが分かって満足気に頷いた。

「分かりました。それでは私も楽しみにしています」

そう言うと、麗子はようやくニッコリと笑った。

対局部屋ではいよいよ福田と星飼の全勝対決が始まろうとしていた。その対局を観戦しに来た丸山少年は何気なく辺りをうろつきながらカウンターの二人の会話に聞き耳を立てていた。

これから最後の決戦に臨む福田と星飼の周りには多くの観戦者が集まっていたので、藤浦と麗子の会話を聞き届けた丸山少年はカウンターを離れると慌ててそちらに向かった。

握って星飼が先番に決まった。

星飼は碁笥を手元に引寄せると、間髪を容れず右上隅の星に黒石を打ちつけた。

それを見た福田はさほど考えることなく、二手目を打った。

序盤をどう打つかは、お互いにある程度は考えてきているようだったが、福田が緊張して顔をこわばらせているのに対して、星飼はさほど緊張した様子もなく、いつも通り淡々と打ち進めていた。

布石はお互いによく研究しているとみえて、サラサラと進んでいった。

三十手ほど進んだところで、盛んにタブレットを操作していた政治家の細名が感心したようになると、隣にいる井山に囁いた。

「二人とも凄いですね。ここまでずっとＡＩの推奨通りですよ」

それを小耳にはさんだ弁護士の矢萩は、渋い表情で呟いた。

「それで本当に自分で考えているると言えるのかね」

そこから何手か進んで中盤の闘いに差し掛かったところで、突然襖が開いた。

藤浦と一緒にカウンター席に座っていた麗子が顔を向けると、慌ただしく入って来たのはさゆりだった。

この日の大一番のことを福田から聞いたさゆりは、どうしてもその結果を自分の目で見届けたいと思って、仕事を早めに切り上げて応援に駆けつけたようだった。

毎日夜遅くまで芸者の仕事をして、なおかつ寝る間も惜しんで福田の囲碁の勉強につき合っているさゆりは、相当疲れているように見えた。

緊張した面持ちで部屋に入ってきたさゆりに、麗子はカウンター席から声をかけた。

「いらっしゃい、さゆりさん」

落ち着かない様子で微笑んださゆりは、会釈をしようとして麗子のほうに青白い顔を向けた。

「今日は福田さんの応援に駆けつけたんですか？　それにしても顔色が悪いですけど、大丈夫ですか？」

カウンター席に顔を向けたさゆりは、大きく目を見開いたかと思ったら、そのままその場に崩れ落ちてしまった。

「さゆりさん、大丈夫ですか？」

麗子が慌ててさゆりに駆け寄ると、カウンターの内側から梅崎も直ぐにさゆりの元に駆けつけた。

その時また襖が開いて、今度はあかねが入ってきた。あかねは星飼を応援するために駆けつけたのだが、さゆりが目の前で倒れているのを見て思わずしゃがんでさゆりに寄り添った。

大事な決戦もいよいよ中盤の難所を迎えつつあったが、観戦者の何人かが、さゆりが倒れたことに気づいて集まってきた。

その騒動に気がついた福田も、心配してその場で立ち上がった。

「救急車を呼びましょうか？」

誰かが大きな声を上げたが、その場に突っ伏していたさゆりは小さな声で答えた。

「大丈夫です。少し休めばよくなると思うので、私のことは心配せずに対局を続けてください」

それを聞いて福田は腰を下したが、さゆりのことが心配で対局に集中できなくなってしまった。

さゆりは直ぐに梅崎に抱き抱えられて雑魚寝部屋に連れて行かれた。麗子とあかねも一緒についてきたので、梅崎は後を二人に任せて直ぐに対局部屋に戻って行った。

さゆりを布団に寝かせた麗子が心配そうに声をかけた。

「大丈夫ですか、さゆりさん？　大分ご無理をされてるんじゃないですか？」

さゆりは目をつむったまま答えた。

「疲れたせいではないので、私は大丈夫です」

「さゆりさんも、随分と大変な思いをして福田さんを支援してきたから、今日は勝つといいですね」

「彼も頑張ってきたから、今日は勝ってくれると信じています」

「でもその後に、私に勝てるかどうかは、また別問題ですけどね」

挑発するような麗子の言葉に、さゆりは語気を強めた。

「今の福田さんなら、たとえ定先でもあなたに負けないですよ」

「あらそうですか。それは少し楽観的じゃないかしら」

さゆりは、麗子の言葉を無視すると、突然話題を変えた。

「それより麗子さん、一緒にカウンターにいた方は誰ですか？」

唐突な質問に麗子は戸惑った。

「お客様の藤浦さんですよ。このサロンの立ち上げの時から応援してくれている方ですけど」

さゆりに真剣な眼差しで見つめられて、麗子は明らかにうろたえたように見えた。

「どうしたというんですか、さゆりさん。何が言いたいんですか?」

「お客様ですか? それならいいんですけど、私の知っている人に似ていると思ったものですから」

それまで黙って二人の会話を聞いていたあかねも、興味を抱いてさゆりを見つめた。

麗子の顔がひきつった。

「何を言ってるんですか。誰に似ているというんですか?」

「私の父ですよ。つまりあなたのお父さんでもあるわけですよね」

それを聞いて麗子は顔をこわばらせた。驚いたあかねは、二人の顔を交互に見つめた。

さゆりはまた気分が悪くなったとみえて、目をつむった。

「あなたがお客様だと言うんならきっとそうなんでしょうね。いくら髭とサングラスで隠したとしても、そんなにつき合いが長いのに気がつかないなんてことはあり得ないですものね。まあ、他人の空似ということもありますからね」

さゆりの言い方には、麗子への皮肉が込められていた。

麗子はさゆりの言葉を聞き流すと、感情を抑えて淡々と言った。

「私も最終決戦の結果が気になるのでそろそろ戻りますけど、さゆりさんは具合がよくなるまでここで休んでいてください。さあ、あかねさんも行きましょうか?」

あかねは戸惑った表情で答えた。

「私はもう少しここにいます。さゆりさんを一人にしておけませんから」

「あかねさん、私のことは心配しないで、どうぞ先に戻ってくださいい。あなたも星飼さんのことが気になっているんでしょ」

あかねは逡巡したが、少し考えてから言葉を選ぶように答えた。

「まあ、そうですけど、あなたのことも気になりますからね」

「分かりました。それでは、あかねさん、さゆりさんを宜しくお願いしますね。私は取り敢えずあちらに戻りますけど、何かあれば直ぐに呼んでください」

そう言い残すと、麗子は雑魚寝部屋から出て行った。

畳敷きの広い和室はしばし静寂に包まれた。

その静寂を破ったのはさゆりだった。

「あかねさん、星飼さんの対局は気にならないんですか?」

「勿論、気になるけど、結局あの二人は、どちらに転んでも『奥の院』には行けないような気がしてるんですよ」

さゆりは溜息をついた。

「あなたもそう感じるんですね」

「ええ、私には感じ取ることができるんです。あの二人は物凄く強いけど、囲碁を守るためには、何というかうまく言い表せないけど、強さだけではどうにもならない部分もあるんですよ」

「つまり、囲碁の神様に愛されているとか、そういうことかしら? そういえば、対局中に羽衣を着た天女が井山さんを励ましている姿を見たことがありますよ」

「ふふ、それはきっと、囲碁の神様ではなくて、私の母ですね。一応、枝芸の神様の生まれ変わりですからね」

「あらそうなのね。そうすると、最後に『奥の院』に行くのは、やっぱり井山さんということになるのかしら？」

「そうね。その可能性は大いにあると思うけど、あとはどれくらい待ってくれるかですね。なんせ神様は気まぐれで、好きになるのも嫌いになるのも気分次第ですからね」

「ということは、井山さんを気に入ったのも、特に理由はないということですか？」

「そんな理由なんてあるわけないじゃないですか」

あかねは、さも当然と言わんばかりに答えた。

「つまり井山さんの性格が良いからとか、囲碁への情熱が強いからとか、真面目に取り組んでいるからとか、そういう理由ではないんですね」

「そりゃそうですよ。だって、あなただって人を好きになる時に、理路整然と説明できる理由なんてないでしょ。たまたまひと目惚れをしたとか、一緒にいると気が楽とか、何となく相性が良いとか、そんなもんじゃないかしら。ひょっとしたら、好きでもないのになんとなく成り行きでつき合うことだってあると思うの。神様だってそれと同じで、井山さんがなんでそんなに愛されているのか、私にも理由なんて分からないわ」

そう言われると、さゆりにも心当たりがあった。

福田とつき合い始めたのも、弱っているさゆりを福田が献身的に看病してくれたからで、気がついた時には、もう離れがたい存在になっていた。

回復して元気になった今となっては、福田が大事な対局で負けるたびに不甲斐ないと落胆しては、勘弁してほしいと感じることもあるが、だからといってそれが理由で別れることももう難しかった。

さゆりとしては、福田には囲碁をもっと頑張ってほしいと思うことが多々あるが、それ以上に、真っすぐで一途なところや溢れるほどの優しさなど、好きなところもいっぱいあった。

だからこそ、諦めと期待が相半ばする複雑な心情の中で、それでもなお福田に懸けてみようと腹を括ったさゆりは、夢でもいいから福田が勝つ姿を見たかった。

「そうすると、そんな気まぐれな神様だったら、いつまた気が変わって、他の人を愛するようになるか、分からないってことですよね」

「そういう可能性もあるわね」

その言葉を聞いたさゆりは、神妙な面持ちでじっと考え込んだ。さゆりの真剣な表情を見て、あかねはその心情を察した。

「だから、何の前触れもなく、突然、福田さんや星飼さんが神様に愛されるようになることだって、あるかもしれないのよ」

さゆりが目を輝かせながら頷くと、あかねはなおも続けた。

「実をいうと、私もそんな気まぐれに期待しているところはあるのよ。だから二人で協定を結びませんか」

「え、協定ですか？」

「ええ、協定よ。もし福田さんが『奥の院』に行くことになったらその時は私も潔く諦めて、あなたが一緒に行けるように応援するわ。その代わり、もし星飼さんが『奥の院』に行くことになったら、あなたは私が一緒に行けるように応援してほしいの」

「分かったわ。それではもし井山さんが行くことになったら？」

さゆりは真っすぐにあかねを見据えて訊いた。

あかねもさゆりをじっと見つめながら、サバサバとした表情で答えた。

「その可能性が一番高いかもしれないけど、その時は二人で協力して、少なくとも無条件で麗子さんが行くようなことにだけはならないように抵抗しましょう。そうなると今度は、誰が一緒に行くか決めなければならないけど、その時はお互いに正々堂々と闘って、勝っても負けても恨みっこなしにしましょう」

さゆりはしばらく考え込んでから、静かに答えた。

「分かりました。そういうことで私に異存はありません。私も小さい時から繰り返し父に叩き込まれた教えに従いたい気持ちが強いんです。だからあの黒い扉の先に何があるか、この目で確かめてみたいんです」

「私だって同じですよ。あの黒い扉の内側は凄く怖くて、とても一人では動けなかったけど、心強いパートナーが一緒にいれば、その先にあるものを見に行けると思うんです。だから私もそれをしっかりと確かめたいと思っているんです」

「もしかしたら、父に会えるかもしれないし、昔からずっと訊きたいと思っていた真実を教えてもらえるかもしれないですからね」

父親のことが出てきたので、あかねは先程のことを思い出した。

「先程麗子さんと一緒にいた方は、お父さんだったのかしら？」

「私には父に見えました。いくら髭やサングラスで隠したって、そうそう見誤るものではないですから。でもよく似た人がいる場合もあるので、実際に話をしてみないとはっきりとしたことは分からないですけどね」

「私は小さい時に父が帰って来なくなったので、あまり顔を思い出せないんですよ」

寂しそうなあかねの言い方に、さゆりははっとした。

もしかしたら、あかねから父親を奪ったのは、自分の母だったのかもしれないのだ。

困惑の表情を見せるさゆりを見て、あかねは明るく答えた。

「恐らく安全のために、何か所かに黒い扉を造る必要があって、仕方なかったんでしょうね。父が帰って来なくなって私が寂しがっていると、よく母に、お父さんには大事な仕事があるから我慢しなさいって言われたんですよ」

さゆりはこれまで人知れず悩みを抱えて生きてきたが、あかねはあかねでまた同じように辛い思いをしてきたのだろう。

これも重要な使命を負った家に生まれた者の宿命かもしれなかった。


二人の間にしんみりとした空気が流れた次の瞬間、対局場の大広間でドッと歓声が湧き起こり、そののどよめきが雑魚寝部屋まで鳴り響いた。

さゆりとあかねは、思わず顔を見合わせた。

さゆりがふらつきながら起き上がろうとすると、すかさずあかねが身体を支えた。

雑魚寝部屋を後にした二人は、急いで対局部屋へと向かった。

対局部屋は凄まじい熱気に包まれていた。

対局を終えた福田と星飼の周りには幾重もの人垣ができていた。

人垣をかき分けながら、さゆりとあかねは必死になって二人の対局者に向かって進んで行った。

対局者の顔が見える距離まで近づいて覗き込むと、福田も星飼も真剣な表情のまま、局後の検討を行っているところだった。

検討には、八段の矢萩や埜口も加わっていたが、その周りにいる人たちも自分たちの考えを互いに述べ合っていた。

対局を終えた二人は疲れた顔をしていたが、その落ち着いた態度からは、どちらが勝ったのか分からなかった。

直ぐ目の前に、初音と一緒に観戦していた井山を見つけたさゆりは、その肩を荒々しくつかむと勢い込んで問いかけた。

「どちらが勝ったんですか？」

後ろからさゆりに強く肩をつかまれた井山は、驚いて振り返った。

目の前には大きく目を見開いて、真剣な表情で返事を待つさゆりの顔があった。

井山は淡々と結果だけ伝えた。

「福田さんの中押し勝ちです。中盤の勝負どころで闘いをしかけた福田さんが、そのまま星飼さんを圧倒したんです」

それを聞いたさゆりは、思わず両手で顔を覆って、大きく身体を震わせながら嗚咽した。

一方の井山は、渋い表情になっていた。

優勝を争う全勝同士の対局で、福田が圧勝したとなっては、他と隔絶した強さと認められても、異議を唱えづらかった。

こうなったら、麗子に頑張って福田を破ってもらうしかなかった。

するとその時、興味深そうに検討を眺めていた藤浦が、突然福田に声をかけた。

「福田さん、おめでとうございます。大一番を終えたばかりでお疲れでしょうけど、どうですか、私と一局打ちませんか？」

藤浦の突然の申し出に福田は驚いた。

藤浦という八段の者がいることは前から聞いていたが、優勝争いに加わっていなかったので、これまでは全くのノーマークだった。

確かに大一番を終えたばかりで疲れはピークに達していたが、こんな衆人環視の中で対局を断ったりしたら、名人の称号に異議を唱える口実を与えかねないと感じた。

最大の難敵を中押し勝ちで一蹴した直後で気持ちが高揚していた福田は、王者の貫禄を見せて藤浦の申し出を二つ返事で受けた。

「分かりました。大事な対局を終えたばかりで少し疲れていますけど、いいですよ」

その声には、星飼に圧勝した自分が、藤浦などに負けるわけがないという自信があふれていた。

それを見たさゆりは、慌てて福田のところに近づこうとした。

「ねえ、やめて。諒君、今日はもう対局しないで」

さゆりは独り言のように小さな声で呟いた。

最初は口の中で独り言のように呟いていたが、さゆりの声は段々と大きくなっていった。

「ねえ、やめて。打たないで。諒君、打っちゃ駄目よ」

福田はようやく近づいてくるさゆりに気づいた。

涙で顔をクシャクシャに濡らしているさゆりを見て、福田も思わずもらい泣きしそうになった。

福田はその場で強くさゆりを抱きしめて「さゆり、やったよ、遂に俺はやったんだ」と大声で叫びたかったが、皆が見ているので我慢して、ただ余裕の笑顔を見せた。

呑気に笑顔なんかを送っている場合ではないと憤りながら、さゆりは大きな声で泣き叫んだ。

「ねえ、諒君、やめて。打たないで。今日はもう帰りましょう」

福田は泣き叫ぶさゆりの姿に驚いたが、同時にさゆりがまだ自分のことを信じ切れていないのかと思うと悲しくなった。

「さゆり、大丈夫だからそこでゆっくりと寛いでいてよ」

そう言うと、すかさず福田は藤浦のほうに向き直った。

「藤浦さん、さあ打ちましょう」

その様子を見て、さゆりは思わず「ああ」と声にならない声を漏らして、そのままそこに崩れ落ちてしまった。直ぐに井山に抱きかかえられると、さゆりは近くの椅子に腰を下した。


藤浦が星飼に代わって福田の正面に座った。

握って福田の黒番に決まった。

福田は何も考えずに右上隅の星に一手目を打った。

すると藤浦は（黒番から見て）右辺の星の一路左側の五線に打ってきた。その見慣れない手に、観戦者は一斉にどよめいた。

その手を見た福田は、驚愕して思わず正面に座る藤浦の顔を見つめた。

サングラスをかけた藤浦は何事もないような様子で、黙って盤上を眺めていた。

次に福田が左上隅の星に三手目を打つと、すかさず藤浦は、左辺の星の一路右側の五線に打ってきた。

この手は、黒番と白番の違いはあるが、対抗戦の時に井山とさゆりが打った手と全く同じだった。

井山はこの手を麗子から教わったと言っていた。

つまりこの手は麗子やさゆりが父親から伝授された門外不出の「秘儀」ということなのだ。

ということは、藤浦は麗子とさゆりの父親ということなのだろうか？

そう思った途端に、福田の驚きは恐怖へと変わった。

この手を見た井山の驚きも、尋常なものではなかった。

一方、「うお輝」に誘われた時点で藤浦が父親であることを察した麗子は、この着手に納得の表情を見せた。

藤浦は明らかに何かを伝えたがっていたし、麗子も訊きたいことが山ほどあるので、来週の火曜日になればそれを全部聞けるのだと期待していたが、この「秘儀」で父親であることが明らかになった以上は、もう来週まで待つ必要もなさそうだった。

麗子は一刻も早く父親と語り合いたいと思った。

それはこれまでどれほど待ち望んだことであっただろうか。

長い間真相が分からなくて、辛い思いをしてきたが、ようやく父の口から真実が聞けると思うと興奮を抑えられなかった。

あかねはほとんど忘れかけていた父親の面影を、藤浦の顔の中に見出そうとしたが、やはりよく思い出せなかった。それでもこの「秘儀」はよく覚えていたので、彼が父親であることを確信した。

あかねも父親に訊きたいことが山ほどあったので、この対局が終わったらゆっくり話をしたいと思った。

椅子に座り込んでいたさゆりはフラフラと立ち上がると、盤上を覗き込んだが、そこに展開する「秘儀」を見ると頭をかかえてまた椅子にぐったりと崩れ落ちてしまった。

この時さゆりは、福田が負けることを覚悟した。

タブレットを操作していた細名が井山に囁いた。

「こんな手は見たことないですね。ＡＩの評価値だと四手目で黒番の勝率が七十パーセントですよ。これでもう勝負あった、ですね」

「さあ、どうでしょうかね。結果がどうなるか最後まで見てみましょう」

井山は、もし藤浦が麗子の父親なら福田が勝つ可能性は低いだろうと思った。

現に福田自身、こんな手を見たことがなかったので、どう対応してたらいいのか分からず戸惑っていた。それでも福田は、これまでの知識をフルに活用して応戦していった。

その後の進行は、ＡＩも予想し得ない驚きの展開となった。中央の厚みを背景に藤浦が厳しく攻め立てたので、福田は防戦一方になった。途中で大きな振り替わりが何回も起こる激しい展開となったが、「秘儀」を最大限に活用した藤浦が最後は逃げ切って、七目半勝ちを収めた。

星飼に勝利して有頂天になっていた福田は、あっという間に奈落の底に突き落とされた。最初からこれまで経験したことがないような不思議な碁で、まるで狐につままれたようだった。

自分が何故負けたのかよく分からぬまま、それを探る気力も失せてただ茫然とするしかなかった。

同時にさゆりに対しても申し訳ないことをしたと思うと、その場からなかなか立ち上がれなかった。

意気消沈している福田を尻目に藤浦は素早く立ち上がると、そのまま無言で立ち去ろうとした。

藤浦の後を、麗子、さゆり、あかねの三姉妹が追った。

藤浦が襖に手をかけて部屋から出て行こうとした瞬間に、麗子が慌てて呼び止めた。

「ちょっと藤浦さん、待ってください。お話ししたいことがあるんです」

祈るような気持ちで両手を胸の前で組んださゆりとあかねも、すがるような眼差しを藤浦に向けて返事を待っていた。

藤浦は襖に手をかけたまま、振り返らずに返事をした。

「今日は勘弁してくれないかな。来週の火曜日に全て話すから」

藤浦がそう言い終わった瞬間、突然勢いよく襖が開いて、人相の悪い大柄な男が二人部屋の中に入ってきた。

二人は目の前に藤浦が立っているのを見て動揺したようだったが、顔を見合わせて頷くと、藤浦を両側から挟むようにして身体を寄せた。

よく見ると、二人の男の後ろには、藤浦の若妻の由美が控えており、そのさらに後ろには、制服姿の警察官が何人か立っていた。

藤浦に迫った二人のうち、若いほうの男がポケットから取り出した警察手帳を掲げた。

「警察の者だ。藤浦聖梵だな？」

何が起こったのか理解できない様子で、藤浦は小さな声で答えた。

「はい、そうですが」

「署まで任意同行願えますか？」

「何の容疑ですか？」

「非現住建造物等放火罪だ」

もう一人の年配の刑事が続けた。

「十年前の九月末に弁財天神社の神楽殿に放火しただろ。あと三日で時効成立だから、もう少しで逃げ切れるところだったが、世の中そんなに甘くないぞ。藤浦、本名は若菜か早乙女かよく分からないが、その辺も含めて署でゆっくり聞かせてもらうからな」

「ちょっと待ってくれ。証拠はあるのか？」

「往生際の悪い奴だな。通報者からのタレコミだよ」

二人の刑事の後ろに隠れるように立っていた妻に、藤浦は思わず叫んだ。

「由美、お前、まさか！」

由美は下を向いたまま、ポツリ、ポツリと言葉を吐き出した。

「だって、あなた。十年前に放火したけど、もう直ぐ時効だって、嬉しそうに毎日指折り数えていたじゃない。あなたが苦しい時に私がずっと支えてきたのに、あなたなんてその恩も忘れて、時効が成立したらもうどこへでも自由に行けると思って楽しそうにしてたじゃない。それで、今日、敬吾から、十月一日にあの女とデートに行く約束をしたって聞いて、あんな女にあなたを取られるくらいなら、警察に捕まえてもらうほうがましだと思ったのよ」

藤浦は茫然と聞いていたが、やがて大きく頭を振った。

「違うんだよ、由美。お前はとんでもない思い違いをしているよ。そんなことあるわけないだろ。あ、誤解だよ。それは全くの誤解なんだよ」

「そんなことないわよ。これまでもいろんなところで女を作ってきたでしょ。でも私はね、あなたをあの女にだけは取られたくないのよ」

由美は鬼の形相で麗子を指差した。

「分かったよ。分かったから、もう何も言うな」

そう言うと、藤浦は刑事のほうに向き直った。

「ああ、そうだよ。十年前に弁財天神社に放火したのは俺だよ」

そこまで言うと、藤浦は振り返って、茫然と立ち尽くす三人の娘に声をかけた。

「でも、それには事情があったんだよ。分かってくれ」

次いで藤浦は、三人の姉妹の後ろに立って、驚いた表情でことの成り行きを見守っていた井山に声をかけた。

「井山さん。あんたが頼りだから娘を宜しく頼むね」

そう言った瞬間に、藤浦は二人の刑事を突き飛ばして、人垣をかき分けて走り出した。

突然の出来事に隙を衝かれた年配の刑事は、体勢を立て直すと、大きな声で警察官たちに叫んだ。

「早く、早くあいつを追え」

対局部屋を飛び出した藤浦を追って、若い刑事を先頭に、次々と警察官が駆けて行った。

逃げ出した藤浦が廊下を伝って雑魚寝部屋に飛び込むのを目にした若い刑事は、「あっちだ」と叫ぶと、警察官を引き連れて雑魚寝部屋の中へとなだれ込んだ。

「早く、電気を点けろ」

少し遅れて追い着いた年配の刑事が声をあげると、誰かが明かりを点けた。

二人の刑事と警察官たちは部屋の中をくまなく捜したが、藤浦の姿はどこにもなかった。

「そこの開き戸を開けてみろ」

玄室に気づいた年配の刑事が指示すると、一人の警察官が警戒しながら、サッと開き戸を開けた。

後ろに控えていた警察官たちがドッと部屋の中に入っていったが、真っ白な壁に囲まれたその部屋の中には、大きな真っ黒な扉しかなかった。

「その扉を開けてみろ」

年配の刑事のひと声で、警察官たちが黒い扉を押したり引いたりしたが、扉はびくともしなかった。

警察官たちはその後も周辺一帯を懸命に捜索したが、ついに藤浦を見つけることはできなかった。

終章

十月に入って、井山が大手町のオフィスに出社すると、朝から皆が慌ただしく動き回り、職場は異様な雰囲気に包まれていた。

驚いた井山は、心配そうな表情で辺りを見回していた初音に近づいて行った。

「一体、何があったんですか?」

井山の声で我に返った初音は、今にも泣き出しそうな顔で、井山の身体を両手でつかんだ。

「井山さん、私たちの部の廃部が決まったんですよ」

「なんだ、そんなことですか」

井山はこともなげに答えた。

「そんなことじゃないでしょ」

初音は相変わらずお気楽な井山に呆れた。

「今朝辞令が出たので、鈴井部長が小池常務に呼ばれたんです」

部がなくなるのだから、パンダ眼鏡がどこかに飛ばされるのは確実だし、髭ゴジラも同じく厳しい処罰を受けるだろうが、井山や初音のような下っ端は一体どうなるのか分からなかった。

部員全員が、小池常務の元からパンダ眼鏡がどんな辞令を手に戻って来るのか、そして自分の処遇がどうなるのか戦々恐々としながら待っていた。不安に駆られた部員たちは、人事部や役員筋などあらゆる人脈を頼って、必死に情報収集を行っていた。

どうせパンダ眼鏡が戻って来れば全て明らかになるのだから、一時間や二時間先に分かったところでさして変わるわけではないと思った井山は、慌てる部員たちを見て滑稽に感じた。

初音の手をゆっくりとほどくと、さめた表情で答えた。

「鈴井部長が戻って来れば、全て分かるんだから、そんなに慌てることもないでしょう」

井山はお茶をいれると、自分の席でのんびりと飲み始めた。

そんな井山に、初音はすっかり呆れてしまった。こんな鈍感な男に構っていても埒が明かないと、他の部員から何か聞き出せないかと部内を回ったが、正確な情報はなかなかつかめなかった。

やがてパンダ眼鏡が肩を落として戻って来ると、全部員を集めて今回の組織再編の説明が行われた。

部の人数は半分に減らされ、隣の部に吸収されることになった。

パンダ眼鏡は、片道切符で子会社へ出向、髭ゴジラは駐在員がたった一人しかいないアフリカの、聞いたこともない国への転勤が決まった。

パンダ眼鏡の年齢では通常はあり得ない出向なので、明らかな懲罰人事といえた。髭ゴジラも厳しい処置ではあるが、あの逞しさがあれば世界中どこでも生きていけそうだし、敗者復活の可能性も十分にあった。

上司のラーメン本部長こと小池常務は、懲罰人事を免れてそのまま本部長にとどまることになったが、出世のライバルである籾井ＩＣＴ事業本部長に大きく後れを取り、これで専務昇格レースも決着がついたというのが専らの評判だった。

初音は半数の部員と共に隣の部に移ることになったが、井山には中国への転勤が発令された。

井山は中国への転勤など全く予想していなかったので激しく動揺した。

つい先程までは部に降りかかった不幸を全くの他人事と捉えて平然としていたが、さすがの井山も大人しく発令に従うべきか真剣に悩み始めた。

中国に行くことになったら、どれくらい帰って来られなくなるのだろうか？

最低でも五年。

もしかしたら十年に及ぶかもしれなかった。

そんなに長く日本を離れたら、「らんか」で名人になることも諦めなくてはならないだろう。

すっかり気が動転した井山は、やけになってもう会社を辞めようかと考えた。

しかしその一方で冷静に考えるようにと諭す内からの声も聞こえてきた。

九月に終わったばかりのリーグ戦を闘う中で、井山自身はっきりと実感できたことがあった。

それは七段と八段の間には限りなく遠い距離があるということだった。

そのことは、今までも色々な人から繰り返し聞かされてきたが、自分自身が七段になって、ようやく実感することができた。

七段昇格後も、結果として勝ち越しているが、八段相手には誰一人勝つことができなかった。勝てそうで惜しくも勝利を逃した対局さえなかった。布石から少しずつ差をつけられ、その差を埋めようと無理をすれば潰され、我慢すれば余裕を持って逃げ切られた。

最終的に三、四目差という対局もあったが、実感としては僅差の惜敗というよりも、最初から最後まで勝機を見出せない完敗だった。

名人にこだわるならば、会社を辞める覚悟で、中国への転勤を拒否する必要があるだろう。

でもそうなった時の生活費はどうすればいいのだろうか？

会社を辞めても、生活費を稼がなければならない限り、囲碁に専念する生活など望めないだろう。

たとえ囲碁に専念できたとしても、今痛感している八段との差をどうやって埋めたらいいのだろうか？

一年くらいなら貯金があるので何とかなりそうだが、一年間死ぬ気で頑張れば、その差を埋めることができるだろうか？

たとえその差を埋めて夢の八段へ昇格したとしても、今度はそんな八段の中で、他と隔絶した強さを示さなければならないのだ。

それがどれほど大変なことか、井山はここまで来たことで、ようやく理解できるようになった。

ここであっさりと夢を諦めて中国へ行くべきか、見果てぬ夢を追い続けるために会社の命令を拒否して東京に残るべきか、井山は真剣に迷い続けた。

いくら考えても一人では容易に結論が出そうにないので、取り敢えず「らんか」に行ってみることにした。

珍しく真剣に悩んでいる井山の様子を見て心配した初音が、一緒についてきた。

神楽坂の通りを苦悩に満ちた表情で黙々と歩いていく井山に、初音は堪らず声をかけた。

「井山さん、どうするんですか？　中国に行っちゃうんですか？」

井山は放心状態でゆっくりと歩きながら答えた。

「まだ分かりません。正直、どうしようか迷っているんですよ」

すると初音がポツリと言った。

「私も中国に連れてってください」

その言葉の重みに気づいた井山は思わず立ち止まった。

「そう言われても、まだ中国に行くことを決めたわけじゃないから、何とも言えないですよ」

初音は井山の前に回り込んだ。

「井山さんは発令にしたがって中国に行くべきよ。もうあんな女に乗せられて、仕事もしないで囲碁にのめり込むのはいい加減やめてほしいの。そろそろ目を覚まして、もう少し現実的に将来のことを考えてよ」

井山は皮肉っぽく笑った。

「でも僕が囲碁から離れた時に、初音さんは囲碁をやらせようとしたじゃないですか。あれでまた火がついいちゃったんだから」

「そうかもしれないけど、節度というものがあるでしょ。私は囲碁に夢中になっている井山さんが好きなの。とっても素敵だし、頼もしいと思うの。でももうこれ以上あの女と『奥の院』に入って行く夢を見るのはやめてほしいの。井山さんは完全にあの女の策略にはまっているのよ。もういい加減目を覚ましてよ。あの女は井山さんと一緒に『奥の院』に入りたいような素振りを見せているけど、別にあなたのことを好きなわけではないですからね」

驚いて井山は初音を見た。

「あの女は囲碁が強い人を探しているだけで、あなたに対する愛情なんてこれっぽっちもないのよ。彼女にとってあなたは都合がいいだけの人間なのよ。でも私は違うわ」

「もういいから、初音さん」

井山は初音の話を遮ると、苛だたしげに答えた。

「もう分かったから。僕もまだ迷っているけど、気持ちは中国に行くことに傾いているんですよ」

それを聞いた初音は、安堵の表情を見せた。

井山が「らんか」に入って行くと、直ぐに麗子が近寄ってきた。

福田と星飼も新たなリーグ戦に備えてすでに始動しており、さゆりとあかねも交えた四人で、福田と藤浦の対局の検討をしていた。

新たなリーグ戦もまた、福田と星飼と丸山少年を中心に回っていくことは確実だった。近い将来その三人のうちの誰かが、本当に名人になる日が来ても不思議ではなかった。

「麗子さん、今日発令が出て、中国に行くことになりました」

麗子は驚いて大きく目を見開いた。

「まあ、それは随分と急なお話ですけど、どうされるんですか？」

「それはどういう意味ですか？」

「その辞令を受けるんですか？」

「首を覚悟すれば、拒否できないこともないですけどね」

井山の気持ちがぐらつき出したのを見て、初音は心配になった。

すると検討をしていた四人も井山の傍に近寄ってきた。

中国へ行くことに真っ向から反対したのはさゆりだった。

「井山さん、中国に行ったら、もうここに来られなくなるじゃないですか。だから絶対にやめてください」

星飼もさゆりに同調した。

「そうですよ、井山さん。私の地方転勤が決まった時に、会社を辞めて囲碁に専念してくれと言ってくれたじゃないですか。だから井山さんも会社を辞めてでもここに通い続けてくださいよ」

星飼の言葉は嬉しかったが、井山は静かに首を横に振った。

「星飼さんとは実力が違うので、私には会社を辞めてここに残る価値はないですよ。それに星飼さんのようにスポンサーがいるわけではないので、食っていけないですからね」

するとその時、あかねが真剣な表情で井山をじっと見つめた。

「井山さん、あなたは中国に行くべきです。それがあなたの運命だから受け入れなければ駄目です。私たちも共にその運命を受け入れることにします」

初音は予想外のあかねの言葉に内心ほくそ笑んだ。

井山はあかねの言葉を心の中で反芻してから小さく頷いた。

「分かりました。それが私の運命なら受け入れることにします」

麗子が泣きそうな顔で食い下がった。

「本当に行っちゃうんですか、井山さん。何とか考え直してくださいよ」

「麗子さんの言葉は嬉しいけど、私は行くことに決めました。麗子さんもお元気で」

「そうですか。分かりました。それでは残念ですけど、井山さんもお元気で」

麗子はいつの間にか真っ赤に目を腫らして涙を流していた。ハンカチで目頭を押さえながら、麗子は絞り出すような声で訊いた。

「それで、いつ頃帰って来るんですか?」

「最低でも五年後だと思います。長ければ十年後かもしれないです」

麗子は目をつむると、絶望的な表情のまま小さく頷いた。

「そんなに長いんですか。それで中国のどちらに行くんですか?」

「武漢です」

井山は小さな声で力なく答えた。

第七局

序章

古今東西、最強の囲碁棋士は誰だろうか？

熱烈な囲碁ファンなら、時空を超えた最強棋士が誰なのか、贔屓の棋士を推し立てて喧々諤々議論に興じたことが、一度ならずあるのではないだろうか。

囲碁の場合、棋譜が残っているので、何百年経ってもその実力を推し測ることができるが、そうはいっても直接対局をしない限り勝敗の判定はなかなか難しい。

また直接対局したことがある棋士同士でも、年齢が離れているために、記録に残る対戦成績が必ずしも全盛時の実力を正当に反映しているとは限らない場合もある。

そういった意味でも、同時代の棋士は勿論のこと、時空を超えた強豪同士が全盛時の実力で勝負したら誰が一番強いのかと想像を巡らすことは、囲碁ファンにとってはたまらない楽しみの一つだろう。

四千年の歴史を持つ囲碁ではあるが、現代へと繋がる近代的な碁が大きく花開いたのは、江戸時代の日本といわれている。

勿論、長い囲碁の歴史の中で、各時代を代表する優れた棋士が多数存在したことはよく知られており、中国ではその時代の第一人者を「国手」と呼んで称えていた。

たとえば唐の時代八世紀の王積薪、九世紀の顧師言、宋の時代十世紀の賈玄、清の時代十八世紀の笵西屏と施襄夏など、各時代を代表する「国手」を列挙すれば枚挙に暇がない。

日本でも平安時代の九世紀に伴雄堅魚、伴須賀雄、紀夏井、十世紀には「碁聖」と呼ばれた寛蓮法師など当代一の打ち手、中国風に言えば「国手」が存在した。

日本にも中国でも当時の棋譜が残っていないので、今となってはその実力は判定しようがないが、そもそも中国では一九三〇年代まで、互先でも最初に四つの石を置いて打っていたので、現代の碁とは随分と性質が異なっていたことは確かである。

互先で置石を廃止するルール変更は、十六世紀頃に日本で始まったようだが、置石がないことで序盤の考え方が変わり、碁盤全体を使った布石構想が必要とされるようになったことから、このルール変更こそが、囲碁の歴史上最大の変革といわれている。

また正式に棋譜を残すようになったのは十六世紀の初代本因坊算砂の頃からといわれているので、そのようなことを考慮すると、古今東西の最強棋士といっても、その対象は算砂以降の棋士に限られるだろう。

本因坊算砂は、信長、秀吉、家康の三英傑に仕えた当代随一の強豪で、その後江戸時代を通じて幕府の家元制度に守られて大きく発展した囲碁界の礎を築いた人物である。

家元制度とは、徳川幕府が本因坊、井上、安井、林の四家に扶持を与え、囲碁を保護育成した政策である。

自分の家から「名人」が誕生すると「碁所」となって囲碁界全体を取り仕切ることができたので、各家は自家から「名人」を輩出することを目指して、他家と激しく鎬を削ったのである。

当時の段位は今より余程厳しいもので、七段を「上手」といって人間業では最高級とされていた。八段は「準名人」で、ここまでくると神業と称えられたので、九段の「名人」ともなると、そんな八段の相手を全て打ち負かす、いわば神の中の神という位置付けだったのだ。

したがって「名人」は一時代に一人しか存在してはならなかった。そのため他を圧倒するほどの実力を備えた棋士がいない時代には「名人」がいないこともよくあったのである。

二百六十年に及ぶ徳川の治世で「名人」はたったの八人しか誕生していないことからして、その希少価値がよく分かる。二百六十年を五十年ごとに区切ってみると、各五十年に「名人」は一人か二人しか誕生していない。

このような事情を考えると、江戸時代の「名人」は当然、歴代最強棋士の有力候補である。

因みに家別に見ると、本因坊家が五人、井上家が二人、安井家が一人であるが、そのうち井上家の一人と安井家の一人は、有望な跡取りがいなかったために本因坊家から養子として迎え入れた者がその後「名人」になったので、実質的には八人中七人が本因坊家出身ということになる。このことからしても、家元四家といっても、実際には本因坊家が圧倒的な力を持っていたことがよく分かる。

八人の「名人」の中で後世の評価が高いのは、十七世紀後半の元禄時代に現れた「碁聖」本因坊道策と、十九世紀前半の天保時代に「名人碁所」を巡って、井上因碩（玄庵）と激しい場外乱闘を演じたことで有名な本因坊丈和の二人である。

特に江戸時代にこの二人は「前聖」道策、「後聖」丈和と並び称されるほど高く評価されていたが、幕末、嘉永時代の天才棋士、本因坊秀策の登場によって、明治以降「碁聖」あるいは「棋聖」といえば、丈和がはずれて、道策と秀策の二人という評価が定着した。

ところが道策と並んで「碁聖」と呼ばれる秀策は、若くしてこの世を去ったために、正式には「名人」にはなっていない。そう考えると、八人の「名人」以外にも歴代最強棋士の候補が潜んでいる可能性がある。

秀策と同様に、天才の誉れが高く相当な逸材と期待されながら、結核やコレラが原因で若くして死亡したために、「名人」になれずに終わった棋士は大勢いるのである。

たとえば「前聖」本因坊道策の弟子の天才集団がそうである。

道策には三千人もの門弟がいたと伝えられているが、この中には小川道的、佐山策元、星合八碩、熊谷本碩といった早熟の天才たちが綺羅星の如くひしめいていた。

ところが残念なことに、全員二十代で夭逝してしまったのである。

特に道的は、十三歳で六段（現在なら九段）の実力と認められ、十四歳の時に道策を相手に、互先でお互いに先番一目勝ちで打ち分けたというから、もしかしたら、彼こそが囲碁史上最大の天才かもしれない。

師匠である道策から大きな期待を寄せられた道的は、他の有望な兄弟子を差し置いて、十六歳の若さで本因坊家の跡目（将来の後継者）となるのだが、惜しまれつつも、二十二歳という若さで夭逝してしまった。

道的の死後、道的に劣らずの天才といわれた策元が跡目となるが、彼もまた二十五歳の若さでこの世を去った。

八碩も本碩も道的や策元に負けず劣らぬ天才といわれたが、やはり二十代で夭折してしまった。

それでも残った弟子のうち、年下の天才たちに阻まれて、本因坊家を継げずに失意のうちに養子に出て井上家を継いだ桑原道節や、天才集団が若くして死去した後に、僅か十三歳で本因坊家を継いだ本因坊道知が後に「名人」になっている。

その他にも、事情があって「名人」になることは叶わなかったが後世になって「名人」並みの実力と評価され、「囲碁四哲」と称えられている棋士もいる。

本因坊元丈、安井仙知、井上因碩（玄庵）、本因坊秀和の四人である。

特に、本因坊元丈と安井仙知は同時代のライバルとして戦績が拮抗していたために、二人とも「名人」級の実力と認められながら、どちらも「名人」になれなかった悲運の棋士である。

現在、七大タイトル獲得数の歴代一位は、七冠同時制覇を二度達成して国民栄誉賞を授与された井山裕太の五十七期で、現在もその記録を更新中であるが、彼なら江戸時代の基準でも「名人」になれたかもしれない。

では、歴代二位の四十二期獲得の趙治勲と三位の三十五期獲得の小林光一はどうだろうか？

趙治勲といえば、史上初の大三冠やグランドスラム、本因坊十連覇、トータル獲得タイトルが史上最高の七十六期など、歴史に残る大記録を打ち立てた大棋士だし、対する小林光一も、棋聖八連覇、名人七連覇、碁聖六連覇など輝かしい戦績を残した昭和から平成を代表する偉大な棋士であるが、同時代のライバルとして二人の対戦成績は拮抗しているので、江戸時代の基準で考えると、元丈と仙知のように二人とも「名人」になれないという悲劇的な結果になっていたかもしれない。

そういった意味でも、「名人碁所」を巡る徳川時代の囲碁界は、命を削るほどの非常に過酷な世界であったのだ。

特に本因坊丈和と井上因碩（玄庵）の争いは、場外乱闘も含めて様々な政治的な駆け引きが行われたことで有名である。

丈和の師匠元丈は人格高潔で相手を出し抜くことを嫌ったので、ライバルの安井仙知ともども「名人」になれなかったのだが、丈和は師匠と異なり、欲望をむき出しにして「名人」になるための策略を巡らしたのである。

当時打ち盛りだった丈和は、老いたとはいえ安井仙知を争碁で打ち負かすのは難儀と考えて、若い玄庵を巻き込んで争碁を避ける談合を行うことにしたのである。

丈和は玄庵にある案を持ち掛けた。

まずは丈和が「名人碁所」を幕府に申し出るので、玄庵は丈和の「名人碁所」就任を支持する。そうすれば仙知が反対しても争碁は回避される可能性が高いので、そのお返しとして、丈和は六年後に玄庵に「名人碁所」を譲るというものであった。

ところが丈和は、いざ「名人」になるとこの約束を反故にして、いつまで経っても「名人」を辞めなかった。そこで怒った玄庵はこの遺恨を晴らすべく、執念深く関係筋に働き掛けるのである。

その結果玄庵は、本来なら他家の者と打つ必要のない「名人」丈和を公式な対局の場へ引きずり出すことに成功する。

ここで丈和が負ければ「名人」から引きずり降ろすことができると考えた玄庵は、この頃急速に力をつけてきた二十六歳の弟子の赤星因徹なら負けることはないだろうと考えて、丈和と対局させるのである。

この大一番に臨んだ赤星因徹は師匠玄庵の期待に応えて、序盤から優位に立って丈和を圧倒していくのだが、中盤の勝負所で劣勢の丈和が放った妙手の三連発、歴史に残る所謂「丈和の三妙手」が炸裂し、形勢は一気に不明となり、その後どちらが勝つか分からない熾烈な闘いが続いた。ところが因徹は対局中に突如として吐血昏倒し、そのまま帰らぬ人となってしまった。

世に有名な「吐血の局」である。

まさに命を削っての勝負であったのだ。

このような勝負を見ても分かるとおり、江戸時代の「名人」を巡る確執は、文字通り命がけの死闘であったのだが、「碁聖」道策の師匠である本因坊道悦もまた、命がけの対局に臨んだことがあった。

史上三人目の「名人碁所」となった安井算知の実力に異議を唱えた本因坊道悦は、算知との争碁を申し出るのである。これは幕府の決定事項への異議申し立てということになり、もしも道悦が負けた場合は遠方への島流しという、まさに命がけの勝負となった。

道悦が定先から先相先まで打ち込んだことで争碁は決着がつき、安井算知は「碁所」を返上したが、勝った道悦もお上に楯突いた責任を取って、三十三歳の若さで本因坊家を道策に譲って引退した。

引退に追い込まれた道悦にとっては辛い決断だったかもしれないが、筋を通したことで留飲を下げたであろう。


このような四家の激烈な争いの中で棋士たちが鍛錬を続けた江戸時代は、まさに囲碁の黄金時代といえるが、明治維新後は家元制度も廃止され、それまで興隆を誇っていた囲碁界は受難の時代を迎えるのである。

それでも、幕末から明治にかけては、家元制度の余韻に与って、本因坊秀策の師匠で「囲碁四哲」の一人である秀和、秀策並みの天才と謳われた秀甫、明治後半に名人中の名人といわれて他を圧倒した秀栄などの天才棋士が、囲碁の灯を引き継ぐべく奮闘している。

秀和、秀甫、秀栄の三人も、秀策同様、後世の評価が非常に高いので、徳川の治世が続いていたら「名人碁所」になっていた可能性が高い。


ところが大正に入ると、絶対的な実力者の秀栄が亡くなった影響で、分裂抗争が勃発し、囲碁界は衰退の一途をたどるのである。

そんな中にあって秀栄から本因坊家を継いだ最後の当主秀哉が、師匠の秀栄には及ばずながら、第一人者として囲碁界を支えた。

昭和に入ると、日本棋院の設立に伴ってようやく再興の気運が高まり、その後いくつもの囲碁団体が乱立する混迷もあったが、実力本位の淘汰が進むなかで組織改革が行われ、囲碁界全体がそれまでの徒弟制度から、近代的かつ合理的な組織へと生まれ変わっていくのである。

この頃から「大手合」による段位の決定など実力主義の新機軸が打ち出されるようになり、関西棋院を独立させた「天才宇太郎」こと橋本宇太郎や、本因坊九連覇の高川格、「大手合」から初めて九段に昇格した藤沢庫之助などの有望な若手が次々と登場して、「最後の名人」本因坊秀哉に挑戦していくのである。

なお、「最後の名人」秀哉の引退碁の相手はトーナメントを勝ち抜いてこの栄誉に浴した新進気鋭の木谷實であった。

二人が対局したまさに鬼気迫る様子は、川端康成の小説『名人』に詳細に描かれている。


昭和十年前後になると、若手ホープナンバーワンで「怪童丸」と呼ばれた木谷實と、中国からやってきた天才少年呉清源の二人の実力が群を抜くようになる。

昭和八年にこの二人が中心になって、これまでの常識を覆すような画期的な「新布石」を発表すると、囲碁界は天地がひっくり返ったような大騒動となり、その後変革の嵐が吹き荒れるのである。

この「新布石」こそが、囲碁界で十六世紀の置石廃止以来の大革命といわれた革新的出来事である。

戦前戦後の二十年間は、この「新布石」を引っ提げて華々しい活躍を見せた「昭和の棋聖」呉清源の一人勝ちの状態が続くが、やがて現在へと繋がる高額賞金の各棋戦が立ち上がってくる昭和三十年代に入ると、「天下無敵」の呉清源にも衰えが見え始め、「鬼才」坂田栄男や初代名誉棋聖の藤沢秀行などの精鋭が取って代わるようになる。

特に「カミソリ坂田」と呼ばれた坂田栄男は、初タイトルの本因坊を獲得したのが四十一歳と遅咲きだったが、呉清源時代に終止符を打った後は、絶対王者として君臨し、獲得タイトル数が歴代三位の六十四期という輝かしい成績を残している。

木谷實や呉清源は、圧倒的な実力がありながら、時代の巡り合わせや体調問題といった不運も重なって、結局ビッグタイトルに縁がなかった悲運の棋士だが、二人とも数多くの優秀な弟子を育てて囲碁界に多大な貢献をしている。

呉清源が台湾で見出した林海峰は、当時としては信じられない二十三歳という若さで、絶頂期にあった坂田栄男を破って名人を獲得し、世間をあっと驚かせた。

林海峰はその後次々とタイトルを獲得するが、そんな中で木谷門下塾頭格の大竹英雄と演じたタイトル争いは、特に「竹林対決」と呼ばれて注目された。

その大竹英雄に加えて、木谷門下三羽烏と称された「コンピューター」石田芳夫、「殺し屋」加藤正夫、「宇宙流」武宮正樹の三人や、その後の囲碁界を席巻した趙治勲と小林光一の二巨星など、しばらくは木谷一門がタイトルを独占することになる。

その後、世代交代によって木谷一門からタイトルを奪っていくのは、呉清源、林海峰の流れをくむ台湾出身の王立誠や「酔いどれ名人」を自称する無頼派の依田紀基であったが、続いて「平成四天王」と呼ばれる羽根直樹、山下敬吾、高尾紳路、張栩の時代がやってくる。

一時は「平成四天王」がタイトルを独占した時期もあったが、この四人から次々とタイトルを奪っていったのが、史上初めて七冠同時制覇の偉業を成し遂げた井山裕太である。

そんな井山一強時代に待ったをかけようとしているのが「令和三羽烏」と呼ばれる、一力遼、芝野虎丸、許家元の三人を筆頭とするＡＩ世代の若手である。こうして「最強棋士」の系譜は連綿と続いていくのである。

海外に目を転じれば、平成の初め頃までは日本勢が他国を圧倒していたが、それ以降は韓国のイ・チャンホ、イ・セドルという世界チャンピオンが席巻した時代を経て、現在では中国の柯潔、韓国のパク・ジョンファン、シン・ジンソなどが熾烈な世界ナンバーワン争いを演じている。

それでは、ここまで列挙してきた棋士の中で、誰が一番強いのだろうか？

そもそも、江戸時代の棋士と現代の棋士ではどちらが強いのだろうか？

野球でも、歴代最高の選手は一体誰かと話題になることが度々あるが、ノスタルジーに浸る高齢者が、昔の選手のほうが遥かに凄かったと言い張って譲らないことも多い。

実際に、歴代の名選手が直接相まみえることは叶わぬ夢である以上、思い出の中の贔屓の選手を過大評価して、架空の対決で贔屓の選手が勝つさまを想像するのは各人の勝手であるが、以前と比べて球場も遥かに大きく、投球スピードも明らかに上がっている中で、体格もパワーも格段にアップした現代の選手のほうが実力が上であることは誰の目にも明らかであろう。

それに比べると、囲碁の場合、直接対局してどちらが強いか確かめることはできないが、棋譜が残っているのである程度想像することは可能である。

確かに囲碁理論は遥かに進歩し、昔は打たれなかった定石や布石の研究も随分と進んだので、野球と同じように、現代の棋士のほうが遥かに進んでいるようにも見える。

しかし一方で、囲碁の進化というのは長い時間の中で、多くの先人によって積み重ねられた英知の集積の結果であるということを考えると、現代の棋士のほうが、一個人として優れているとは必ずしもいえない面もある。

鋭い感性と優れた才能の持ち主であれば、江戸時代には全く打たれなかった現代布石やＡＩ流といったものを一か月も勉強すれば、あっという間にマスターしてしまうだろうし、そこから自分なりの解釈を加えてさらなる高みに行けるのではないかと思われる。


それでは、歴代で一番強い棋士は誰だろうか?

人によって好みも異なるだろうが、各種文献や専門家のご意見を参考にすると、歴代最強は本因坊道策ではないかと思われる。

そして敢えてベストスリーを挙げるとすれば、道策に加えて、秀策と呉清源を挙げたい。

石田芳夫名誉本因坊は著作の中で、『碁聖』といえば現代では、道策、秀策の名が挙げられます。道策は碁の合理性を吹き込み、秀策は碁に体系化の可能性を示唆しました。日本の碁は、この二人によって大きく前進しています。そして我々は、もう一人、碁を大きく変えた人物を知っています。呉清源、現代碁の創始者と呼んでいいほど大きな足跡を残しました。抜群の勝率、対抗者を全て先相先以下に打ち下げた実績、定石を改変した新手の数々。そうしたことよりも、碁にバランスとスピードという新しい観念を導入し、コミ碁の時代への懸け橋を築いた業績が高く評価されなければならないでしょう」と評している。

この三人に共通しているのは、その時代に圧倒的に強かったことは勿論であるが、それに加えて、天才的な独創性があり、同時代の棋士が思いつかなかった新手法を編み出して、囲碁の領域をもう一段上の高みへと押し上げたことである。

それはまるで、ＡＩの登場によってそれまでの常識が覆されてしまった衝撃にも似ている。

同時代の棋士がそれまで考えたこともないような独自の発想力によって、全く独創的な手を打っている点で、この三人の天才性は群を抜いている。現にこの三人が打ち始めた手、提唱した手は、ＡＩもよく打つので改めて見直されているほどである。


十七世紀後半の元禄時代に活躍した本因坊道策の実力は、ともかく抜きん出ていた。他家のライバルたちが束になっても敵わないので、「実力十三段」といわれたほどである。

当時、ライバルの安井家にやはり天才の誉れ高い算哲という長男がいた。ところが算哲はどうやっても道策に敵わないので、途中で囲碁に見切りをつけて天文方へと進路を変更してしまうのである。

この安井算哲こそが、冲方丁の小説『天地明察』の主人公であり、日本で初めて貞享暦という新暦を作った、あの天才の誉高い渋川春海である。

そんな天才的な俊英が全く敵わないと諦めることからして、道策のけた違いの強さがよく分かる。

道策の直接の弟子で、井上家に養子に出てその後「名人碁所」となった道節による道策評が残っている。

「師匠のことはよく知り尽くしているので、さすがの私でも先で打てばまず負けることはないと思うが、それは碁盤が十九路と限られた大きさの話である。もし碁盤を四つ並べて三十七路という広さで打ったら、碁の神髄を理解している師匠との差は歴然と現れて私など全く歯が立たないだろうから、実力差が三子はあると思われる」

この道節の道策評をどう捉えたら良いだろうか？

「名人」になるほどの打ち手が三子の差というのだから、「実力十三段」というのもあながち大袈裟な表現ではないのかもしれない。

また道策が没してから百三十年あまり後に「名人」となって「後聖」と称えられた本因坊丈和は、弟子に道策とどちらが強いと思うかと問われて、こう答えている。

「道策師匠と私が打てば、この百年の囲碁界の進歩を考えれば最初の十局は五分で打ち分けるかもしれないが、道策師匠がこちらの手口を理解した後の十局は全く敵わないだろう」

現代でも道策の信奉者は多いが、その中の一人である酒井猛九段は著作の中で以下のように絶賛している。

「道策の世界は調べれば調べるほどに広く、深く、改めて古今無双の大棋士との認識を新たにした次第である。（中略）道策の碁には、碁のあらゆるものがある。強烈無比の攻め、鮮やかな凌ぎ、雄大きわまりない大作戦、そしてときにはものすごい地のからさ、それが次の瞬間には全く別の方向に転換したりもする。必要なときに必要な手がおのずと湧いてくるという観があり、盤上に響き渡る一手一手は、何度並べても感動を呼ぶのである。それはまさに天来の妙音でもあった」

他にも道策を崇拝するプロ棋士の評を総合すると、概ね以下のようなものになる。

「当時に比べると現代の碁は、定石や布石は大分進歩しているが、二十手か三十手を過ぎて、未知の世界に入る中盤以降の芸はとてつもなく高いものがあるから、道策が現代風の布石を学べば、誰も敵わないのではないか」

趙治勲と共に一時代を築いた小林光一も道策の信奉者で、百局以上残っている道策の棋譜を全て暗記しているといわれている。

そんな小林光一が棋聖、名人の頃、中山典之六段に「もし道策と十番碁を打ったとすれば結果はどうなりますか」と問われた時の様子が『昭和囲碁風雲録』という著書に出てくる。

小林はこう答えている。

「道策先生の時代にはナダレ定石や大斜定石、村正の妖刀なども、新布石もありませんでした。ですからこと序盤に関する限り、こちらが絶対有利に決っています。しかし、サァどうだ。勝てるか、と言われても、わが方必勝なり、なんて、とてもとても」

それからこう続けたそうである。

「道策先生のヨセだけを集中的に調べたことがあるんですよ。大ヨセに入る前の段階で、この碁は道策先生が五目くらい負けるな、と見当をつけたとします。それが、アレヨアレヨと言う間に詰まって来る。終局の時には逆に五目くらい勝ってしまうのですね。相手が拙いヨセを打っているとも思えないのですが」

つまり現代を代表する棋聖八連覇の小林光一ほどの打ち手でも、道策が相手だと、終盤に十目はヨセられてしまうというのである。これが本当なら、恐るべき話である。

神から与えられた天賦の才を備えた道策は、まさに碁を打つべくして生まれてきた天才であり、「碁聖」と称えられることも頷ける。

しかし道策の凄いところは、ただ強いだけではなく、「棋理」を解明し、定石を整備することによって、囲碁に変革をもたらしたことである。

古碁研究の第一人者である福井正明九段は著書の中でこう述べている。

「道策の碁は、新しい考えかたを基として広く深いヨミに貫かれています。戦いに偏した中国の碁や中世の碁から脱却し、全局の状況を見定める広い視野のもとに石の効率を追求しました。道策の時代に『定石』が芽生え、『手割り』が導入されたといっていいでしょう。『棋理』の誕生です」

道策はまさに革新を起こし、囲碁をもう一段上の高みへと押し上げたのである。

そんな道策は、悲運の碁打ちでもあった。

あまりに強すぎたために、同時代に切磋琢磨する好敵手がいなかったのだ。

道策より八歳若い、安井家の俊英、安井春知を「当代の逸物」と高く評価した道策は、その春知と二子で打ってなんとか一目負けまで持っていった碁を、「道策一生の出来」と自ら評している。

それだけ春知を高く評価していたのだろうが、生涯最高の傑作が二子置かせた碁というのも、碁打ちにとっては寂しいものだったに違いない。

また、道策は多くの天才的な弟子を抱えていたが、そのほとんどが二十代で早世してしまうという不幸にも見舞われている。

そのため五人いた天才少年のうち、最年長の道節を井上家に養子に出さざるを得なくなり、年少の者に家督を譲ることに決めたのだが、残りの道的、策元、八碩、本碩といった天才四人は、相次いで二十代で夭逝してしまったのである。

こんなギリシャ悲劇のような凄惨な話があるだろうか。

結局道策は、死に際に弱冠十三歳の実子道知を跡取りとして、井上家に出した道節に道知の後見を託さざるを得なくなるのである。

せめてもの救いは、井上家に出された道節と、若くして本因坊家を継いだ道知が、後に「名人碁所」となったことである。

現在でも愛用されている「秀策流」や「秀策のコスミ」で有名な本因坊秀策も、また天才の誉れ高い棋士である。

十九世紀前半の天保時代、僅か八歳で名門の本因坊家に弟子入りした秀策は、二年後の十歳の時に正式に初段を許され、今でいうプロ入りを果たしている。

二〇一九年に仲邑菫が十歳でプロ入りして史上最年少記録と話題になったが、秀策もその百八十年前に、同じ年齢でプロ入りしているのである。

秀策の打つ碁を見て、師匠である「後聖」丈和が、「まさに百五十年来の碁豪にして、我が門風これより大いに揚がらん」と喜んだといわれている。

百五十年来とは、勿論、道策以来という意味である。

秀策の棋譜は四百局あまりも残っているので、その実力は今でも推し測ることができる。

秀策の碁は、平明かつ秀麗で筋が良いといわれている。

瀬越憲作名誉九段は「秀策は強力と読みの深さを奥深く蔵して、碁の複雑性を簡明化している」と評し、現代の一流棋士の中にも「現代はまだ秀策を超えていない」と評価する者が多い。

世界チャンピオンだった韓国のイ・チャンホも、若い頃から熱心に秀策の棋譜を並べており、「私は一生かけても秀策先生には及ばないだろう」と言ったと伝えられている。

中国から来日した天才棋士「昭和の棋聖」呉清源も、「最初は力だけの碁でしたが、秀策先生の棋譜を並べるようになって、形が良くなりました」と言っている。

ともかく秀策は、その天才ぶりを示すエピソードに事欠かない。

年に一回将軍の御前で対局を行う公式行事である「御城碁」で、十九連勝無敗という、とてつもない記録を残したことは特に有名である。

また井上因碩（玄庵）との対局も、囲碁史上最も有名な一手が飛び出したことで知られている。

玄庵は「後聖」本因坊丈和と熾烈な「名人」獲得争いを演じ、結果的に「名人」にはなれなかったが、実力は誰もが「名人」並みと認める「囲碁四哲」の一人である。

秀策十七歳の時に、次第に頭角を現したこの若者に興味を抱いて対局してみたいと考えた玄庵は、実際にその機会を得た。この頃玄庵は四十九歳で、家督は後進に譲っていたが、なお重鎮として囲碁界に睨みを利かせていた。

秀策の先で対局が始まると、序盤の大斜定石から激しい闘いに突入するが、玄庵が井上家秘伝の妙手を放って一気に優位に立つ。激しく攻め立てる玄庵は優勢を意識して余裕で打ち進めていたが、中盤に秀策が放った一手によって、玄庵の手が止まり、みるみるうちに耳が真っ赤に染まったという。

上辺の黒模様を盛り上げつつ下方の弱石に応援を送り、左辺の白の薄みさえ狙っている、まさに一石三鳥の妙手だった。

この妙手が一発決まったことで形勢が逆転し、秀策は勝利を収めるのである。

この時秀策が放った黒百二十七手目こそが、「赤耳の一手」として今でも語り継がれている、囲碁史上最も有名な一手である。

幼少の頃から天才と謳われ、数々の輝かしい記録を残した秀策であったが、道策同様悲運なところがあった。

並みいる兄弟子を追い抜き、二十歳の時に本因坊家の跡目を許されて丈和の娘と結婚したが、正式に本因坊秀和から本因坊家を引き継ぐ前に、コレラによって三十三歳の若さでこの世を去った。道策以来といわれた不世出の天才も、残酷なる囲碁の神様の気まぐれか、結局本因坊を襲名することも、「名人碁所」の座に上り詰めることも叶わなかった。

実力がありながら囲碁の神様に翻弄されたという意味では、中国からやって来た天才児、呉清源もまた似たような運命をたどっている。

呉清源の実力は「碁聖」と称えられた道策、秀策にも匹敵し、当時世界最高峰の日本囲碁界にあって、戦前戦後の二十年もの長きにわたって天下無敵、頭ひとつ抜けた存在であった。

その活躍ぶりはまさに「昭和の棋聖」の称号に相応しいものであったが、運命の歯車は少しずつかみ合わず、皮肉なことに結局は本因坊や名人などのビッグタイトルには手が届かずに終わっている。

十四歳の呉清源が北京から日本にやってきたのは昭和三年（一九二八年）のことである。

中国に凄い天才少年がいるという噂を聞きつけた日本棋院が、若き精鋭橋本宇太郎を中国に送って対局させたところ、先で負かされてしまった。この棋譜を見た大御所の瀬越憲作がその才能を見抜いて、直ぐに日本に留学させるよう政財界の大物に働きかけるのである。

こうして呉清源は日本からの熱烈なラブコールによって、鳴り物入りで来日したのである。

線が細く病弱だった天才少年は一年目こそ「大手合」にも参加せず英気を養っていたが、二年目に飛びつけ三段でデビューすると、向かうところ敵なく連戦連勝、まさに旭日昇天の勢いのまま僅か十八歳の若さで五段に昇段するのである。

高段者がまだそれほどいない時代だったので、これはまさに歴史的快挙といえた。

こうして呉清源は、来日五年目にして、五歳上の木谷實と並んで日本囲碁界を背負って立つ期待の星となるのである。

木谷實、呉清源の両五段の名声が一気に高まるのは、昭和八年の「大手合」の時であった。

この時の対局で二人は、今まで誰も見たことがない布石を打ち始めて、プロ棋士一同の度肝を抜くのである。

それまでは、隅は小目に打つ人が多かったが、この二人は従来の常識を覆して星や三々に打つようになり、それればかりか三連星や星から二間シマリなどという「奇抜な手」を連発して、連戦連勝を重ねたのだ。

囲碁史上最大級の大革命といわれた「新布石」の登場である。

木谷と呉は最強のライバルであると同時に、最も仲の良い友でもあった。この「新布石」は二人で信州地獄谷の温泉に籠って研究したといわれている。

この「新布石」を活用して二人が勝ちまくったので、やがて他の棋士も真似するようになり、一大ブームが巻き起こるのである。

この辺の状況はなにやら、ＡＩ流が囲碁界を席巻した様子によく似ている。

昭和八年秋の「大手合」は、呉清源の優勝一等、木谷實が優勝二等で終わった。

同じ年に僅か十六名の精鋭を集めた「日本選手権手合」というトーナメントが行われ、ここでもまだ十九歳の呉は優勝を果たし、ご褒美として、時の第一人者、本因坊秀哉との対局の機会を得ている。

ところがここで呉清源が打った布石に世はまた騒然となるのである。

一手目右上隅三々、三手目左下隅星、五手目天元という、斜め一直線の奇想天外な布石に人々はまた度肝を抜かれ、同時に名人に対して失礼であるという非難が一部から湧き起こった。

この頃から「呉は中国人だから日本的な礼儀を知らない」などといわれなき誹謗中傷を受けるようになり、中国からやってきた少年は日中戦争へと突き進む不穏な空気の中で翻弄されていくのである。

昭和十九年の終戦間近に、相変わらず天下無敵の強さを誇っていた呉は、突如として新興宗教「璽光尊」に入信し、囲碁を引退してしまうのだが、もしかしたら精神的なストレスが影響したのかもしれない。

その後、呉は読売新聞の専属棋士となり、まだ目ぼしいタイトル戦がない時代に、木谷實をはじめ橋本宇太郎、藤沢庫之介、坂田栄男、高川秀格など当代の名だたる一流棋士を相手に、ナンバーワンをかけた「十番碁」を争うが、そのことごとくを打ち負かしてしまうのである。

この頃の呉は、まさに向かうところ敵なしだった。

ところが不思議なことに呉はビッグタイトルには縁がなかった。

本因坊秀哉の引退によって、本因坊の称号は世襲ではなく、日本棋院が開催する大会で優勝した者が獲得するようになった。昭和十四年のことである。

打ち盛りの呉清源に、本因坊を獲得するチャンスは十分あったのだが、第一回目ということもあって、今から考えると随分と変則的なトーナメント戦が行われた。

予選を勝ち抜いた八人の精鋭がトーナメントを戦い、順位に応じて得点を得るというものだが、これをなんと四回も繰り返し、合計点の上位二人で決勝戦を行うというものだった。

誰もが当時無敵の呉清源が決勝に残ると思っていたのだが、予想に反して決勝に残ったのは、関山利一と加藤信の二人だった。

実はこれにはからくりがあった。

得点配分が、トーナメントの一位は六点、二位が五点、三位が四点、四位が三点で、一回戦で負けた四人はゼロというなんとも奇妙なルールだったのだ。

呉清源は四回のうち二回優勝して強さを見せたが、後の二回では足をすくわれて一回戦で負けてしまった。

決勝に進んだ関山は呉と二回当たって二回とも負けたが、優勝、準優勝、三位とそつなく得点を重ねて、呉清源より多くの得点を稼いだ。

もう一人の加藤に至っては、優勝は一回もなかったが、一回戦には四回とも勝ったので、やはり呉清源の得点を上回った。

結果論になるが、改めて得点の配分を見てみると、呉清源に不利に働くように考えられているようで同情を禁じ得ない。

優勝と、準優勝以下の得点差が小さい一方で、一回戦で勝つか負けるかの差が非常に大きいので、あまり合理的な得点配分には見えない。

これも囲碁の神様の気まぐれだったのかもしれない。

その後新興宗教に走った呉清源は、本因坊戦のタイトル戦に参加することはなくなった。それでも囲碁界の第一人者として、毎年本因坊を獲得した棋士と争碁を打つようになり、そのことごとくを退けている。

昭和二十七年に第七期本因坊戦で橋本宇太郎本因坊からタイトルを奪取し、その後本因坊九連覇の偉業を成し遂げた高川格（秀格）は、呉清源を大の苦手としていたので、三番碁は毎回全敗し、十一連敗という不名誉な記録まで残している。

この頃の本因坊のタイトルは、まるで呉清源との争碁の挑戦権を得るための予選のようであった。

呉清源にはもう一つのビッグタイトルである「名人」を獲得するチャンスもあった。

昭和三十年頃になると、全棋士参加で真の日本一を決める棋戦を作ろうという気運が高まり、日本棋院を離れていた呉清源も参加を持ち掛けられた。やはり呉清源が参加しない棋戦では真の日本一といえないからだ。

当時の棋士にとっては、江戸時代から続く「名人」という響きには、本因坊家の屋号を名乗るのとはまた違った特別の重みがあったとみえて、呉清源も参加を承諾するのである。

こうして昭和三十三年に、後の名人戦へと繋がる「日本最強決定戦」という最強棋士六名によるリーグ戦が開催されることになった。

第一期最強戦は、呉清源が圧倒的な強さで優勝、第二期は坂田栄男が優勝、第三期は呉清源と坂田栄男の同率優勝で終わった。

このプレ大会を経て、待望の名人戦が始まったのが昭和三十六年である。

当初、初代名人は誰もが第一人者と認める呉清源でよいのではないかという声もあったが、取り敢えず最高位にある超一流棋士十三名を集めて、総当たりのリーグ戦を行うことになった。

この時、呉清源四十七歳。最後の花道に名人位を獲得してほしいと願った人も多かったと思われる。

この頃は、コミなしで互いに先番を打つ争碁と、コミのあるタイトル戦の丁度端境期で、何が一番合理的かという議論がまだきっちりと整理されていない時代だった。

ここでも、今から思うと変則的なルールがまたしても採用されて、そのせいで最後の最後で呉清源は再びタイトルを逃すことになるのである。

この大会のコミは五目で、ジゴ（引き分け）は白番勝ちだが、正規の勝ちより劣るというルールであった。

そんな面倒なルールにするくらいなら、コミを五目半にしておけば、すっきり分かりやすかったのだが、今となってはそれも結果論でしかない。

それでは、一体何が起こったのだろうか。

リーグ戦は最終局に突入した。

呉清源と坂田栄男がともに八勝三敗で直接対決の大一番を迎えていた。

対する藤沢秀行は九勝二敗で橋本昌二との最終戦に臨んだ。

藤沢秀行が勝てば十勝二敗で文句なく優勝だが、負ければ呉清源と坂田栄男の勝者と九勝三敗で並ぶので、改めてプレーオフ一番勝負に臨むことになる。

午後九時頃、藤沢秀行が投了した。

これで呉清源と坂田栄男の勝者とのプレーオフとなるが、どちらがきても勝てないと思った秀行先生は、そのまま不貞腐れてどこかに飲みに行ってしまった。

もう一局の決着がついたのは、深夜十二時近くだった。

数えてジゴ。

ジゴ白番勝ちで呉清源は勝利を収めたが、ジゴ勝ちは正規の勝ちに劣るという規定によって、この瞬間、藤沢新名人が誕生した。

但し、新名人がどこで飲み歩いているか誰も知らなかったので、本人に伝えられたのは、翌日になってからといわれている。

コミ五目という今では考えられない中途半端なルールによって、呉清源はまたしてもビッグタイトルを獲りそこなったのである。

さすがに「昭和の棋聖」も寄る年波には勝てず、交通事故の後遺症で体調を崩すという不運も重なり、以後は坂田栄男に覇権を明け渡していくことになる。
これも囲碁の神様の気まぐれだったのかもしれない。

第一章

二〇一九年十二月。

神楽坂の表通りは師走の喧騒に包まれて深夜になっても人の往来が絶えることがなかったが、それとは対照的に細い裏通りはいつもと変わらぬ静けさの中にひっそりと沈んでいた。

両側に板塀が迫る狭い路地の上には大きな木の枝がせり出して、月の明かりも届かぬ深い森の中にいるように暗かった。足元の石畳もいつもより一層冷たく感じられて、全身が凍えそうだった。

忘年会のお座敷仕事を終えた早乙女さゆりは、芸者仲間の美幸や美穂から軽く一杯行こうと誘われたが、その誘いを断わると、急いでその場を立ち去った。真っ暗な裏通りに入ったさゆりは、底冷えのする石畳を踏んで囲碁サロン「らんか」へと向かった。

十月から始まって十二月で終わる「らんか」のリーグ戦も、残りあと僅かとなり、名人の称号を巡る福田諒、星飼慎吾、天才少年丸山敬吾の優勝争いも、いよいよ佳境を迎えていた。

この日は、さゆりが一緒に暮らす福田が、幼少の頃からの宿敵である星飼と優勝を懸けた大一番に臨んでいた。

本来ならもっと早く駆けつけて応援したいところだったが、師走のかき入れ時に、若いさゆりにはそんなわがままは許されなかった。

着物姿のさゆりは、はやる気持ちを抑えて真っ暗な裏通りを一歩一歩慎重に進んでいったが、この日はいつもより冷え込みが厳しかったので、思わず足を止めるとコートの襟元を固く合わせた。

胸元で両手を組みながら、さゆりは祈るように目を閉じた。

今日こそ諒君に勝ってほしい。

そして今度こそ、正真正銘の名人になってほしい。

その先に待っているのは、福田と自分が手を携えて「奥の院」と呼ばれる、あの黒い扉の向こうに行くことだ。

その権利を得ることは、福田の勝利だけでなく、さゆりの勝利をも意味した。

つまりこれは、対局者同士の闘いであると同時に、同じ父を持つ三姉妹である、「らんか」の席亭若菜麗子と巫女の天方あかね、そして自分による闘いでもあるのだ。

最終的に「奥の院」へと入って行くのは、麗子やあかねではなくこの自分である。

静かに目を開けたさゆりは、暗闇の中で大きな瞳に決然たる情念の焔を宿していた。

しっかりとした足取りで再び歩き出したさゆりは、大きく見開いた瞳で前方の暗闇を睨みつけながら、様々な想いを巡らせていた。

一時は若手商社マンの井山聡太に期待したこともあった。

「らんか」のリーグ戦で最終的に名人の称号を得るのは、結局は井山になるだろうと強く感じたのだ。この時の井山はまだ七段で、名人の一歩手前である八段にもなっていなかったが、そんなことは気にならなかった。最初に出会った時、井山はまだ囲碁を全く知らなかったが、その時からそう感じさせる何かがあったのだ。

そんな井山も、商社マンの宿命ともいえる転勤によって、三か月ほど前に中国へと去って行った。いざ目の前からいなくなると、案外あっさりとしたもので、もう誰も井山のことなど話題にすることもなくなってしまった。

特に毎日名人を目指して激しく鎬を削っているリーグ戦参加者には、過去を振り返る余裕などなかった。目の前のライバルを倒すことだけで精いっぱいなので、それも当然だった。

それではあれほど井山にご執心だった麗子や、特別な霊感によって井山に何かを見出していたあかねはどうなのだろうか？

二人の様子を見る限り、日々の生活から井山の存在はすっかり消し去られてしまったように見える。

二人とも、もう井山のことは何とも思っていないのだろうか？

もしそうだとしたら随分と冷たいものである。

そこでさゆりはまた立ち止まった。

石畳から厳しい冷気が容赦なく伝わってきたが、気に留めることなく、真っ暗な路上で考え込んだ。

よく考えてみたら、自分だって似たようなものかもしれない。

井山のことなど、この三か月間ほとんど思い出すことはなかったのだ。

日々芸者の仕事に忙殺されて、そのうえ福田の囲碁のサポートもしている自分が、全く井山のことを思い出さなくなったのは、そんなに罪深いことなのだろうか？

去っていった者の記憶が日々薄れてゆくことは、ある意味仕方がないことではないだろうか？

自分は井山に名人になる可能性を見出したから興味があったのだろうか？

それとも、もともと井山に惹かれる何かがあったのだろうか？

もしそうだとしたら、本来なら井山を追いかけて中国まで行くべきなのだろうか？

そういえば、井山と同じ会社のあの顔の平べったい女性、確か星野初音といったが、彼女もその後「らんか」に来なくなったが、井山を追いかけて中国まで行ったのだろうか？

よく考えてみると、本気で井山のことを好きなのは、自分や麗子やあかねではなく、実は初音だけなのかもしれなかった。


その時突然、さゆりに三か月前の記憶が蘇ってきた。

井山が転勤の発令を受けた日に「らんか」にやってきて、中国に行こうか行くまいか迷っていた時のことだ。

麗子は本気で行ってほしくなさそうだったし、自分も福田を応援する身でありながら、井山には行ってほしくないと思った。

それは何故だったのだろうか？

あの時でも心のどこかでは、名人になるのは井山しかいないと信じていたのだろうか？

しかしあかねは、はっきりと中国へ行くべきだと言って、井山はその言にしたがう形で中国行きを決心したのだった。

あかねの真意はどこにあったのだろうか？

井山を追い払って、あかねが応援している星飼を名人にしたいと思ったからなのだろうか？

でもよく思い出してみると、あかねは妙なことを言っていた。

「私たちも共にその運命を受け入れることにします」

あかねは何故あのような言い方をしたのだろうか？

あかねにはどこか神懸かったところがあるので、何か感じるものがあったのだろうか？

その後、誰も井山のことを話題にしなくなったので、その意味するところを確認していないが、この時さゆりはふと、あかねの真意を聞いてみたいと思った。

しかし直ぐに思い直すと、首を横に振った。

今さらそんなことをしたって何の意味があるだろうか？

もしかしたら、あかねだってその言葉の意味が分かっていないかもしれないし、そもそもそう言ったことさえ、覚えていないかもしれないのだ。

それに何よりも、井山はもうここにはいないのだ。


さゆりは物思いに耽りながら、またゆっくりと歩き始めた。

リーグ戦のこと、「黒い扉」のこと、福田のこと、腹違いの姉妹のこと、そして井山のこと。

色々と考えを巡らせているうちに、次第に父親のことを考えるようになった。

あれほど会って話をしたいと思っていた父親と久し振りに再会できたというのに、結局一言も言葉を交わすことができなかったことが、なんとも悔やまれた。

もう一度父親に会って、話をしたい。

そして放火についての真相を直接訊いてみたい。

父親と会うためにも、何としても「黒い扉」の向こうに行かなければならないのだ。

一緒に行く相手がたとえ誰になろうとも。

たとえそれが福田でなくても。

それが井山であっても……。

無意識のうちに、悪魔の囁きが心の中に響いて、さゆりは思わず我に返った。

気がつくといつの間にか「らんか」の門の前に来ていた。

暗闇の中でさゆりは改めて古い木造の建物を仰ぎ見た。

さゆりが神経を研ぎ澄ますと、元は旅館だったこのお化け屋敷のような薄気味悪い館からは、百鬼夜行の気配が漏れ出てくるようだった。

こんな奇怪な場所に怯むことなく集う輩もまた、自分も含めて浮世離れした「もののけ」に違いないと苦笑しながら、さゆりは「らんか」の門をくぐった。

襖を開けて対局部屋に入ると、深夜だというのに驚くほどの人がいて、ひっそりと静まり返った神楽坂の裏通りからは想像もできないほどの熱気に溢れていた。

すっかり冷え込んださゆりの頬は瞬く間に真っ赤に上気した。

人だかりの中心には、対局中の福田と星飼がいた。

まだリーグ戦終了まで二、三日残っていたが、福田も星飼も、それまで全勝だった丸山少年との対局をすでに勝利で終えていた。これまで常に優勝争いを演じてきた弁護士の矢萩や星飼の元上司の埜口も、今期は以前ほどの覇気が感じられず取りこぼしがあったので、この勝負に勝って全勝を守れば、優勝を手にすることはほぼ間違いなかった。

さゆりが恐る恐る近づいていくと、碁盤の上に身を乗り出して真剣に読み耽る二人の姿が目に入ってきた。

鋭い視線を碁盤の上に走らせている福田は、さゆりが近づいてきたことに気づく様子もなく、ただひたすら次の一手のことだけに全神経を集中していた。

鬼気迫る表情の星飼も、直ぐ横にいるあかねも含めて碁盤以外のものは全く目に入っていない様子で、じっと一点だけを見つめていた。

星飼は、前回のリーグ戦で大詰めの全勝対決で福田に敗れているだけに、今期こそは雪辱を果たしたいという切なる思いが全身から溢れ出ていた。


二人の対局は終盤を迎えて、難解なヨセ勝負に入っていた。

さゆりは碁盤を覗き込んで形勢判断をしてみたが、かなり細かそうだった。しかも何か所か難解なコウ争いも残っていて、勝負はどちらに転ぶか全く予断を許さない状況だった。

周りの観戦者もひとことも言葉を発することなく、緊迫したヨセ勝負を見守っていた。

すでに対局は長時間にわたり、対局者には疲れの色が濃く出ていた。それでも二人とも最善の手を求めて一切の妥協を許さぬ心構えで気迫をみなぎらせていた。

このままいけば半目勝負になりそうなので、一目でも損をすれば命取りになるだろう。そのことがよく分かっている二人は、最後の力を振り絞って、一手一手時間をかけて慎重に読んでいた。

神経をすり減らすようなヨセ勝負は、深夜二時を過ぎても延々と続き、この頃になると大抵の観戦者はさすがに最後まで見届けることを諦めて帰ってしまったが、麗子やあかね、それに雑魚寝部屋に泊まることも厭わない熱烈な愛好家である、細名や堀井など数名が残って観戦を続けていた。

決着がついたのは、深夜三時過ぎだった。

福田と星飼は疲れ切った表情で終局を確認して頷き合うと、整地を始めた。

さゆりは福田が勝ったと思ったが、半目勝負なので数え終わるまではなんとも言えなかった。

二人が整地をしている間、さゆりは両手を胸の前で組んで祈り続けた。

整地が終わると、さゆりは碁盤の直ぐそばまで行って素早く地を数えた。

さゆりの計算通り、白番福田の半目勝ちだった。

さゆりは心の中で喜びを爆発させ、思わず両の拳を力強く握りしめると、黙ってその場を離れた。

対局を終えた福田も、ようやくさゆりが来ていることに気づいたが、勝敗を確認すると、表情を変えることなく淡々と局後の検討を始めた。

星飼も内心は悔しくて仕方なかっただろうが、そんな心情を一切表に出すことなく、福田と同じように淡々と局後の検討を行った。

麗子やあかね、細名、堀井なども加わった検討は、その後一時間あまりも続いた。


検討が終わると、福田は疲れた足取りで、カウンターで待つさゆりの元へと歩み寄って行った。

さゆりと目が合うと、福田は会心の笑顔を見せて黙って頷いた。

さゆりも心からの笑顔を福田に返した。

「諒君、おめでとう。半目勝負の厳しい碁をよく読み切って凌いだわね」

もう明け方を迎えて、すっかり疲れ切った福田は、さゆりの手を取った。

幸福感に包まれた二人は仲良く手を携えて、対局部屋をあとにしようとした。その際に何気なく部屋の中を見やると、碁盤の前でうなだれたまま立ち上がれない星飼と、そんな彼の肩に手をのせて慰めているあかねの姿が目に入ってきた。

勝者と敗者を分けた差はたったの半目だったが、その結果は天と地ほどの隔たりがあった。

福田との決戦に敗れた星飼は、これで名人になる夢も潰えたと感じて、絶望感に打ちひしがれていた。

対局後に激しく落ち込む自分を優しく慰めてくれるあかねの心遣いが、星飼には却って重荷だった。

あかねとはお互いにギブアンドテイクの関係だと割り切ったからこそ、ここまで甘んじてサポートを受けてきたが、夢を逃したとあっては、このビジネスライクな関係に終止符を打つしかなかった。

「あかねさん、これまでサポートをありがとうございました。お蔭様で短い間でしたが良い夢を見させてもらいました。それなのにあかねさんの期待に応えることができず申し訳ないです。もうこれで名人は福田君で決まりでしょう。これ以上ご迷惑をかけるわけにはいかないので、私は囲碁から一旦離れて自分の人生を見つめ直すことにします」

星飼を優しく慰めていたあかねは驚いて星飼の顔を覗き込んだ。

「そんな冷たいことを言わないでくださいよ」

あかねの言葉は星飼にとって意外なものだった。

「私があなたをサポートしたのは『奥の院』に行きたいからだけではありませんよ。確かに最初はそれが大きな理由だったけど、近くであなたの応援をしているうちに気持ちが変わってきたんです」

若い男女が身近で利害を共有するうちに、情が移ったということなのだろうか？

星飼は思わず苦笑いした。

「あかねさんは、もっとクールな方かと思ってましたよ」

あかねは照れ笑いを浮かべた。

「やめてくださいよ。私はそんなに計算高い女じゃないですよ。あなたがひたむきに囲碁に向き合う姿を間近で見ていると、記憶の片隅に眠っていた父の面影が蘇ってくるんです。あなたも一途で純粋なところがありますよね、慎吾さん」

あかねの言葉に星飼は思わず顔を赤らめた。

「たとえ名人を逃すことになっても、あなたには囲碁を続けてほしいんです。あなたは囲碁そのものなんですから。勝負事だから勝者と敗者が生まれるのは仕方がないことです。でも敗者になったからといって、恥じたり諦めたりしないでほしいんです。あなたが大好きな囲碁を続けることで、きっと私たちにとって良い未来が来ると信じています」

星飼は下を向いて照れながら、改めて自分にとって、あかねが一番の理解者だと感じた。

翌日、徹夜明けで疲れた福田は身体をゆっくり休めてから、夕方頃に「らんか」に顔を出した。

前日の星飼との大一番の余韻が残る中、全勝対決を制した福田に対して、誰もが、王者に接するように尊崇の念をもって挨拶をしてくるので、福田もごく自然に名人らしい威厳に満ちた態度でそれに応えた。

この時福田の頭の中を占めていたのは、名人になった後に「奥の院」行きを懸けて行われる麗子との対局のことだけだった。

九段格の名人ともなると、八段の麗子とはコミなしの白番で打たねばならない。麗子とは今まで打ったことはないが、さゆりと同等の力があるとしたら決して侮れない相手であることは間違いなかった。

それに麗子は、父親直伝の「秘儀」で仕掛けてくるかもしれないので、十分な警戒が必要だった。

前回のリーグ戦でも、最後の最後に麗子の父親である藤浦からその「秘儀」を見舞ってすっかり動揺した福田は、どう対応してよいか分からぬうちに、あえなく撃沈されてしまったのだった。

しかし、麗子と同じように父親からその「秘儀」を受け継いださゆりの援助もあって十分な対策を練ってきたので、今度はうまく対応できる自信があった。最近では日々の努力が実を結んで、さらに力をつけた福田は「秘儀」を繰り出すさゆりに、コミなしの白番でも勝てるようになっていた。

果たして麗子とさゆりのどちらが強いかはよく分からないが、こうなったら、何が何でもこの大一番に勝つしかなかった。

一発勝負なのでどちらに転ぶか分からない難しさはあるが、もしこの一局に負けるようなことになれば、その時は「奥の院」に行けないばかりか、さゆりまで失うことになるかもしれなかった。

そう思うと、福田は思わず身震いした。

そんなことは死んでも耐えられなかった。

そういった意味でも、これは福田にとって、全身全霊をかけた生涯最大の大勝負なのだ。

一発勝負で必ず勝つためには、本来なら圧倒的な力の差が必要だが、麗子との間にそれほどの差があるとは思えなかった。

そう考えると、ほぼ優勝を手中に収めたとはいえ、麗子との最後の決戦を終えるまで、福田には一瞬も気を緩める暇はなかった。


福田が麗子との対局のことを考えていると、仕事を終えた弁護士の矢萩が穏やかな笑顔で対局部屋に入ってきた。

真剣に名人を目指していた弁護士の矢萩は、医者の奥井や財務官僚の羽田、政治家の細名やビジネススクール学長の堀井と同じように、仕事を辞めて一旦は囲碁に専念する道を選んだが、今期に入ると仕事を再開していた。年齢からくる衰えもあって、もう名人になることを諦めたというのが専らの評判だった。

前回のリーグ戦までは、矢萩自身が六十代後半という年齢を意識して、早めに名人になれなければ手遅れになるという悲壮感に満ちていたが、最近はすっぱりと諦めたせいか、まるで憑き物が落ちたように、どこか吹っ切れた、清々しい表情になっていた。

「福田さん、昨日の星飼さんとの大一番は大変な熱戦でしたね。あまりにも遅くなったので、仕事もある身の私はお先に失礼させてもらったけど、結果はどうでしたか？」

福田はやや照れながらも堂々と答えた。

「お蔭様で、半目でぎりぎり勝たせてもらいました。難解なヨセが続きましたが、最後は運が良かったです」

「いやいや、そんなことないですよ。それも立派な実力ですよ。これでいよいよ待望の名人誕生ですね。どうですか。指導碁のつもりで、私ともう一局打ってもらえませんか？　今期は福田さんにはリーグ戦の中盤で早々に負けてしまったけど、もう一局お願いしますよ。なんだか今度は名人に勝てそうな気がするなあ」

いたずらっぽく言う矢萩に、福田も笑顔で返した。

「そんな矢萩さん、まだ名人になったわけではないので、からかわないでくださいよ。でも対局のほうはいつでも喜んでお受けしますよ」

いくら矢萩がプレッシャーから解放されて気楽に打っているからといっても、自分がそう簡単に負けるわけがないと福田は楽観していた。

高齢を理由に名人を諦めて仕事に復帰した矢萩と、毎日朝から晩まで囲碁漬けの生活を送っている自分との実力差は、今ではますます開いているはずだった。

八段同士なので、当然互先である。

握って矢萩の先番となった。

この半年あまりの間に対局を重ねるうちに、福田も矢萩がバランスを重視した本格派の棋風であることが分かってきた。

この日の矢萩も、流行のＡＩ流ではなく、比較的オーソドックスな布石を打ってきた。長年培った感覚が染みついた矢萩にとって、ＡＩ流の打ち方は違和感があり、いくら勉強しても馴染めないようだった。

ところが何手か打ち進めていくうちに、福田はこの日の矢萩から、これまでとは明らかに違う印象を受けた。

それは勿論ＡＩ流というわけではないが、オーソドックスな本手が多い矢萩には珍しく、福田の予想を外す意外な着手が多かった。打たれてみると確かにそれが悪い手とも思えなかった。それどころか、何手か打ち進めるうちにその手が寧ろ急所を着実に捉えた、理にかなった着手であることが明らかになっていった。

一体、矢萩に何が起こったのだろうか？

どこか違和感を抱きつつ福田が打ち進めていくうちに、勝負は中盤へとなだれ込んでいった。

よく見てみると矢萩はしっかり地を稼いでいるうえに、特に弱そうな石もなかった。それどころか、厚みの方向も良いので、これから地が増える余地も矢萩のほうが多そうな碁形となっていた。

このままいくと明らかに地が足りなくなりそうだが、そうかといって相手の弱点も見当たらないので、なかなか闘いの仕掛けどころが見出せなかった。

福田は気持ちばかり焦ったが、有効な策を見出せぬまま、ずるずるとヨセに入っていった。

ヨセに入ってからも矢萩はますます冴えを見せて、妙手を連発してさらに差を広げていった。

一応最後まで打ったが、結果は黒番矢萩の四目半勝ちに終わった。

不覚にも名人のはずの自分が、こんなロートルに敗れてしまうとは、なんという失態であろうか。

あともう一歩のところまで手が届いた名人の座が、これで今期もおあずけとなってしまった。

この現実を素直に受け入れることができずに、福田はただ茫然と碁盤を見つめていた。

昇り龍のように急成長を続ける丸山少年を正面衝突の激闘の末に倒し、宿敵である星飼を神経をすり減らすぎりぎりの読み勝負で退けたというのに、よりによって、優勝争いから早々に脱落したノーマークの矢萩に足をすくわれるとは、なんという屈辱であろうか。

これでは必死の覚悟で丸山や星飼を打ち倒した苦労も全て水の泡である。

そもそも矢萩は七十に近い高齢であるうえに、今期は囲碁に専念する生活を止めてまた弁護士の仕事に復帰したのだから、もう真剣に名人を目指すことは諦めた、いわば「過去の人」である。そんな相手に負けてしまうとは、自分はなんと勝負弱くて情けないのだろうか。

福田の頭に、また落胆して溜息をつくさゆりの顔が浮かんだ。

すっかり打ちひしがれてうなだれる福田を見かねて、矢萩は優しく声をかけた。

「福田さん、勝負事ですからこういうこともありますよ。まあ、そう力を落とさずに元気を出してください。福田さんほどの実力があれば、まだ若いですし、これからいくらでもチャンスがありますよ」

うつむいていた福田は少し顔を上げると、人の良さそうな四角い顔をほころばせている矢萩を見上げた。

「矢萩さん、一つ伺ってもいいですか?」

「はい、何でしょうか」

「今日の矢萩さんは、どこか今までと違うように感じたんですが、こんなことを言ったら失礼かもしれないけど、名人を諦めた気楽さで、伸び伸びと打つことで良い手を連発できたんでしょうか? いや、勿論、矢萩さんが昔から凄くお強いことはよく分かっていますが、なんというか、対局に臨む時の心理状態というのもやはり重要なんですかね。そういった意味では、私はもっと精神修養をしたほうが良さそうですね」

「いやいや福田さん、そんな深刻に考えないほうがいいですよ。寧ろ、福田さんのそんな真面目なところが勝負の際にマイナスに作用しているのかもしれないですよ」

「昔から、負けると凄く落ち込んで真剣に悩んでしまうタイプなんです」

「そりゃ誰だってそうですよ。私だってこんな囲碁サロンでのお遊びの対局だって、負けた夜は悔しくて眠れないことはしょっちゅうですからね。だから大事なのは切り替えですよ」

「それはよく分かっています。これまでも数えきれないほど、切り替えてきましたからね」

福田は自虐的に笑った。

「そうでしょう、そうでしょう。それは誰でもそうですよ。そうやって、強くなっていくんですよ。負けなきゃ強くならないですからね。ただ、今日の私はどこか違ってたというご指摘ですけどね。福田さんが本当にそう感じたなら、私としては大変嬉しいですね。また真剣に名人目指して頑張ってみようか、なんて気になりますよ」

矢萩は人の良さそうな相好をさらに崩して続けた。

「いや実はですね、少し奇妙なことがあったんですよ」

福田は興味を抱いて顔を上げると、真正面から矢萩を見据えた。

「確かに福田さんが言うように、もう名人は無理だと諦めたら、その途端にすっかり吹っ切れて、それから家族との時間を大切にしながら、囲碁も気軽に楽しむようになったんですよ。それで対局後もカウンターで飲んだりおしゃべりすることが多くなりましてね。先日、福田さんに負けた後もそうだったんですよ。これまでだったら直ぐに家に帰って一人で朝まで検討を続けたと思うんですけどね」

なるほど、矢萩も相当な負けず嫌いなのだろう。自分だけでなく他人も同じだと分かると、福田には少しは慰めになった。

「でもその日は、カウンターで鈴木さんや松木さんと久しぶりに飲んで、他愛のない話で盛り上がっているうちに、終電を逃してしまったんですよ」

頭がツルっとした鈴木と中年太り白髪交じりの松木の二人は、五段という実力ながら、いつもカウンターに陣取ってワインを飲んでばかりいて、あまり対局している姿を見たことがなかった。このハーフリタイアした二人の中年男性は、福田や星飼のストイックな真剣勝負の世界とは一線を画して、囲碁を趣味と割り切って楽しむ世界に住んでいた。だからこの二人は、それほど勝敗にこだわることなく、寧ろ若い女性と囲碁合宿に行くなどして、とことん囲碁を楽しむことに重きを置いていた。

つい先日までは、矢萩も「こちら側」、つまり福田のいるストイックな世界の人間であると思っていたのに、いつの間にか「あちら側」に行ってしまったかと思うと、少し寂しい気がした。

「もう三人ともへべれけになってしまったんで、雑魚寝部屋で少し休んでいこうということになりましてね。私は久し振りにあの部屋に入って仮眠したんですよ。そうしたら、変な夢を見ましてね」

福田は思わず身を乗り出した。

「宇宙空間を飛び回る夢じゃないですか?」

勢い込んで訊く福田を怪訝な表情で見ながら、矢萩は首を横に振った。

「いいえ、そんな夢ではなかったですね。私の夢にはお坊さんのような恰好の人が現れたんですよ」

「お坊さんですか?」

予想外の話に拍子抜けして、福田は思わず訊き返した。

「ええ。それでその坊さんに、こんなところで油を売ってないで、もっと勉強しなさいって怒られたんです」

「変な坊さんですね」

「そうなんですよ。結構偉そうに言うもんだから、私も、もうＡＩ流とかわけが分からないから、やる気が失せたって、開き直って言い返してやったんですよ」

「そうしたら、どうなったんですか？」

「そうしたらね、そのお坊さんが、それなら私の棋譜を並べなさいって言うんです。そうすればあなたはまだまだ強くなれますって、逆に励まされましてね」

福田は思わず背筋が寒くなった。

「それは、もしかして、本因坊じゃないですか？」

「それが、どうもそのようなんですよ」

「初代本因坊の算砂ですかね？」

「いや、それがね、あなたはどなたですかって訊いたら、道策だっていうんですよ」

「道策ですか？」

「ご存じですか？」

「ええ、名前だけは。実力十三段といわれた『碁聖』ですよね。私も院生の頃、師範の先生から、好きな棋士を選んで江戸時代の古碁をたくさん並べろと言われたんですよ。それで、力自慢の闘いの碁が好きだったので、丈和を選んで並べたことがあったんですが、道策の碁はそれほど並べたことがないですね」

「私も院生時代に古碁を並べろと言われたけど、元々他人の言うことを素直に聞くタイプじゃないので、全くやらなかったんですよ。でも今回はまるで神のお告げのように本人から言われたんで、こりゃ少しやってみなきゃと思って、『道策全集』を買って棋譜並べを始めたんです。そうしたらどうですか。もう一手、一手が感動の連続で凄く勉強になるんですよ。最近はＡＩの影響なのか、棋譜を並べても納得できない手が多くてとても続ける気がしないんだけど、道策の碁を並べるようになったら、棋譜並べが楽しくて仕方なくなって、毎日夜遊びもしないで早く家に帰るようになったんですよ」

喜々として自分が見た夢について語る矢萩を眺めながら、福田は被害妄想にかられて、これはひょっとしたら、囲碁の神様が福田が名人になることを阻止するために、また意地悪をしてきたのではないかと考えた。

こんな酷い仕打ちをするなんてどこまで悪趣味で性格が悪いのだろうと、福田は心の中でひたすら囲碁の神様をなじった。

いずれにせよ、これで今期も全勝が消えて、「らんか」では名人が誕生することなく、リーグ戦は幕を閉じた。

第二章

年が明け、東京オリンピックイヤーの二〇二〇年を迎えた。

神楽坂の囲碁サロン「らんか」のリーグ戦も振り出しに戻って、名人を争う闘いは再び一からのスタートとなった。

前期のリーグ戦で名人をほぼ手中に収めながら、思わぬ伏兵に足をすくわれて悔し涙を流した福田は、今期こそは絶対に夢を成し遂げるつもりだった。勝負ごとは下駄を履くまで分からないという怖さを、身をもって思い知った直後だけに、今度は何があっても最後まで油断しないよう肝に銘じた。

福田に敗れた星飼は、名人の座を一度は諦めたが、最後の最後で福田が矢萩に敗れて命拾いしたため、再び可能性が生じたことを素直に喜んだ。最近は福田に連敗しているので今度という今度は負けるわけにはいかないと雪辱に燃えていた。

天才少年の丸山敬吾は、日々長足の進歩を遂げて、天下無敵の丸山一強時代の到来も時間の問題かと思われたが、ここ二期は大事な勝負どころで敗北を喫し、周りが恐れおののくほどの成果はまだあげていなかった。今期こそは本当に自分の時代が到来したことを見せつけなければ、大一番に弱いオオカミ少年で終わってしまうと焦り始めていた。

そして、もう一人。

年齢による衰えを自覚し、一度は真剣勝負から身を引く決心をした弁護士の矢萩は、「碁聖」道策の夢のお告げにしたがって棋譜並べに取り組んだことが奏功して、思わぬ形で最強の福田を破る金星をあげたので、これにすっかり味を占めて、またまた仕事を放り出して本気で名人を狙う気になっていた。

矢萩が福田を破ったことに触発された商社マンの埜口も、矢萩の話を聞いて俄然やる気を取り戻して、院生時代によく並べた、もう一人の「碁聖」秀策の棋譜並べを再開した。

新たな年も、福田、星飼、丸山、矢萩、埜口の五人を中心に優勝争いが繰り広げられることは確実だった。

本来なら、オリンピックに向けて明るい新年を迎えるはずであったが、年明け早々、中国から不穏なニュースが流れてきて、世の中は騒然となった。

新型のウイルスが武漢で発見され、感染した人が次々と病院に押しかける様子がニュース映像で流れると、「らんか」では誰もが井山のことを思い出すようになっていた。

三か月前に武漢に転勤して以降リーグ戦の舞台から姿を消し、その後音信不通となった井山は「らんか」ではすっかり忘れられた存在になっていたが、さすがにニュースで未知の感染症が猖獗を極める様子が映し出されると、誰もが井山の安否を気にかけるようになった。

一月十六日に日本で初めて新型コロナウイルスの感染者が見つかると、いよいよ対岸の火事とのんびり構えていられなくなり、深刻な事態へと発展しないことをただ祈るようになっていた。

一月二十三日に武漢が封鎖されると、衝撃を受けた麗子は居ても立ってもいられなくなり、井山の安否確認をしようと動き出した。

唯一の手掛かりである、井山と同じ部署にいた星野初音に確認しようと、麗子は何度も連絡を入れたが、こういう時に限って初音は連日不在で捕まらなかった。

井山のことを心配しつつも何の情報も得られないもどかしさに、麗子ばかりでなく、さゆりやあかねもどんよりと雲に覆われたような憂鬱な気分に沈んでいた。

井山のことを話題に出すわけではなかったが、誰もが心の中では井山のことを気にかけていた。


新型コロナウイルスの影響で次第に重苦しい空気が日々の生活に重くのしかかり始めた二月初旬の昼下がりに、突然井山が「らんか」に姿を現した。

井山は静かに襖を開けると、少し躊躇するように左右を見てから、初音に支えられるようにして、ゆっくりと対局部屋に入ってきた。

最初に気づいたのは、麗子だった。客と対局中だった麗子は、入ってきた井山をひと目見るなり、対局を放り出してすっ飛んで来た。

三か月ぶりに再会した井山は、すっかりやつれて元気がないように見えた。中国の水が合わなかったのか、それとも新型コロナウイルスに感染したのか、麗子には井山の変貌ぶりが気になったが、何はともあれ無事再会できたことを素直に喜んだ。

「井山さん、お久し振りです。ずっとお会いしたいと思っていたんですよ。まさかこんなに早く帰国されるとは思ってなかったので、嬉しいです」

麗子は井山の手を取って一気にまくしたてると、井山に寄り添う初音を気にかけながらも、たまらず井山に抱きついた。

「武漢では大丈夫でしたか？　私、凄く心配してたんですよ」

井山は突然のハグに一瞬よろめいたが、なんとか踏ん張るとそのまま麗子に身体を預けた。

「麗子さん、ありがとうございます。お蔭様で無事帰ってこられました」

井山は疲れ切った様子で声を絞り出したが、心の底から安堵しているようだった。

「それは良かったわ。本当に良かった。それで、日本にはいつお戻りになったんですか？」

麗子に預けた身体を不安定にぐらつかせながら、井山は眠そうに目を閉じて答えた。

「政府が用意してくれたチャーター機で一月の後半に戻ってきました。もう帰れなくなるんじゃないかと心配したけど、飛行機に乗った時は本当に安心して、全身から力が抜けましたよ」

きっと想像以上に精神的なプレッシャーが大きかったのだろう。井山の武漢での苦労を慮って、麗子は黙って頷いた。

「ＰＣＲ検査の結果は陰性だったけど、日本に戻ってきてから二週間隔離されていたんです」

「そうだったんですね。でも陰性で良かったですね」

井山が陰性と聞いた麗子は、ようやく心に突き刺さっていた心配事から解放されて霧が晴れていくような気がした。

喜びの感情があふれ出て思わず抱きついている腕の力を強めると、その反動で井山はまたよろけて、バランスを崩したが、かろうじて転倒を免れて体勢を立て直すと、恥ずかしそうに呟いた。

「すいません、二週間も動いていなかったので、少し身体がなまっているようです。でもその間、初音さんが差入れをしてくれたりして面倒をみてくれたので、助かりました」

井山の言葉で初音の存在を思い出した麗子は、ようやく井山から身体を離すと、微笑みをたたえた顔を初音に向けた。

「それはそれは、初音さん、井山さんの面倒をみていただいてありがとうございました」

この女から感謝の言葉を受ける筋合いはないと思いつつも初音が黙っていると、麗子はすかさず井山に向き直った。

「道理で初音さんに何回電話しても捕まらなかったわけだわ。実は私、井山さんのことが心配で、安否を確認しようと思って、毎日初音さんのところに電話してたんですよ」

思わぬ麗子の優しい心遣いに、井山は思わず顔をほころばせた。

「そうだったんですね。ご心配をおかけしました」

井山の気持ちを惹きつけることに成功して満足すると、麗子は一番訊きたかった質問を井山にぶつけた。

「井山さん、中国に行ってから囲碁はされてましたか?」

井山は無表情のままぶっきら棒に答えた。

「いや、それがですね、赴任直後は向こうの生活に慣れるのに必死で、囲碁どころではなかったんですよ。なんか久し振りに真面目に仕事に取り組んでましたよ」

井山の返答に失望しながらも、そんな素振りは少しも見せずに麗子は続けた。

「真面目にお仕事に取り組むのは良いことですよね。それで、今後はどうされるんですか。しばらく様子を見て、また武漢に戻るんですか?」

井山はやつれた顔を麗子に向けたまま黙っていたが、しばらくすると重い口を開いた。

「会社は今回の帰国を機に辞めることにしました」

麗子は、突然の井山の話に我が耳を疑ったが、今後、井山が「らんか」に通う可能性があるのかどうかが最大の関心事だっただけに朗報といえた。

「でも、たった今、お仕事も頑張っているって言ったばかりじゃないですか。一体どうしたっていうんですか?」

「これからしばらくは、ここでまた名人目指して囲碁に専念することにします」

麗子は心の中で喜びを爆発させたが、表向きはあくまでも冷静に訊いた。

「そうなんですか。私としては井山さんが囲碁に専念してくれることは大変嬉しいんですけど、これからの生活はどうなさるおつもりですか？」

「これまでは囲碁ばかりであまりお金を使ってなかったので、意外と蓄えがあるんですよ。その蓄えで何とか凌ぐつもりです。どうせそんなに時間がかかる話でもないと思うので」

麗子は思わず苦笑いした。

「あらあら、井山さんたら、相変わらず強気ですね。そんな変わらぬ井山さんの姿を再び見ることができて嬉しいですけど、少しは現実も見るようにしてくださいね」

井山が本当に名人になってくれるならこれほど嬉しいことはないが、実はコロナに感染して、その後遺症で脳に支障をきたしているのではないかと、少し心配になった。

すると井山は麗子の問いかけに答えることなく、そのままよろよろと怪しい足取りで対局机のほうへと行ってしまった。

麗子とのおしゃべりよりも、対局のほうがずっと興味があるとでもいいたげな態度だった。

これほど親身になって安否を気遣い、こんなに再会を喜んでいるというのに、何と冷淡な態度であろうか。

相変わらず女性に対して鈍感な井山に、麗子は怒りがこみ上げてきたが、同時に以前より井山の感情表現が乏しくなっていることが気になった。

乙女心を理解する気配が全く感じられない井山を苦々しく眺めながら、麗子はそこに残った初音に声をかけた。

「井山さん、相変わらずですね。まだ体調がすぐれないようだけど、その割に相変わらず自信だけはたっぷりあるようですね。それにしても大丈夫かしら。初音さんは井山さんが会社を辞めたことをどう思っているんですか？」

麗子が何気なく訊くと、初音は毅然とした態度で答えた。

「私は囲碁に夢中になっている井山さんが好きですけど『奥の院』などという夢みたいな話に取り憑かれて、仕事も安定した生活も犠牲にするようなことはしてほしくないんです。少しは現実的に考えてほしいと思っていたので、確かに中国は遠いけど、転勤を受け入れてくれた時は実は少しホッとしたんです。ところが中国から帰ってきた途端に、今度は本当に会社を辞めてしまったので、私が一番恐れていたことが起こってしまって、正直途方に暮れているんです」

「でもコロナのお蔭で思ったより早く会えたから良かったじゃないですか」

「そのことは嬉しいんですけど、でもこんなことになるくらいなら寧ろずっと中国にいてくれたほうが良かったです。そういう意味ではコロナを恨んでいます」

コロナと一緒に、自分も恨まれているような気がした麗子は、気まずい雰囲気になってきたので黙って立ち去ろうとした。

すると麗子の背中に向かって、初音がひとことつけ加えた。

「でも、こうなった以上、私は最後まで井山さんを支え続けるつもりです」

それは覚悟を決めて、全てをありのまま受け入れるという、初音の決意表明であり、同時に麗子に対する宣戦布告でもあった。


井山は対局部屋に目を向けると、真剣に対局している人たちを一通り眺め渡した。

皆、対局に夢中で井山の存在に気づいていないようだった。

昼間だというのに、懐かしい顔が並んでいた。

小学生の丸山は勿論、弁護士の矢萩、医者の奥井、財務官僚の羽田、政治家の細名、ビジネススクール学長の堀井、そして福田と星飼。

ここにいる誰もが、囲碁に専念するために仕事を辞めていた。

そして今、やはり仕事を辞めた井山が、新たに加わることになった。

井山が対局机のほうに近づいて行くと、対局中の人たちもようやく気づいて、最初は驚きの表情を見せたが、皆、一様に再会を喜んでくれた。

一通り挨拶を済ませると、井山は対局中の机を一つずつ見ながら、緊張した面持ちでゆっくりと歩いて回った。すっかりやつれた井山に以前のような覇気は感じられなかったが、それでも自分の居場所がここであることを改めて確認して安らかな気持ちに浸っているようだった。

少しずつ「らんか」の空気に慣れようと、井山がリハビリのように歩いて回っていると、丁度対局を終えた細名と堀井が局後の検討を始めたところだった。

政治家だった細名もビジネススクールの学長だった堀井も、囲碁に専念するために仕事を辞めた成果が現れて、遂に井山と同じ七段に昇段していた。井山同様、真剣に名人になることを夢見ている二人は、よきライバルとして、今度はどちらが先に八段に昇段するかで激しく競い合っていた。

二人の局後の検討を、井山は背後から興味深そうに眺めていたが、まるでリハビリの一環でもあるかのように黙って聞いていた。

検討が一通り終わると、細名が井山に向かって笑顔で話しかけてきた。

「井山さん、どうですか。久し振りに打ちませんか？」

細名の突然の申し出に井山は戸惑いの表情を見せた。

以前であれば喜んで直ぐに対局に応じた井山だが、この日は迷ってなかなか返事をしなかった。

「井山さん、どうしたんですか？　中国から戻ったばかりでお疲れのようなら、別に無理する必要ないですよ」

「うーん、どうしようかな」

井山は打ちたい気持ちはあるようだが、躊躇していた。

先程はあんなに自信たっぷりに啖呵を切ったのに、いざ対局を申し込まれたら自信なさそうに逡巡する井山の様子を見て、麗子はそのギャップに思わず失笑した。

初音は急いで井山の元に近づいて行くと、その腕を掴んだ。

「井山さん、まだ無理しないでくださいね。今はゆっくりと身体を休めることに専念して、対局はまた今度にしましょう」

「そうですよ、井山さん。別に今日でなくていいから、また元気になったら打ちましょう」

「いや、大丈夫です。今日これから打ちましょう。細名さん、宜しくお願いします」

井山が久し振りに対局することになったので、麗子は静かに近づき、背後から観戦することにした。細名は今でも朝から晩まで囲碁に専念して日々進化を続けているが、そんな相手に三か月もブランクがある井山がどんな碁を打つのか、興味があった。

井山も細名も七段なので、互先である。握って細名の黒番となった。

序盤から一手一手慎重に打ち進める細名とは対照的に、井山の着手は速かった。子供のように速い着手は、傍から見ていると、どこか淡泊で投げやりな感じがした。

麗子は井山がしっかりと読んで打っているのか心配だったが、それでも立ち上がりは特に悪い手はなかった。

中盤に入って石が競り合ってくると、細名はそれまで以上に時間をかけて慎重に打ち進めるようになったが、井山はここでもあまり時間をかけずに、さっさと石を置いていった。

しばらくすると、井山は相当疲れたとみえて、一手打つごとにうつむいて顔を歪めながらこめかみを押さえるようになった。

井山の辛そうな様子を目にした初音は、自分も息苦しくなり、囲碁対局にセコンド制があるなら、タオルを投げ込んで中断させたいと思った。

麗子も、最後まで打ち切れるのかと心配しながら眺めていたが、複雑な攻め合いが絡んだ中盤の難所で上手く打ちまわした井山が、それを機に一気に優勢になった。

渋い表情に変わった細名は首を傾げながら必死に勝負手を放って巻き返しを図ったが、井山が冷静に受け切ったので全て空振りに終わった。

それからしばらく打ち進めたが、ヨセに入る前に細名が突然投了した。

同じ七段の細名に圧勝した井山は、ブランクを全く感じさせなかった。

それどころか、中国に行く前より強くなっている印象さえあった。

この結果は麗子にとって意外なものだった。

一体、武漢で井山に何が起こったのだろうか？

麗子がぼんやりと考えていると、横でこの対局を見ていた堀井も驚きの声をあげた。

「井山さん、中国に行ってちょっと強くなったんじゃないですか！」

汗をかいて真っ赤な顔をした井山は苦しそうに下を向いたまま答えた。

「いや、そんなことないです。中国では全然打ってないですから」

「全然そんな風に見えなかったなあ。やっぱり囲碁というのは一度覚えると簡単に忘れないものなんですかね。僕なんか一日でもブランクがあると不安になるけど、井山さんは凄いですね」

それを横で聞いていた初音がすかさず井山の援護をした。

「井山さんは、中国では打ってなかったようですが、日本に戻ってきてから二週間隔離されていた時に、随分多くの棋譜並べをしたんですよ。井山さんに頼まれて、毎日本屋で棋譜の本を買っては何十冊も差し入れしたんです」

「やっぱり棋譜並べが良いんですかね。それにしても何十冊なんて、いくらなんでも二週間では並べきれないでしょう」

堀井が思わず笑うと、初音もつられて笑顔を見せた。

「そうなんですよ。こんなにたくさん本を揃えても全部はできないから、どうせ気休めに過ぎないと思ったけど、最新のＡＩ流から、江戸時代の古碁まで、井山さんがそこまで意欲的ならお手伝いしようと思って、頼まれた本は全部用意したんです」

「そうだったんですか。それじゃあ、その棋譜並べの成果を見せてもらおうかな。井山さん、今度は私と打ちませんか？」

堀井の申し出に井山はすかさず首を横に振った。

「堀井さんとも久し振りに打ちたいけど、今日のところは勘弁してください。もうこれ以上打てそうもないので、今度また宜しくお願いします」

そう言うと、井山は頭を下げて立ち上がろうとしたが、よろけて椅子の上に崩れ落ちた。

「井山さん、大丈夫ですか！」

「大丈夫です。少し疲れたようなので雑魚寝部屋で休ませてください」

細名と堀井に両脇から支えられて、辛そうに目を閉じた井山は足を引きずるようにして雑魚寝部屋へと向かった。細名と堀井は直ぐに対局部屋に戻ったが、心配してついてきた麗子と初音は雑魚寝部屋に残って井山の様子を見守ることにした。

畳の上に寝転んだ井山は酷く頭が痛むようで、苦しそうに頭を抱えて身体をくねらせた。それを見た麗子は思わず井山の額に手を当てた。

「井山さん、凄い熱ですけど、大丈夫ですか？　救急車を呼びましょうか？」

「いや、大丈夫です。直ぐに収まると思うので、このままにしておいてください」

井山はやっとのことで声を絞り出した。

麗子と初音が見守る中、井山はやがて深い眠りに落ちて、大きないびきをかき始めた。

久し振りの対局できっと死ぬほど疲れたのだろうと思った麗子は、大きないびきをかいている井山をそこに置いて、対局部屋に戻ったが、初音は井山の傍に付き添っていた。


気がつくと、井山は暗闇の中にポツンと一人だった。

身体がフワフワと浮いていた。

どちらを向いても真っ暗で、そこがどこなのかよく分からなかった。

すると遥か彼方から白く光る玉が流れ星のように飛んできて、物凄いスピードで唸りを上げて目の前を通り過ぎて行った。

飛び去った光の玉は、大きな弧を描いて視界から消えた。

すると今度は、逆方向から同じように白く光る玉が、井山目掛けて彗星のように飛んできた。

井山が慌てて身体を反らすと、光の玉は直ぐ近くを、風を巻き起こしながら過ぎ去っていった。

二つの光の玉とは違う方向から、また大きく弧を描く光の玉が現れた。それは次第に弧を小さくしながら近づいてきて、一気に加速すると一瞬で飛び去っていった。

白く光り輝く三つの玉は、宇宙のような空間を自在に飛び回り、井山にじゃれつくように、交互に近づいたり遠ざかったりした。

「さあ、井山さん、こちらにいらっしゃい。もし飛べるならね」

玉の一つが、挑発するように井山を誘った。

「いいえ、井山さんは私と一緒に飛ぶのよ」

「何言ってるの。井山さんは私と飛ぶ約束なのよ」

三つの光の玉は、思い思いに井山に言い寄ってきた。

誘われた井山は、フワフワと不安定な体勢から、恐る恐る身体を動かしてみた。

最初は手足をばたつかせるだけだったが、コツを掴むと次第に行きたい方向にスムーズに飛べるようになった。

「そうそう、その調子よ。さあこうやって飛ぶのよ」

ゆっくりと飛んでいる井山に後ろから近づくと、麗子は絡みつくように井山を抱きかかえて、そのままスピードを上げた。

歓喜の雄叫びをあげた井山は、麗子と一体化して暗闇を突き抜けていった。

未知なる空間を切り裂いて最高の恍惚感を味わった。

再び大きな叫び声をあげると、井山は麗子から離れて猛スピードで飛び去って行った。

自由に飛び回る喜びを知った井山に、さゆりが迫ってきた。

危うくぶつかりそうになったさゆりを巧みにかわすと、井山は直ぐに方向を変えてさゆりを追った。

さゆりの不敵な笑みに誘われて井山はたまらず後ろから抱きついた。

二人はそのまま螺旋のように絡み合って飛んだ。

井山の恍惚感は絶頂に達した。

さゆりと大きく二手に分かれてさゆりが飛び去ると、今度はあかねが近づいてきた。

あかねは井山と並行して飛びながら、じっと見つめていた。

あかねの真剣な眼差しに吸い寄せられて、井山は思わずその身体を抱き寄せた。

井山は気持ち良く飛び回りながら、全宇宙の摂理を全身で感知した。

遥か彼方で瞬く恒星のきらめきから、規則正しく軌道をたどる惑星の鼓動、そして不規則に飛び交う彗星の気まぐれまで、その全てを全身で受け止めながら、井山は今やこの全宇宙を掌中に収めた喜びに打ち震えていた。

もうあの三姉妹の手を借りずとも、この広大なる空間を自由自在に飛び回ることができるのだ。

これが名人の境地かと、井山はすっかり有頂天になり、身体がとろけてしまうほど気持ち良かった。


夜もかなり更けてから井山は目を覚ました。

思った以上に長い時間、深い眠りに沈んでいたので、疲れは大分回復したが、それでも頭痛は続いていた。

真っ暗な部屋の中で井山が身体を起こすと、直ぐ目の前に心配そうに覗き込む初音の平べったい顔があった。

井山が優しく微笑みかけると、初音は安心したように小さく頷いた。

井山と初音が対局部屋へと戻ると、福田と星飼がその日対局した碁を並べ直してお互いの意見をぶつけ合っており、そこにさゆりとあかねも加わっていた。

四人は直ぐに井山に気づいて、それぞれ帰国を喜んでくれた。

特にさゆりとあかねは、福田や星飼に気兼ねすることなく、素直に井山の帰国を喜んでいるようだった。

星飼も井山との再会をそれなりに喜んでくれたが、福田は複雑な表情を見せていた。

いつものようにカウンターに陣取っている、頭がツルっとした鈴木と中年太り白髪交じりの松木が音頭を取って乾杯してくれた。

ワインのボトルを開けると、それを合図に井山の帰国を祝うささやかな宴が始まった。

誰もが中国での生活や武漢の感染状況の詳細を聞きたがり、次から次へと質問を浴びせたが、相変わらず疲れた表情の井山の口は重く、多くを語ろうとしなかった。


突然「らんか」へと舞い戻ってきた井山という触媒が加わることで、これまで強固な絆で結ばれているように見えた、福田とさゆり、そして星飼とあかねの関係にも、それぞれ微妙な化学反応が起こるようになった。

表向きはあかねは星飼をサポートしていたし、さゆりも福田を応援していたが、言葉の端々に、井山が頂上へと上り詰める姿を夢想する二人の心情が垣間見えるようになった。

特にさゆりの態度は露骨で、本人はあまり意識していなかったのかもしれないが、井山の対局をいつも気にかけて、井山が勝利すると周りが驚くほど喜んだ。

そんなさゆりの態度は、鈍感な井山を含めて多くの人にとってはさして意味のあるものには映らなかったが、当然このことを敏感に感じ取る者もいた。

福田と初音である。

この二人にとっては、さゆりの些細な態度の一つひとつが、さゆりの心の奥に潜む本音が漏れ出ているようにしか見えなかった。

元々繊細なところがある福田は、特にこういった心の気微に敏感だったが、そうかといってこの件でさゆりに面と向かって問い質すこともなかった。

苛立ちを募らせた福田は、些細なことでさゆりに絡むようになり、わけもなく絡まれたさゆりはそのことで福田への不信感を募らせるという悪循環を生んだ。

こうして二人の間に隙間風が吹き始め、直ぐに口喧嘩をするようになっていった。おとなしそうに見えるさゆりも、実は気丈で簡単に引き下がらない性格なので、二人は激しい言葉の応酬を人前でも見せるようになった。

周りは無責任なもので、遠慮なくものが言い合えるのは仲が良い証拠だと微笑ましく捉える向きもあったが、二人にとっては深刻な事態だった。

相手を激しく罵れば罵るほど憎しみは増し、相手を恨む気持ちも膨らんでいったが、皮肉なことに、同時に離れがたい存在として、互いの存在感はより増すこととなった。

そんな中で井山の異変に逸早く気づいたのは、井山の対局を特に気にかけていたさゆりだった。

東京に戻って以降の井山は、やつれたままで大抵一日一局しか打たなかったが、決して負けることはなかった。井山は破竹の連勝を続けたが、まだ七段ということもあって周りはそれほど気にしていなかった。

しかし、井山の対局を何度も目にしたさゆりは、井山の実力がとてつもなく上がっていることに気がついた。

さゆりの心は複雑に揺れた。

井山が明らかに福田より劣っているうちは、ただ無邪気に井山を応援して、早く強くなるようにと大声で励ましても、微笑ましい友情の証としか思われなかったが、その実力が福田に迫ってくると、いや、もしかしたら福田を凌駕するかもしれないとなると、話は随分と違ったものになってくる。

さゆりは自分の軽率な言動が招く最悪の事態を恐れて、今度は井山を全く応援しなくなった。敏感な福田にとって、無邪気に井山を応援するさゆりも気に入らなかったが、意識して井山を応援しなくなったさゆりの態度は、まるで井山はもう福田より上だと言っているかのようで、もっと気に入らなかった。

帰国してからの井山は、かんばしくない健康状態の中、囲碁の成績だけは安定しており、早くも二月の中頃には七連勝をあげて、いよいよあと一勝で八段昇格というところまで迫った。

しかし七連勝の間に一人も八段の相手と打っていなかったので、八段昇格がかかった対局では誰か八段の者と対局すべしという声があちこちから聞こえてきた。

ここまでは、優勝候補である福田、星飼、丸山、矢萩、埜口の五人の八段は直接対決を避けていたので、まだ五人とも全勝を続けていた。それに続く医者の奥井、元官僚の羽田の二人の八段は、すでに優勝候補の何人かと当たって敗北を喫していた。

しかし奥井と羽田の二人は、優勝候補の五人以外に対しては無類の強さを発揮していたので、七段の細名や堀井をはじめとした他の相手に負けることはなかった。

そういった意味で、井山の八段昇格を懸けた大一番の相手に、医者の奥井が名乗りを上げるのはごく自然な流れといえた。

奥井は七段の頃から、井山にとっては恩師のようなところがあった。

幼少の頃から院生として鍛えられてきた他の八段と違って、大人になってから必死の努力で八段まで上り詰めた奥井を、井山も憧憬の念をもって尊敬していたし、そんな奥井が取り組んだ方法こそが、大人になって囲碁を始めた井山が参考にすべき手本だと考えていた。

井山が目指す憧れの八段に一足早く昇格した先輩である奥井に、この大事な一番で相手をしてもらえることは、井山にとっては光栄なことだった。

奥井としても、これまで自分自身が七段から八段への昇段を、八段の先輩格に散々阻まれて、何度も悔しい思いをしてきただけに、井山にもそう易々と八段昇格を許すわけにはいかないと意気込んでいた。

今度は自分が先輩として、後輩に厳しい現実を知らせる番で、それこそが囲碁道における「愛の鞭」と考えていた。

何度も何度も跳ね返されることによって、囲碁の奥深さを学び、本当の強さを身につけるのだということを、奥井は身をもって井山に教えたかった。

井山の八段昇格をかけた対局が始まった。

井山が七段、奥井が八段なので井山の定先である。

奥井はただならぬ気迫で、序盤から激しい闘いを仕掛けたが、井山は冷静に奥井の挑発を受け流すと、正面衝突の闘いを避けて淡々と自分のペースで打ち進めていった。

井山の手は一見すると妥協の産物で緩そうに見えたが、局地戦で譲っても全体的にはそれなりの形勢を保っていた。寧ろ、碁盤全体を見据えた構想としては決して奥井に劣っていないように見受けられた。

一手打つごとに井山は辛そうにこめかみを押さえ、頭痛に耐えているようだったが、着手は速く、決して乱れることはなかった。

これまでの井山は、挑発すれば直ぐ飛んだり跳ねたりして、乱戦の中で勝手に自滅することが多かったが、この日は終始堅実で全く隙を見せなかった。しかもゆっくりしているようで、地でも決して負けていなかった。

奥井としては特に悪い手を打ったわけではないのに、いつの間にか形勢が悪くなっており、挽回しようにも、なかなか闘いの仕掛けどころが見いだせなかった。

井山の落ち着いた打ち回しは、まるで奥井より上手であるかのようだった。

中国で井山に一体何があったのだろうか？

余程の精神修養を積んだのだろうか？

それとも恐るべき形勢判断の術を会得したのだろうか？

いずれにせよ、このままでは形勢が悪いと判断した奥井は、紛らわしいところに勝負手を放っていった。井山の受け方によっては、形勢が逆転する可能性を秘めた恐ろしい手であったが、井山はさほど考えることなく淡々と応じて、却って奥井の無理筋の手を的確に咎めた。

井山がリードを広げたまま、終盤のヨセに入ったが、盤面で十目ほどの差がついていたので、コミがない中で井山の優位は動きそうになかった。

奥井も最後まで紛れを求めて様々な仕掛けを試みたが、井山に的確に受けられて、そのまま黒番井山の十二目勝ちに終わった。

この敗北は奥井にとって、想像以上に大きな衝撃だった。

自らの敗北によって、井山の八段昇格を阻止できなかったことは勿論であるが、それ以上に十二目もの差をつけられたことは、今後も大きく尾を引きそうだった。これでは、互先でコミがあったとしても五目半も負けたことになる。

互先と定先ではコミがない分、当然打ち方も変わるので、最初から無理を承知で仕掛けた結果、難しい碁にしたのも事実であるが、だからといって次回互先で当たった時に確実に勝てるかというと、とてもそんな自信はなかった。

普通であれば昇格直後は新しい手合いに慣れるまで負けが込むものなので、奥井も八段昇格後は苦労したが、井山はそんな懸念とは無縁のようだった。

このままいくと、八段に昇段したばかりの井山と打っても、互先で負けてしまうかもしれない。

そう思った瞬間、奥井は何とも言えぬ恐怖にとらわれた。

直接井山と対局したことで、奥井は井山がここまで連勝を重ねたことが単なる偶然でないことがよく分かった。

井山がすでに堂々たる八段の実力を身につけているとしたら、こんな短期間でそんな高みに達することが果たして可能なのかと、逆に疑問を抱かざるを得なかった。


こうして大方の予想に反して、一月後半に中国から戻ってきたばかりの井山は、早くも二月中に、一度も負けることなく、一発で七段から八段への昇段を果たした。

そんな井山を迎え撃つべく手ぐすね引いて待っていたのは、いよいよ同じ八段として並ぶことになった、全勝を続ける優勝候補の五人だった。

これまで明らかに下に見ていた井山が、いつの間にか自分たちと同じ八段に進んだことに、釈然としないものがあったが、それ以上に、井山がまだ全勝を続けて優勝戦線に残っていることが気に入らなかった。

格下の井山が優勝を争うライバルであると考えている者は誰もいなかったが、それでも井山が自分たちと同じ栄誉あるポジションにいること自体が、何やら目障りで不愉快に感じられた。

そうはいっても、五人の優勝候補の最大の関心事は優勝候補同士の直接対決を如何に勝ち抜くかの一点だったので、目障りではあるが井山の問題は二の次だった。

そもそも井山など、真正の優勝候補である自分たちと当たれば直ぐに黒星がつくことは確実なので、目くじら立てて潰しにいくような相手ではないと思っていた。

そんな中、八段に昇段したばかりの井山に喜び勇んで対局を申し込んだのは、寧ろ井山に追い越された七段以下の者たちだった。

昇段直後は手合いが変わるので、それまでぎりぎりの勝負をしてきた相手から見ると、与しやすいカモと映るものである。

特に八段への昇段レースで後塵を拝した、七段や六段の者の悔しさには、八段の者には想像できないものがあった。こうして早くも井山を八段から引きずり降ろすべく多くの者が群がってきた。

本気で名人になると信じている元政治家の細名や元ビジネススクール学長の堀井は勿論、女性コンサルタントの村松や、銀行を引退して悠々自適の生活を送っている和多田、そして現役銀行員の山戸など、腕に覚えのある七段の打ち手が、いまだに格下と見下している井山に次々と対戦を申し込んできた。

七段のプライドと、八段に手が届かぬ劣等感を同時に抱える彼らにとって、あとからやってきた井山にあっという間に追い越された心情には、実に複雑なものがあった。

細名や堀井などは、自らも短期間のうちに急成長したので、井山を同等のライバルと見る向きもあったが、他の者は長く七段の地位を守ってきた矜持と共に、右も左も分からぬ井山を手取り足取り懇切丁寧に育ててやったとの思いが強いだけに、そんな井山が今や自分たちが届かなかった八段の高みにあっさりと達したことがどうしても納得できなかった。

これは単なる偶然が重なった末のアクシデントに過ぎないと考える彼等は、直ぐに正常な状態に戻さねばならないとの使命感に燃えていた。

人は往々にして、ありのままの現実よりも、自分が見たいと思う現実しか見ないものなのだ。


井山が奥井を破って八段に昇格したことを見極めると、七段の和多田が真っ先に井山に対局を申し込んできた。

井山はぼんやりと和多田を眺めていたが、やつれた顔をゆがめると、力なく答えた。

「今日はもう疲れたので、明日でよいですか」

井山は一日でも長く八段の座にしがみついていたいので、対局を先延ばししようとしているに違いないと和多田は考えた。

「そうですか。それは残念ですがそれでは明日、対局をお願いします。予約しておきますから、まず一局目は私とお願いしますよ」

精神的に優位に立った気分で和多田は井山に念押しして、この勢いのまま、囲碁でも圧倒するつもりだった。

その翌日、和多田は井山が「らんか」にやって来るのを、首を長くして待っていた。

井山も会社を辞めたので、朝から晩まで囲碁三昧の生活に切り替わるのかと思っていたが、井山が「らんか」に現れるのは、大抵夕刻になってからだった。

仕事帰りの初音に付き添われて入ってきた井山は、相変わらず顔色が悪かった。それでも対局部屋に現れて和多田を見つけると、黙って対局席に座った。

こんな覇気がない状態で激しい対局に耐えられるのかと心配になったが、相手の状態がどうであれ、勝負である以上、和多田としても手加減するつもりはなかった。

八段の井山に対して七段の和多田は定先である。

屈辱的ではあるが、黒番と決まっているので、事前に作戦を立てやすかった。

和多田は本来激しい攻めの碁を好むが、相手が井山とはいえ、今回はコミがないので、手堅く打ち進めようと決めていた。

対局が始まり、手堅く地を稼ぐ和多田の打ち方を見て、井山はひたすら堅く打った奥井との対局から一転して、今度は激しい闘いの碁に持っていった。

井山は多少無理気味とも思える激しい打ち込みで和多田を挑発してきた。そうなると、もともと切った張ったの闘いの碁が好きな和多田としても、井山を相手に闘いを避けて堅く打ち続けることなど、プライドが許さなかった。

こうして最初の構想と異なり、和多田はいつの間にか激しい闘いの碁へと引きずり込まれたが、それでもそれを得意としているだけに、本人に不満はなかった。

しかしそうなると、最初は堅く打とうとしていたので一貫性を欠くこととなり、中途半端な位置にある石がいくつか目立ってきた。井山はその綻びを巧みに衝いて、激しい闘いの中で少しずつ得を重ねていった。

最初は手堅く囲っていた地も各所に分散したうえに少しずつ削られていった。そのうえ打ち込んできた白石もうまく凌がれてしまったので、このままでは僅かに井山に残りそうな形勢になってきた。

焦った和多田は井山の薄みを衝いて戦線を拡大しようとしたが、和多田の反撃を待っていた井山は相手の強手の反動を利用して逆襲に出た。

そうなると和多田としても引くことができず、大きな振り替わりが生じたが、結果的に和多田は少し損をしてしまって、最後は白番井山の八目勝ちに終わった。

井山に対して黒番コミなしで負けたことに、和多田は大きな衝撃を受けたが、それでも次回当たれば勝てそうな気がした。

大きな振り替わりで結果的に損をしたが、今回は運がなかっただけで、もしかしたら振り替わりの結果、自分が勝つ可能性だってあったかもしれないのだ。

和多田の逆襲を見越して、あの時点で振り替わりの結果自分が勝つと読んでいたら凄いことだが、そんな先まで井山に読めるわけがないので、恐らく今回は偶然だったのだろう。

和多田は、今回は単に井山の運が良かっただけだと考えた。

和多田のほうが運が良ければ、逆に振り替わりで勝っていただろうし、次はそうなるような気がした。

　八段に昇格したばかりの井山を標的として対局を申し込んできた七段の猛者は、和多田だけではなかった。

　井山は和多田に続いて、早速対局を申し込んできた女性コンサルタントの村松や現役銀行員の山戸とも対局したが、この二人も難なく退けた。

　ところが面白いことに、無残に敗れたというのに、村松や山戸の井山に対する評価は、和多田とほぼ同じようなものだった。

　村松と山戸は、定先で井山に負けるはずがないという思い込みが強かったので、結果的に負けてしまった後も、何故自分が負けたのかよく分かっていなかった。今回はたまたま運が悪かっただけだと、二人は自分を慰めた。

　二人とも今まで井山に教える立場だっただけに、井山がそんなに急に強くなるはずがないという先入観が働いて、何気なく打ったように見える井山の手が、先の先まで読んで計算し尽くされた好手であることに思い至らなかった。二人には単なる偶然でたまたまそこにあった石が役に立ったとしか考えられなかったのだ。

　僅か三か月でそんな長足の進歩を遂げることなど、現実的にはあり得ないし、自分たちだって七段になるまでどれだけ努力を積み重ねたか知れないのだから、これまでの自らの努力と苦労を正当化するためにも、そう考えるのは無理からぬことであった。

井山がとてつもなく強くなったことに最初に気づいたのはさゆりだったが、やがて麗子もそのことに気づいた。

勿論それを見抜くだけの実力がなければならないが、それ以上に、この二人はリーグ戦の部外者として、リーグ戦参加者より客観的に物事を見ていたからだった。

そういった意味で、この時優勝争いを演じていた福田、星飼、丸山、矢萩、埜口の五人は、決して実力的に麗子やさゆりに劣るわけではなかったが、そもそも井山のことなど眼中になかったので、井山の対局を観戦することもなかった。五人とも心の中では、直接対局さえすれば井山などいつでもどうにでもできると思い込んでいた。

リーグ戦での優勝、そしてその先に待つ名人を目指しているこの五人にとって、最大の関心事は優勝候補同士の相手をいかに倒すかということだけで、八段になったばかりの井山に土をつけて連勝を止めるなどということは、二の次の些細な問題でしかなかった。

特に最近の丸山少年は院生リーグでも絶好調で、今までなかなか勝てなかったランキング上位者にも勝てるようになってきており、自分でも一つ殻を破った手応えを感じていた。

自信を深めた丸山少年は、今期こそ決着をつけて、名人の肩書を手に「らんか」を卒業しようと心に決めていた。

そのためには、あっと驚く演出でライバルに衝撃を与えて、早々に戦意を喪失させることが最も効果的であると考えた。そこで丸山少年は、二月というリーグ戦もまだ半ばのうちに、今まで散々苦杯をなめさせられてきた、福田と星飼という強敵に対局を申し込むことにした。

この二人を早々に片付けてしまえば、あとの者はただ恐れおののくのみで、もう自分の敵ではなくなるだろうと考えたのだ。

逆に自分が負けてしまうと、相手を勢いづかせる危険もあるが、日に日に実力が上がっていることを実感している今なら、二人にも負けないという自信があった。

福田と星飼の実力はすでに見極めているので、これまでの対戦内容と、現在の自分の伸び具合を秤にかければ、決して夢物語ではなかった。

確かにこれまでこの二人に勝ったことはないが、確たる根拠と共に、今度こそ絶対に勝てるという自信があった。

福田、星飼というビッグツーを葬り去れば、あとは丸山少年が恐れる相手はいないので、実質的に二月中に自分の優勝が決まるだろうと考えた。

リーグ戦を一か月以上残した二月の段階で、丸山少年から突然の対局申し込みを受けて、心の準備ができていなかった福田は動揺した。

福田は、前期と前々期に惜しくも一敗を喫して名人こそ逃したが、現時点においてはリーグ戦二連覇中の絶対王者である。

そんな自分にもう対局を申し込んでくるとは、丸山少年は一体何を考えているのだろうか？

今期リーグ戦においても今まで同様、福田、星飼と丸山少年の三人が最後まで全勝を続けて、リーグ戦最終盤で優勝を懸けた大一番を迎える展開を予想していただけに、丸山少年の突然の申し込みは福田にとってはまさに青天の霹靂だった。

しかし対戦の申し込みを受けたからには、福田に断るという選択肢はなかった。

名人たるもの、いつなんどき、誰に対局を申し込まれても、王者の貫禄を見せて受けて立つだけの器量がなければ、その重責を果たすことはできないというのが福田の信念であった。

突然の丸山少年の申し出に最初は驚いた福田だったが、直ぐに笑みを返すと、こんなことは大したことではないと言わんばかりに余裕の表情で快諾した。

二月中に優勝候補同士が対局することになって、当の本人ばかりでなくリーグ戦のメンバーは一様に驚いた。

カウンターで飲んでいた者は直ぐにグラス片手に対局机へと向かい、対局中の者も早々に対局を終わらせると、局後の検討もそこそこに、この大一番の観戦へと駆けつけた。

握って丸山少年の黒番となった。

序盤早々から、丸山少年は従来の定石にとらわれることなく、目一杯石を働かせる打ち方をしてきた。

これもＡＩ流なのかもしれないが、こんな大胆な打ち方をされたら、福田としても定石通りおとなしく受けているわけにもいかず、相手の間延びした石の間に打ち込んでいかざるを得なかった。

そこから互いに一歩も引けない闘いに突入したが、丸山少年の着手は大方の予想を外す挑発的なものばかりだった。そんな無理筋の手を許していては、途端に形勢が悪くなると考えた福田は、こちらも目一杯の応手で相手の手抜きを咎めにいった。

お互いに生きていない石がせめぎ合う複雑な読み合いの碁になったが、勝負どころで放った丸山少年の意外な一手に、またまた福田は読みを外された。しかしそれは勝負どころの戦場から離脱したソッポの手で、福田にはあまり良い手には見えなかった。

丸山少年が手を抜いたところを攻めることで、福田は全局的に主導権を握れると思ったが、福田の攻めは案外あっさりと凌がれて空振りに終わった。そのうえ、打ち進めるうちに、ソッポに見えた丸山少年の一手が、効果的な急所を占めていることが段々と明らかになっていった。

これは相当先を読んでいないと打てない手だと福田が気づいた時には、形勢は明らかに丸山少年に傾いていた。

ヨセに入ってから、劣勢を意識した福田は次々と勝負手を放ったが、丸山少年は一歩も緩むことなく正確に受けきって、中盤でのリードを保ったまま終局を迎えた。

数えて丸山少年の三目半勝ちだった。

この対局を途中から観戦していた星飼は、丸山少年がソッポの手を打った時は首をかしげたが、打ち進めていくうちに、その手の深い意味が理解できるようになって、改めて丸山少年の読みの力に驚嘆した。

二か月前に対局した時とはまるで別人で、いつの間にか、数段実力が上がっていることを認めざるを得なかった。

星飼は血の気が引いていくのを感じた。

まさに突然変異で、これまで眠っていた幼虫が、遂に華麗な蝶々へと生まれ変わったのだ。

丸山少年のあまりの進化に恐れおののく星飼の横で、井山は無表情のままただ黙っていた。

これだけの手を目の当たりにして、何の感慨も抱かないとは、なんて気の毒な打ち手なのかと、星飼は井山に同情せざるを得なかった。

所詮八段になりたての井山には、丸山少年が放った手の奥に秘められた深くて長い読みの意味など理解できるわけがないのだろうが、この驚愕の一手を同時に目撃していながら、その感動を共有できない男が同じ八段ということが、星飼には理不尽なほど哀しく思えた。

福田との対局を勝利で終えた丸山少年は、疲れた素振りも見せずに、恐懼の表情でおののいている星飼に対して、直ぐに対局を申し込んだ。

この勢いのまま、一気に今期の優勝争いに決着をつけようというのが丸山少年の魂胆だった。

福田との熱戦を終えたばかりで疲労困憊しているはずなのに、すぐさま対局を申し込んでくるとは自分も舐められたものだと、星飼は屈辱を感じ、その瞬間、星飼の恐怖心は吹っ飛んで、身体の奥底から沸々と怒りの感情が湧き起こってきた。

このガキをこのまま調子に乗らせるわけにいかない。

ガツンと一発痛い目に遭わせないと、世の中を舐め切ってしまうだろう。

このまま星飼も敗れるようなことになったら、いよいよ覚醒した丸山少年を止める者はもう誰もいなくなってしまう。

いくら道策の棋譜並べで矢萩が強さを取り戻したといっても、また秀策の棋譜並べで埜口の打ち筋が良くなったといっても、完全に脱皮して大きく羽ばたき始めたこの「小さな巨人」を止めることなどできないだろう。

もし本当にそんなことになったら、今期いよいよ名人が誕生することは確実で、麗子でもこの勢いを止めることはできないだろう。

星飼は最後の砦として、背水の陣で臨む覚悟を固めた。

リーグ戦もまだ半ばの二月だというのに、まさに優勝を占う丸山少年と星飼の対局が始まった。

握って星飼の黒番になった。

丸山少年が福田に読み勝って粉砕した碁を見た直後だけに、星飼は慎重に打ち進めることにした。

白番の丸山少年は、黒番の時のようには闘いを仕掛けづらかったが、それでも福田との対局の時と同様に、本来守るべきところを放置したまま、目一杯石を働かせて大きく構えてきた。

このような打ち方をされると、自分がいくら堅く打とうと思っても、相手に打ち込んでいかない限りこちらが悪くなってしまうので、丸山少年のペースに引きずり込まれることを承知で、星飼は果敢に闘いに打って出た。

またまた盤上で、お互いに火花を散らす激しい闘いが始まった。

こうなると、僅かでも緩んだほうが負けである。

ここから、難しい読み合いが始まったが、丸山少年は碁盤全体を見渡しながら、大きな構想を描いて随分と先の先まで読んでいるようだった。

何手先まで読んでいるかの競い合いになったら、若い丸山少年には勝てないと感じた星飼は、作戦を変えることにした。局地戦での相手との読み合いにつき合うことを止めて、思い切って手抜きすると、全くの新天地に先着した。

星飼の大胆な手抜きは全くの想定外だっただけに、丸山少年はさすがに戸惑いの表情を隠せなかった。相手の手抜きを咎めれば大きな戦果を得られると考え、取り敢えずいただくものは先にいただくことにしたが、星飼も先着したところを連打して大きな利益を得た。

あとは大局観の問題だった。

局地戦での読みの勝負を避けた星飼は経験豊富な老獪さを発揮して、大勢で遅れないようにしながら、最後は得意のヨセに持ち込むつもりだった。

この予想外の展開に、若い丸山少年に不安が芽生えた。するとそれがきっかけとなって、少しずつ読みの歯車が狂い始めた。

　これだから、なかなか思い通りに打たせてくれない星飼は嫌いなのだ。

　苦手意識が顔を出した途端に、丸山少年は委縮し、着手が乱れた。

　読みの力では明らかに星飼を超えた自信があったが、それだけでは勝てないのが、また囲碁の難しいところでもあった。

　結果的に黒番星飼の一目半勝ちに終わった。

　これで一気にかたをつけようとした丸山少年の目論見は、精神的な未熟さを巧みに衝いた星飼の老練な打ち回しによって、無残に打ち砕かれてしまった。

　丸山少年としては、少し先を焦り過ぎたかもしれないが、これでまた出直しだった。

　丸山少年は、すでに星飼に勝ってもおかしくないだけの実力を身につけているが、その強さを発揮して、実際にタイトルを獲ることは、また別の話だった。

　このような経験を繰り返すことによって、本来の実力に見合った結果を出すことができるようになるのだろう。

　今期は残念ながら、また苦手の星飼に敗れてしまったが、丸山少年が星飼を破るのは時間の問題だと、当の星飼も含めて全ての者に強く感じさせる内容だった。現に二連覇中の福田は、丸山少年に完全に読み負けたのだから、少なくとも福田、星飼の二強と同等の力をつけつつあることに疑いの余地はなかった。

こうなると、リーグ戦の優勝争いはにわかに混沌としてきた。

優勝候補の中で全勝を続けているのは、丸山少年を破った星飼に加えて、弁護士の矢萩と、商社マンの埜口の三人となったが、当事者同士の直接対局が残っているうえに、星飼はまだ福田との対局を残していたし、対する矢萩と埜口も、福田と丸山少年との対局がまだ残っていた。

誰もがこの五人の優勝争いに関心を寄せる中、星飼に敗れて全勝優勝の夢を断たれた丸山少年は、今期の優勝争いにすっかり興味を失っていた。この後逆転でリーグ優勝したとしても、どうせ名人になる可能性はないので、丸山少年は気晴らしに井山と対局することにした。

井山のことは誰も優勝候補と見ていないのでつい忘れがちになるが、一応ここまで全勝を続けていたので、丸山少年としても早めに井山に土をつけたいと感じていた。

丸山少年の対局の申し込みを、井山は淡々と受けた。

丸山少年にとって井山との対局は、優勝争いを続ける全勝中の矢萩や埜口を自らの手で引きずり降ろす大事な対戦を行う前の、ウォーミングアップ程度の位置づけでしかなかった。

他の者の認識もその程度で、井山と丸山少年の対局をわざわざ観戦するようなもの好きはいなかったが、麗子だけはこの対局に強い興味を抱いて、最初から観戦することにした。

井山に中国で何が起こったか分からないが、本当にそんなに強くなっているとしたら、丸山少年との対局は、それを見極める試金石になると思ったのだ。

握って丸山少年の黒番となった。

丸山少年は、星と平行小目を高く二間にシマル得意の布石から始めて、その後は相変わらず堅く守る手を省いて大きく構えてきた。相手の打ち込みを待って、闘いに持ち込もうといういつもの作戦だった。

対する井山は、果敢に打ち込んで相手の誘いに乗って闘うか、それともその手に乗らずにあくまでも自分の陣地を堅く稼ぐか、迷っているようだった。

次の一手でこの碁の方向性が決まるとあって、井山はじっくりと考えていたが、かなりの時間を使って考えたうえで、突然打ち下ろした手に、丸山少年は戸惑いの表情を見せた。

それは、打ち込みでも、地を稼ぐでもない、何ともフワリとした掴みどころのない手だった。

観戦していた麗子も、全く予想していなかったその手の意味がよく理解できずに思わず顔をしかめた。このままだと、井山は地を稼ぐこともなく、相手に一方的に大きな地を与えることになりそうだった。

少し考えてから丸山少年は遠慮なく大きく地を囲いにいったが、井山もフワフワとした掴みどころのない手を打ち続けた。

数手進んだところで、丸山少年はある程度地は稼いだが、案外模様は制限されたうえに、中央が白っぽくなってきたことに気がついた。このままでは中央の模様が大きくなってしまうと考えた丸山少年は、ごく自然に中央の模様を消しにいった。

こうなると、最初に相手に打ち込ませて自分に有利な闘いに持ち込もうとした丸山少年の思惑は完全に外れて、逆に井山の有利な場所での闘いに引きずり込まれる形となった。

そこから、井山の猛烈な攻撃が始まった。

しばらく打ち進めていくうちに、それまでバラバラに見えていた井山が打った石が、丸山少年の石を攻めるうえで、全て有機的に働いて、実に効果的な場所に配置されていることが明らかになっていった。

丸山少年も得意の読みの力を発揮して、何とか脱出しようと試みたが、井山の巧みな攻めの前に、いつの間にか中央の石は頓死してしまった。

最初に丸山少年が中央に打ち込んだ時は、まさか死ぬような石ではないと麗子も思っていたが、井山の殺し屋のような剛腕にすっかり驚いてしまった。

丸山少年の石を召し取ることを井山はどの辺から読んでいたのだろうか？

まさか、相手が打ち込んできたら、全部丸取りするつもりで、随分と前から読んで石を配置していたのだろうか？

もしそうだとしたら、信じられないほどの先を読む力である。

それとも、あのパラパラと配置されていた石が効果的に役立ったのは、単なる偶然なのだろうか？

それがずっと前から読んで計算し尽くされた手であるとしたら、そんなことは人間業ではあり得ないので、丸山少年としては、今回は単に井山の運が良かっただけだと考える他なかった。

自分に運がなかったことは残念だが、実力では負けていないのだから、今度対戦したら、逆に井山を潰してやろうと考えた。

丸山少年が井山に敗れたことはあっという間に「らんか」中に広まった。

どうして井山なんかに負けたのかと問われた丸山少年は、首をかしげながらこう答えるしかなかった。

「それが何とも不思議な碁で、なんで負けたのか自分でもよく分かんないんだよね。井山さんですか。そんなに強くなってるとも思えなかったな。途中で明らかな緩着も多かったし、たまたま運が良かっただけなんじゃないかな。でも今度やる時は絶対に負けないと思うし、勿論自信はあるよ。今回は少し油断しただけだよ」

それがどんな内容の碁かは分からなかったが、丸山少年にもはやいつ全勝優勝して名人となってもおかしくないだけの実力があることは、衆目の一致するところなので、まさかあの井山に互先で負けるなどということは、天地がひっくり返っても起こるわけがないと誰もが思っていた。

そのあり得ないことが起こったので「らんか」全体に動揺が広がった。

そして誰からともなく、井山は何らかの不正を行っているのではないかという噂がまことしやかに囁かれるようになった。

こんな不信感が伝染病のように蔓延する中で、公正なるリーグ戦を続けることは難しかった。

不正が行われたとしたら「らんか」のリーグ戦そのものの正当性が問われることとなり、名人の権威も地に堕ちてしまう。

現に韓国では二〇二〇年一月にプロ棋士入段試験の対局で、ＡＩの不正使用が見つかった受験者が失格となったうえ刑事告発されるという騒ぎが起こっている。

ここまでテクノロジーが発達した現代においては、性善説に立って全ての人が公明正大に勝負をしていると信じることは、あまりにもナイーブで危険なのだ。

麗子としても、にわかにざわつき始めた「らんか」のリーグ戦参加者を鎮めるためにも、何らかの形でこの問題に対処する必要があった。

第三章

二〇二〇年二月の終わり頃には、日本国内でも新型コロナウイルスの感染者がジワジワと増え始めていたが、特に横浜港に入港した豪華客船ダイヤモンドプリンセス号の感染者急増は、日本ばかりでなく世界中の注目を集めた。そんなコロナ禍が水面下で広がる中、イベントの自粛や一斉休校を要請する動きも出てきて、世の中は急速に閉塞感に包まれていった。

若菜麗子が席亭を務める神楽坂の囲碁サロン「らんか」でも、次第に対応を迫られるようになっていたが、まだ休業する事態には至っていなかった。

それよりも、この囲碁サロンでは、新型コロナ以上の大きな問題が持ち上がっていた。

井山聡太の不正問題である。

最初は麗子も真剣に取り合うことなく受け流していたが、井山がこんなに急に強くなったのはおかしいという声が澎湃と湧き起こると、リーグ戦と名人の権威を守るために、これ以上放置しておくわけにいかなくなった。

いつものように夕刻になると井山が初音に付き添われてやってきたので、カウンター席で対局待ちをしている頃合いを見計らって、麗子は井山に声をかけた。

「井山さん、少しお話があるんですけど、宜しいでしょうか?」

井山は表情を変えることなく、黙って麗子のほうに顔を向けた。

相変わらずやつれた顔つきで、一向に体調は良くなっていないようだった。

「ここではなんですので、あちらでお話ししたいんですけど」

「そうですか。いいですよ」

そう言って井山がゆっくりとスツールから降りると、初音も井山の身体を支えながらついて来ようとした。

「すいませんけど、井山さんと二人だけでお話ししたいんです。井山さんの身体は私がしっかり見ていますから安心してください」

初音は不服そうに顔をしかめたが、井山が黙って頷いたので引き下がった。

動きの遅い井山に合わせて、麗子はゆっくりと歩いて雑魚寝部屋へと向かった。

雑魚寝部屋には誰もいなかった。

辛そうに大きく呼吸を続ける井山を座布団に座らせると、麗子は井山の正面に座って心配そうに眺めた。

「井山さん、相変わらず辛そうですね。中国から戻ってきて、もう一か月以上経ちますけど、いまだに体調がすぐれないようですね」

井山は顔を背けて黙っていた。

「井山さん、大丈夫ですか？　まさか本当は新型コロナウイルスに感染したんじゃないでしょうね」

麗子の刺激的な言葉にようやく反応すると、井山はじっと麗子を見据えた。

「そんな話をしたくて私をここに連れてきたんですか？」

「いや、本題は別なんですけど、今の井山さんを見ていると心配でたまらないんです。もし井山さんに何かあったら、私、どうしようかと思っているんです」

そう言いながら、麗子はそっと井山の手を握った。

以前であれば飛び上がらんばかりに喜んだ井山だが、この日は特に表情を変えることはなかった。

「心配しなくても大丈夫です。検査では陰性でしたから」

はっきりとそう言われると、麗子としてもそれ以上感染を疑うことはできなかった。

軽く咳払いをすると麗子は言いづらそうに切り出した。

「実はお客様から、井山さんが急に強くなったのは、どうしてだろうという声が出ているんです」

「私が丸山君に勝ったらおかしいですか？」

「敬吾君との勝ち負けの話だけでこんなことを言ってるのではないんです。誰でも何かの拍子にたまたま強い相手に勝つことはありますからね。でも私もあの対局を見てましたけど、あの打ち方は今までの井山さんとは明らかに違いますよね。まるで別人のようでしたよ。たった三か月でそんなに強くなるはずないし、そもそも井山さんは中国では囲碁を打ってないんですよね。だから何故急にこんなに強くなったのか不思議でならないんですよ。一体何があったのか、正直に話してください」

「誰か別の人が乗り移ったとでも言いたいんですか？　マンガじゃあるまいし、そんな非現実的なことがあるわけないじゃないですか。こんなくだらない話で時間を無駄にするのはやめてくださいよ」

「勿論『ヒカルの碁』のように藤原佐為が乗り移ったなんて思ってないですけど」

「そりゃそうですよね。そもそも藤原差為なんて架空の人物ですからね。マンガの中では、かつては本因坊秀策にも取り憑いていたという設定ですよね。麗子さん、もしかしたら、私にも道策とか秀策が乗り移ったとでも思ってるんじゃないでしょうね」

井山は茶化すように笑った。

「そういうわけではなくて、今ではテクノロジーの進化も凄く速いから、中国で何かあったんじゃないかと思って……」

テクノロジーという言葉に井山は一瞬たじろぎ、目を逸らした。

「詳しいことは私もよく分からないけど、ワイヤレスイヤホンのような小さなデバイスで外部と繋がるとか、脳にチップを埋め込んで直接ネットと繋がるとか、あるいは脳の中にＡＩそのものを埋め込むとか、方法は色々あるようなんですよ」

「私がそういった最新テクノロジーを使って、何か不正を働いているとでも思っているんですか？」

井山は怒りもあらわに麗子に食ってかかった。

「不正って決めつけるわけではないけど、私としても納得できる説明がほしいんです」

井山は厳しい視線を麗子に向けたまましばらく黙っていたが、やがて決然たる態度で言い放った。

「いいですか麗子さん。神に誓って言いますけど、私は決して不正は働いていないです」

井山に真剣な眼差しでそう言われると、麗子もそれ以上は何も言えなかった。釈然としない表情で黙り込む麗子の手を取ると、井山は改めて力強く宣言した。

「麗子さん。私の全ての血と肉を賭けて誓ってもいいです。私は決して不正は働いてないです。私は私のままで自分の実力と能力をフルに使って闘っているんです。他の誰の助けも受けてないです。そのことは信じてください」

井山にそこまで言われると、麗子も頷くしかなかった。

「分かりました。井山さんのことを信じることにします」

麗子は井山を信じると伝え、実際に信じようと努めたが、他の者も井山の言い分を鵜呑みにするとは限らなかった。周辺では相変わらず井山の不正を疑う噂が囁かれ続けたが、そうかといって何の証拠もないのでは、井山を糾弾するわけにもいかなかった。

三月に入ると、コロナ禍の不安と井山の不正疑惑の問題が相俟って、囲碁サロンは重苦しい空気に包まれたが、熱い闘いが繰り広げられているリーグ戦は、いよいよ終盤に突入していた。疑惑の渦中にいる井山は、周りの雑音など全く気に掛ける様子もなく、快調に連勝を続けていた。

一方、優勝争いは、優勝候補同士が相まみえる局面を迎え、ますます混沌としてきた。道策の棋譜並べで復活を遂げた弁護士の矢萩は、商社マンの埜口を倒し、その勢いのまま臨んだ星飼との対局では、大方の予想に反して、星飼を破るという大金星をあげて全勝を守った。

六十男の最後の狂い咲きとばかりに調子に乗った矢萩は、続けて丸山少年との一戦に臨んだ。三百五十年前の道策流と最新のＡＩ流が真正面からぶつかり合う、誰も見たことがない興味深い対局となったが、最後は読みの力にまさる丸山少年に軍配が上がった。

優勝候補同士の激しい星の潰し合いによって、近年稀にみる大混戦となったリーグ戦は、この時点で全勝を続ける優勝候補はいなくなってしまった。

二連覇中の福田も、その最大のライバルである星飼も、若き新星丸山少年も、復活を目指す中年の星の矢萩や埜口も、揃って一敗か二敗となり、優勝の行方は全く分からない状況となった。

優勝争いはますます面白くなってきたが、圧倒的な強さで勝ち進む者がいなくなったので、名人誕生も、また来期以降に持ち越しかと誰もが思ったが、実はこの時、まだ全勝を続けている者がひとりだけいた。

八段に昇段したばかりの井山である。

丸山少年を破ったことは確かに驚きだったが、今となってはそれも若い丸山少年が油断したことによる、単なるフロックとしか思われていなかった。

誰もが井山はそのうち負けるだろうと思っていたが、大方の予想に反して井山はなかなか負けなかった。

こうなると、全勝優勝の可能性がなくなった優勝候補の強豪たちも、徐々に井山に注意を向けざるを得なくなった。

それでもリーグ戦の期限である三月末まではまだ時間があるし、そのうち誰かが井山の連勝にストップをかけるだろうと楽観していたので、誰も井山への対局を申し込まなかった。

そうこうしているうちに三月も中旬を過ぎ、優勝候補の強豪たちも、ようやく井山の全勝にストップをかけることに本腰を入れざるを得なくなった。

そもそも井山は相変わらず体調がすぐれず、毎日「らんか」に来ているわけではなかったし、顔を出しても大抵一日一局しか打たないので、下手をすると時間切れで全勝のままリーグ戦を終える可能性さえ出てきた。

全勝を続ける井山が目障りな存在だと一番過敏に感じていたのは相変わらず若い丸山少年だった。二月の中旬に不覚にも井山に敗れるという失態を演じたが、慎重に打ちさえすれば負ける相手ではないと信じている丸山少年は、再度井山に対戦を申し込んだ。

自分が普段通り打ちさえすれば決して負ける相手ではないので、この時も全く負ける気はしていなかった。寧ろ、今度こそ、簡単に井山を捻りつぶすつもりだった。

丸山少年が井山と再戦するとなって、興味を抱いた福田と星飼も観戦することにした。

握って井山が黒番となった。

立ち上がりはお互い大場を占め合って、よくある形から始まったが、丸山少年は相変わらず目一杯石を働かせる手を打ってきた。

それを見た井山は、前回同様相手の薄みを咎めるでもなく、かといって自分の地を稼ぐでもなく、なんともフワリとした意味不明な手を打った。

井山のこの手に、福田と星飼は思わず顔を見合わせた。

その手の意味がよく理解できなくて、良い手なのか悪い手なのか評価できなかったのだ。

二人がしばらく見ていると、井山は時々そんなフワフワとした手を打ってきた。

どの手もそのタイミングでそこに打つ必然性がないので、緩着かと問われればそうともいえるが、かといってそれが完全なソッポかというと、その後の展開次第ではそうとも限らないので、下手の打った明らかな緩着なのか、それとも上手の打った読みの入った凄く良い手なのか、福田と星飼には判断がつかなかった。

そうなると井山を完全に格下だと思っている丸山少年が、これらの手を明らかな緩着だと判断するのも無理からぬことであった。

しばらく手が進むと、お互い譲れぬラインを巡って闘いが勃発したが、それまでパラパラと点在していた井山の石が有機的に連携して、絶妙な急所を占めているように見えてきた。

これは単なる偶然だろうか？

それとも何十手も前から読んでいた結果なのだろうか？

福田と星飼はまた顔を見合わせたが、二人ともそんなことがあり得るのだろうかと眉をひそめた。そんな先まで正確に読むことは人間には不可能なので、恐らく、闘いが起こった時に大体その辺にあれば何かの役に立つと考えて置いた石が、結果的に偶然役立っているだけなのだろう。

それにしても、一路ずれただけで好手と俗手は紙一重なのに、このようにどの手も急所を占めているなどということが、偶然起こり得るものなのだろうか？

毎回都合よくそんな偶然が起こることは、確率的には限りなく低いだろうから、そうなるとこれはもう立派な必然と考えてよいのではないだろうか？

福田も星飼も目の前で繰り広げられる、まるでマジックのような展開に、狐につままれたような気分だった。この驚くべき展開をどう解釈したらよいか分からず、二人は口を固く結び、眉を寄せてただひたすら成り行きを見守った。

盤上では、読み合いで僅かに及ばなかったことをようやく悟った丸山少年が、顔を歪めて懸命に打開策を探っていた。フワリフワリと中空を舞うような意味不明な井山の石が、今はどれも重要な役割を果たして盤上全体を制圧しつつあった。

しばらく盤面を眺めていた丸山少年は、遂に投了した。

これも前回同様、単なる偶然に違いない！

丸山少年としてはそう信じるしかなかった。あんなに前から全てを読んでいることなど、人間業とは思えなかった。

丸山少年としては今回も運が味方した井山が偶然勝ったのだと自分を慰めるしかなかった。

井山に二連敗を喫して落ち込む丸山少年が直ぐに立ってしまうと、福田と星飼が丸山少年に代わって井山の向かい側に陣取って石を並べ直した。

「この時打ったこの手ですけど、これはどういう意味なんですか?」

「これから先、どんな展開を予想してここに打ったんですか?」

勢い込んで質問してくる福田と星飼の顔を交互に見ながら、井山は面倒くさそうに答えた。

「どういう展開って、今まさに盤上で展開した通りのものですよ。打った手そのものには特に意味なんてないですよ。盤上のどこに石があっても一手の意味を持たせるのは、その後の打ち方次第ですからね」

福田と星飼は困惑の表情で顔を見合わせた。

そんなことを訊きたいのではないと、福田がまた何か言おうとすると、井山はこめかみを押さえながら立ち上がった。

「すいません。もう凄く疲れてて、頭も酷く痛むものですから、雑魚寝部屋で少し休んできます」

すると近くで見守っていた初音が直ぐに井山に近づいて、身体を支えながら対局部屋から去って行った。

その場に残された福田と星飼はまた顔を見合わせた。

「井山さん、今日はもう対局は無理そうだな」

「そうだな。でも明日来たら、俺が対局することにするよ」

真剣な眼差しの星飼の言葉に福田は頷いた。

「そうだな。そうしたら俺も観戦するよ。お前が打てば、井山さんの碁が、本当に偶然なのかどうかはっきりするだろうからな」

雑魚寝部屋に入ると、井山は崩れるように倒れ込んだ。

初音は苦しそうに顔を歪める井山の頭の下に座布団を当てて寝かせたが、その額に触れると凄い熱があった。

「井山さん、こんな凄い熱があるのに打ってたんですか？　直ぐに救急車を呼びますよ」

「いや、初音さん。大丈夫だから心配しないでください。しばらく横になっていれば治りますから」

「それじゃあ、冷たいおしぼりをもらってきますね」

そう言うと初音は慌てて対局部屋へと戻って行った。

カウンターの中にいるバーテンダーの梅崎から冷たいおしぼりをもらって初音が雑魚寝部屋に戻ると、井山はもう完全に深い眠りに落ちていて、大きないびきをかいていた。

初音が眠っている井山の額におしぼりをあてると、井山は目をつむったままうなされて、大きな声で意味不明な言葉を発した。

それから長い時間井山は眠り続けていたが、心配した初音は時々おしぼりを交換しながら、ずっと井山の側についていた。

井山が目を覚ましたのは、それから随分経ってからだった。

薄明りの中で目を開けると、目の前には心配そうに井山を見つめる初音の姿があった。

「初音さん、ありがとうございます。大分、楽になりました」

井山がいくぶん回復したようで初音は安心した。

「でも井山さん、こんな調子だといつなんどき急変するか分からないから、完全に体調が回復するまで、少しお休みしてください」

「そんなことできないですよ。休みながら打てば身体は持ちますから大丈夫です。今期中に一気に勝負をつけたいんです」

「そんな無理を言わないでくださいよ。これじゃあ、名人になっても、その後何かあったら意味ないじゃないですか」

「もし名人になったら、死んでも後悔しないですよ」

「そ、そんな」

初音は絶句した。

「そんな不吉なこと言わないでくださいよ。死んだら元も子もないじゃないですか」

「本当に名人になれたらその後どうなろうと本望ですよ。とにかく一刻も早く黒い扉の先に何があるかこの目で確かめたいんです。そのためにはもう時間がないんですよ。また来期なんて悠長なことをいっている余裕はないんです」

初音は顔を引きつらせた。

「井山さん、何言ってるの。まだ何か悪い夢でも見てるんじゃないの。自分の命を犠牲にしてまで、囲碁をやる意味があるの」

井山は優しく微笑みかけた。

「意味なんて特にないですよ。でも囲碁とはそういうものでしょ」

初音の瞳から自然に涙があふれ出た。涙でくしゃくしゃになった顔を井山の胸に押しつけると、初音は激しく頭を振りながら泣きじゃくった。

「いやよ、そんなのいや。井山さん、酷すぎる。私はどうなってしまうの。井山さんの眼中には、もう私も麗子さんも、誰も映ってないのね。もう囲碁のことしか頭にないのね」

井山は黙って目を閉じた。

確かに初音の言う通りかもしれなかった。

初音には申し訳ないが、今は名人となって「奥の院」に入っていくことしか考えていなかった。

その目標を達成するためなら、たとえ命を捧げることになっても一向に構わないと本気で思っていた。


翌日になると、星飼は誰とも対局せずに、カウンターでひたすら井山が現れるのを待っていた。

夕刻になって、いつものように井山が初音と一緒に対局部屋に入ってくると、星飼は誰よりも早く井山に近づいていった。

ニコリともせず真剣な顔で目の前に立つ星飼を眺めると、井山は黙って頷いた。

星飼は井山といつか互先で戦う日が来ることはある程度予想していたが、それがこんなに早く実現するとは夢にも思っていなかった。

確かに星飼は以前から、名人の大本命は井山ではないかと感じることがあったが、たとえそうだとしても、最後まで立ち塞がって抵抗を続けることが自らの使命だと思っていた。

これまで星飼も栄冠に手をかけながら何度も苦杯をなめてきたのだ。八段に昇段したばかりの井山にそう簡単に名人の座を渡すわけにはいかなかった。

二人が向き合って対局席につくと、福田ばかりでなく、矢萩や埜口も観戦にやってきた。

握って星飼の黒番になった。

星飼も丸山少年同様、ＡＩ流の布石だったが、丸山少年よりも手堅い打ち方をしていた。

井山も最初は様子を見るようにおとなしく受けていたが、星飼が大きく構えた時に、またわけの分からない場所にフワリと石を置いてきた。

その謎の一手を見た瞬間、星飼に賜と対局した時の記憶が蘇った。

政治家秘書だった賜とは半年ほど前に一局打っただけだが、これまで打った中で一番強い相手だと感じたほど強烈な印象が残っていた。

賜は恐ろしく読みが深くて底なしの強さを秘めていたが、星飼は対局中に賜が放った深い読みの入った手の意味が理解できず、その謎の一手に翻弄されて自滅したことをよく覚えていた。

まさか井山もあの賜並みの強さを身につけたというのだろうか？

それともこのフワリとした意味不明の手は、賜の読みの入った一手とは似て非なるもので、何となくそこに打っただけの単なる緩着なのだろうか？

それは誰が見ても評価が難しい、何とも不思議な手だった。

武漢から帰国後の井山の対局を初めて目にする矢萩と埜口は、その手を見て首をかしげた。

この男は本当に八段の実力があるのだろうか、単に幸運が重なってここまで来ただけで、本当は大したことはないのではないか、というのが二人の正直な感想だった。

しかし丸山少年との対局をすでに見ている福田は、いよいよ来たかと、固唾を呑んでその後その一手がどう働くのか、しっかり見極めようと集中した。

果たして福田が睨んだ通り、井山はあれよあれよという間に自分のペースで打ち進め、いつの間にか、その意味不明の一手を働きのある好手にしてしまった。

その打ち回しは、まるで魔法のようだった。

井山の一手は決して偶然ではなかったのだ。

その時、星飼も福田も確信した。

そうなると、井山は一体どれだけ先まで読んでいたのだろうか？

星飼は余計なことを考えて心が乱れ、自分の着手に集中できなくなった。

いつも冷静な星飼が動揺する姿を見て埜口は驚いたが、それまで特に悪い手を打ったわけでもないのに、星飼がどうして劣勢に陥ったのか、今一つ理解できなかった。

ヨセに入り、劣勢を意識した星飼は次々と勝負手を放ったが、井山は挑発に乗らず冷静に応対して、そのまま押し切ってしまった。

矢萩と埜口は首をかしげながら顔を見合わせた。

掴みどころのない不思議な碁だったが、井山も特に好手や強手を放ったわけでもないし、星飼に特に悪手があったようにも見えなかったが、終わってみたら何故か星飼が負けていた。

井山の碁に恐れるほどの強さは感じなかったが、それでも丸山少年に続いて星飼まで破ったのだから、その強さは本物であると認めざるを得なかった。

福田もこの対局を見た限りでは井山に怖さは感じなかったが、それは単に井山の読みの意味を自分が理解できていないからで、本当はとてつもなく強いのかもしれないと考えるようになった。


次はいよいよ自分の番だ。

福田は気を引き締めた。

福田が止めなければ、井山は本当にこのまま全勝優勝をしてしまうだろう。

それが星飼や丸山少年のように、何度も雌雄を決する痺れる決戦を闘った相手であればまだ諦めもつくが、今期突如として登場した伏兵にこんなあっさりと名人の座を奪われたら、福田としても到底承服できなかった。

丸山少年も星飼も決して油断したわけではないだろうが、井山などに負けるはずはないという思い込みが心のどこかに隙を生んだのかもしれなかった。

福田は、今の井山はもうかつての井山とは全くの別人だと認識を改めて、星飼や丸山少年を相手にする時と同じくらいの気概で臨む必要があると感じた。

福田は改めて気を引き締め直して、井山との対局に備えた。

翌日、福田は前日の星飼と同じように、井山が姿を現すのを待ち構えていた。

今期リーグ戦も残すところあと十日足らずである。

翌日からの三連休が明ければ、残りは僅か一週間だが、コロナ禍が広がる中で、その残りの期間も

「らんか」が営業を続けている保証はどこにもなかった。

福田としては、この日のうちに決着をつける覚悟だった。

この三連休を前にして、それまでの国民の自粛が功を奏して、日本国内の新型コロナウイルス感染者の数は他国と比べると比較的低く抑えられていた。パリやニューヨークでは感染者の急増に伴ってロックダウンが始まっていたが、日本もいつ感染者が増加して、囲碁サロンも営業自粛を迫られる事態に陥るか分からなかった。そういった状況なので、まだ一週間も残っていると楽観することは危険だった。

前日同様、夕刻になると、井山は初音に付き添われて静かに対局部屋に入ってきた。

井山が部屋に入ると、直ぐ目の前に立ち塞がる者がいた。

昨日は星飼だったが、この日は福田だった。

星飼との対局を熱心に観戦していた福田が対戦を申し込んでくることは、ある程度予想していた。

恐らくここが最大の難関であることも、井山はよく分かっていた。

福田としても、この対局が単に井山の名人を阻止する以上の意味を持っていることはよく理解していた。

もし井山が名人になって「奥の院」に行くことになったら、その相手としてさゆりを選ぶかもしれなかった。囲碁で負けたうえにさゆりまで奪われたら、福田にはもう生きている意味がなかった。

福田にとって、ここで井山の連勝を止めることは、文字通り「死活問題」だった。

そういった意味で、福田も決死の覚悟だった。

福田は前日の井山と星飼の対局を、家に戻ってから何回も並べ直して対策を考えた。やがて帰宅したさゆりは、それが井山の打った碁であると知らずに検討に加わり、福田に様々なアドバイスを与えたが、並べているうちにその打ち手がとてつもなく強いことに気がついた。

「ひょっとして、これは井山さんの棋譜ですか」

さゆりも何回か帰国後の井山の対局を見ていたので、そのことに直ぐに気づいたのだが、さゆりが井山の本当の強さを知っていることに福田はショックを受けた。

それなら何故さゆりは、井山の強さに気づいた時点で自分に教えてくれなかったのだろうか？

福田が自分と一緒に対策を練って井山を破ることを恐れたのだろうか？

それだったらまだ救いがあるが、ひょっとしたらもうどんなに対策を練っても、福田は井山に敵わないと諦めたからなのではないだろうか？

福田のさゆりに対する疑心に再び火が点き、それは枯野を焼き尽くすように心の中に広がっていった。

福田が抱く複雑な感情を、さゆりは痛いほどよく分かっていたので、その疑念を払拭すべく、必死に福田が勝てるようにアドバイスを続けた。

さゆりは心の底から福田に勝ってほしいと思っていたし、そう思っていることを福田に信じてほしいと願っていた。

それでも、井山の強さを目にした時に、何故それを福田に直ぐ伝えなかったのか、自分でもよく分からなかった。

今となっては確かにしっかりと伝えておけばよかったと思うが、その時は何故か、福田にわざわざ伝えることもないと思ったのだ。

それは悪意のない全くの無意識かもしれないし、あるいは水面下で意識しながらの未必の故意かもしれなかった。

福田には、そのことでさゆりを問い詰める気もなかったし、そんなことはもうどうでもよかった。

どちらにしても自分が勝てばよい話だし、故意か否かにかかわらず、負ければ結局はさゆりを失うことに変わりはなかった。

福田がそこまで精神的に追い詰められていることなど知る由もない観戦者が、前日以上に多く集まってきて、この日はさながら最終決戦のような様相を呈してきた。

井山はまだ矢萩と埜口との対局を残していたが、多くの者が、福田こそが井山の名人を阻止する最後の砦であると考えていた。

握って福田の黒番になった。

福田は小目を大ゲイマにしまる得意の布石から、堅く地を取っていく戦法に出た。

この辺の布石は星飼と似ていた。

しばらく大場を打ち合ってから井山はまたフワリと意味不明な手を打ってきたが、福田はその手を待っていた。

さゆりの助けを借りて考えた対策の一手は、その五線に打ったフワリとした手の上に、七線からボウシする手だった。この手を予想していなかったのか、ここで井山の手が止まったが、その後井山は恐るべき集中力で瞬きもせずに盤上を睨み続けた。

盤上を見つめながらしばらく動きを止めていた井山は、やがて両手で頭を抱えると、苦しそうにうずくまって大きなうめき声をもらした。

井山の異変に気づいた初音が直ぐに近寄ってきた。

「井山さん、もう無理しないでください。今日はもう打つのをやめにしましょう」

すると両手で頭を抱えてうずくまっていた井山が突然叫んだ。

「うるさい、あっちへ行ってろ」

井山の荒々しい物言いに、そこにいる誰もが驚いた。

「井山さん、体調が悪いなら、今日は打ち掛けでもいいですよ」

福田も心配して声をかけたが、井山は痛みに顔を歪めながら、身体を起こした。

「大丈夫です。心配には及びません。もう大体読み終わったので」

そう言うと、井山は次の一手をそれまでと全く違うところに打ち下ろした。

井山のひと言に、福田は思わず凍りついた。

一体どういう意味なんだろう？

もう最後まで読み尽くしたということなのだろうか？

そこからの展開は、井山が丸山少年や星飼と打った時とは、全く異なるものとなったが、フワリと打った意味不明な一手は、その展開の中でも急所を占めて光り輝いていた。

打てば打つほど、福田は相手の術中にはまっていくような気がした。

自分より数段上の次元の読みによって張り巡らされた包囲網によって、多くの石が、まるで蜘蛛の巣にかかったかのように、痛々しく搦め捕られていった。

見方によっては、井山の石がたまたまそこに位置して運が良かったと思うかもしれないが、福田は、深くて長い読みに裏打ちされた井山の描く壮大な構想を、この時垣間見た気がした。

それは福田にとって、神の御業のように光り輝くものに思えた。

何故、神は井山を選んで、自分を選んでくれなかったのだろうか？

数え碁にすることもできたが、すっかり打ちのめされた福田は、最後まで打つ気力も失せて投了した。

この時福田は、絶望感と共に、さゆりを失うことを覚悟した。

全勝を続ける井山と二連破中の福田との対局は、あまりにも複雑な内容だったので、盤上で何が起こったのかよく理解できていなかった観戦者は、福田の突然の投了に思わずどよめいた。

それはいよいよ「らんか」で名人が誕生することを予感した動揺の表れでもあった。

この期に及んでも矢萩や埜口の意欲はいささかも衰えを見せず、翌週へと持ち越された井山との大一番に向けて、突然変異を起こしたこの若者の旭日昇天の勢いを止めて、全会員の賞賛を浴びるのはこの俺だと、寧ろ二人の士気は高まっているようだった。

連休が明けた月曜日に矢萩が、そしてその翌日の火曜日には埜口が立て続けに井山に挑んだが、二人ともあっさりと返り討ちにあった。

ベテラン二人にとっては、今まで経験したことがない不思議な碁だったが、自分たちが何故負けたのかよく理解できなかった。

井山はさほど強いとも思えなかったが、気がつくといつの間にかこちらが劣勢に陥っていて、あとは終局までその数目の差をどうやっても縮めることができなかった。

これで、これまで常に優勝争いを演じてきた「らんか」が誇る八段の強豪は、全て井山に討ち取られてしまった。

こうなったら、何が何でも井山の全勝だけは阻止しなければならないといきり立つ強豪が、すでに井山に敗北を喫しているにもかかわらず、なりふり構わず再び挑んできた。

水曜日には、丸山少年が今期三度目となる対局を申し込んだが、今回もあっさりと井山に跳ね返されてしまった。

木曜日に星飼、金曜日には福田が二度目の挑戦を試みるも、やはり井山に一蹴されて共に二連敗を喫してしまった。

もう誰も井山には敵わないのだろうか？

「らんか」のメンバーは皆、真っ青になった。

リーグ戦の期限である三月三十一日は翌週の火曜日である。

そうなると井山の対局も、残すところあと二局だけである。

この二局で誰を井山にぶつけるかを巡って、八段の強豪を中心に真剣な議論が始まった。

藤浦も賜もいなくなった今となっては、八段が挑んでも、もう誰も井山には勝てそうもなかった。

そうかといって、七段はコミなしのハンディがあるとはいえ、残念ながら今の井山に勝てる者がいるとは思えなかった。

散々議論を尽くしたうえで、結局は最強の二人である福田と星飼がもう一度井山に立ち向かうしかないという結論に達した。

この二人が勝てなければ、潔く諦めるしかない。

丸山少年も含めた最強の三人が、揃いも揃って三連敗するのなら、井山には名人の資格が十分にあると認めるしかなかった。

最後の抵抗戦を託された福田と星飼の責任は重大だった。

二人は週末の二日間、さゆりとあかねも交えて、井山への対抗策を練ることにした。

最近の井山と打った碁を並べ直して、四人で徹底的に検討を重ねた。

さゆりとあかねも内心では遂に井山が覚醒したことで、自分たちの直感が正しかったことを再認識したが、そんな素振りは一切見せずに、一縷の望みにかけて、最後の最後まで福田と星飼を勝たせるべく全力で支援するつもりだった。

四人が知恵を出し合うことで、一人で悩んでいた時には思いもつかなかった、有効な対抗策が次々と編み出された。

福田は、井山に負け続けても自分の勝利を祈って最後まで真剣にサポートしてくれるさゆりに心の底から感謝した。

これだけ真剣に福田をサポートしたことで、さゆりは十分に義務を果たしたといえるだろう。

ここまでやってもらったのに敗れたとしたら、それはもう福田の責任としか言いようがなかった。もしそうなればさゆりが井山と「奥の院」に行きたいというのなら、福田としても潔く引き下がるしかなかった。

星飼にとっても最後の対局はまさに背水の陣といえた。

あかねは星飼が敗れても、囲碁を続けるようにと優しく言ってくれるだろうが、そう甘えてばかりいるわけにいかなかった。

思えばあかねにはこれまで甘えることしかできなかったが、星飼は自分があかねを「奥の院」へ連れて行くことで恩返しをしたいと考えていた。

あかねはこれからも星飼に優しく接してくれるだろうが、「奥の院」に誰と行くかは別の問題だった。

もし井山が行くことになれば、あかねも星飼に遠慮することなく井山と共に行ってしまう可能性は十分にあった。

そんな事態を避けるためにも星飼は絶対に負けるわけにいかなかった。

最後は自分が名人になって、あかねを「奥の院」に連れて行くことこそが、その後の星飼にとっても心安らぐ自分の居場所を見出すことに繋がる気がした。

二人にとって負けられない最後の勝負が、週明けに待っていた。


週が明けて、三月も残すところあと二日となった。

世界中で猛威を振るう新型コロナウイルスは、遂に感染者が百万人、死亡者も五万人に迫りつつあった。

日本でもジワジワと感染者が増える中、東京オリンピックの延期が決まり、日本史上初めて緊急事態宣言が発令されるのも時間の問題となっていた。

神楽坂の囲碁サロン「らんか」もいつ営業休止になるか分からない緊張状態の中、リーグ戦最後の二日を迎えた。

いつもカウンターでワインを飲んでいる、頭がツルっとした鈴木と中年太り白髪交じりの松木も、いよいよ名人が誕生するかもしれないとあって、珍しくリーグ戦の成り行きを気にしていた。

カウンターには、この日も対局をせずに井山の来店を待っている福田と星飼、それと仕事を休んで駆けつけたさゆりとあかねの姿もあった。

鈴木と松木はいつものように他愛のない世間話で冗談を言い合っていたが、四人の若者はそんな会話にピクリとも反応せずに、緊張した面持ちで沈黙を守っていた。

夕刻になると、いつものように井山が初音に付き添われてやってきた。

すっかりやつれた井山の体調は回復するどころか、悪化の一途をたどっているようで、中国から戻り、二か月前にここに姿を現した時よりも衰弱しているように見えた。

井山の姿を認めると、すかさず福田はカウンターを離れ、歩み寄っていった。

「また、あなたですか?」

井山は思わず苦笑いしたが、対局を拒否することはなかった。

二人が対局机につくと、カウンターで待っていた星飼、さゆり、あかねばかりでなく、鈴木や松木も観戦に向かったが、勝負の行方を見届けたいと待ち構えていたのは、彼等だけではなかった。

麗子や、ここまで常に優勝争いを演じてきた丸山少年、矢萩、埜口、また細名と堀井に加えて奥井や羽田といったかつてのライバルたちも、次々と対局机の周りに群がった。

握って福田の黒番になった。

福田は慎重に布石を打ち進めていきながら、井山がいつもの通りフワリとした意味不明な手を打ってくるのを待っていた。

この日は井山も堅実な打ち回しを見せていたが、何手か進んだあとにしばらく考えてから、またフワリとした手を打ってきた。

福田は、その石を孤立させるように、同じように斜め上からフワリと遮る手を打った。

その手を見て、井山は長考を始めた。

物凄い集中力で瞬き一つせずに井山は盤上を睨みつけていたが、しばらくすると、突然うめき声を漏らして、頭を抱えたままうずくまってしまった。

前回同様、一度読みを外すと、その後の激しい読みが肉体的に大きな負担になるようだった。

観戦者が心配そうに見守る中、井山は一呼吸置くと、痛みをこらえるように顔を歪めながら、中央での闘いに打って出た。

福田は険しい闘いに持っていくとみせかけ、その石をおとりにして、一転して地を囲い始めた。

それが週末に四人で考えた対抗策だった。

またしても福田に読みを外された井山は、再び盤上を見つめて考え始めたが、直ぐに目を開けていられなくなって、両手で顔を覆ってうずくまったまま、動かなくなってしまった。

初音が顔を引きつらせて駆け寄ると、井山の腕を取った。

「もうこれ以上無理ですよ。今日こそ本当にやめにしましょう」

初音に身体を揺すられても、井山は両手で頭を抱えたまま、返事をしなかった。

「井山さん、もう私これ以上見てられないですよ。救急車を呼びますよ」

初音のその言葉を聞くと、井山は黙って初音の腕を摑み返して、大きく頭を横に振った。

対面に座っている福田は勿論、麗子もさゆりもあかねも、井山の身体を案じたが、鬼気迫る勢いに圧倒されて誰も何も言えなかった。

しばらく皆で見守っていると、時間の経過とともに井山は次第に体調を回復させていった。

まだ頭は痛むようだったが、微かに目を開けると、荒い呼吸をしながら、また全然予想もしなかったところに打ってきた。

井山の返し技に、今度は福田が長考に入った。

星飼も思わず身を乗り出して、その手の意味を探ろうとした。

さゆりとあかねも最初はその手の意味がよく分からず、眉を寄せて色々な手を読み耽っていたが、そのうちにその手の意味がおぼろげながら理解できてくると、二人とも真っ青になった。

それは随分と先まで正確に読めていないと打てない手だった。

福田はまだその手の意味がよく分かっておらず、そのまま堅く地を囲うか、それとも中空での闘いを継続するか迷っているようだった。

福田が長考している間、井山は黙って目を閉じていたが、時間が経つにつれて段々体調も回復してくるようだった。

長考を続けていた福田が闘いの手を選ぶと、静かに目を開けた井山は、間髪容れずに福田が全く考えていなかった箇所を出切ってきた。

さゆりもあかねもこの手は全く見ていなかったので、この過激な手に驚きを隠せなかった。

これでお互い生きていない石同士の攻め合いとなり、一見すると井山のほうが危なそうに見えたが、よくよく読んでみると、先程打った意味不明な石が絶妙に働いて、井山が攻め合いに勝てそうなことが明らかになった。

この時になって、福田も星飼もそのことに気づいて真っ青になった。

一体いつからこの攻め合いを読んでいたのだろうか？

取られたものは仕方ないと諦めて、福田は気持ちを切り替えると、この攻め合いに絡んだ周辺の石の利きを利用して、井山の弱い石を攻めにいった。

井山はその手もすっかりお見通しとばかりに、全く考えることなく、捨てる石はあっさりと捨て、最低限の生きを確保した。

出切りを打った時から、井山にはもうしっかりと計算ができているようだった。

福田も懸命に形勢判断をしてみたが、僅かにリードした井山の優位は動きそうもなかった。

最後まで打って、白番井山の三目半勝ちで終わった。

井山の惚れ惚れするような快勝だった。

麗子は潤んだ瞳で、頼もしげに井山の顔を見つめた。

さゆりとあかねは、表面上は悔しそうな表情を見せたが、内心では、井山の安定した強さにただただ感服するばかりだった。

さゆりは負けて落ち込む福田の手を黙って握り、慰めの気持ちを伝えようとしたが、福田はさゆりの手を荒々しく振りほどくと黙って席を立ってしまった。

あかねは何と言えばよいか分からずに、黙って星飼の顔を見つめた。

いよいよ明日はあなたの番ね。

最後の一局を後悔のないように頑張ってね。

あかねの励ましの気持ちは嬉しかったが、不安に揺れるその瞳を見ていると、もう自分が勝つことを期待していないことが星飼にはよく分かった。

ともかく後悔のないように打つしかなかった。

クールな星飼はこの辺の切り替えが早かった。

何が何でも勝ちたいと思うからプレッシャーが生じるのだ。

自分のベストを尽くして負けたなら、実力が伴わなかったと諦めるしかない。その場合は、何も後悔する必要はないのだ。

この時の星飼の心は、禅僧のように澄んでいた。

井山の体調を心から心配して、もう囲碁は打たないでほしいと思っているのは初音だけだった。

この日も井山が一局無事打ち終えて何とか生き永らえたことを、初音は神様に感謝した。

「神様、あと一日、井山さんをお守りください」

初音は心の底から井山の無事を祈ると、疲れ果てた井山を支えて、歩き出した。

対局部屋を出ていく時に、井山は振り返ると、黙って見送る人たちに挨拶をした。

「また、明日来ます」

いよいよ三月末日のリーグ戦最終日を迎えた。

ここまで全勝を続ける井山を追う一番手である、福田も丸山少年も三連敗を喫していた。星飼も井山に二連敗中であったが、最終日に最後の抵抗を試みるつもりだった。

前日の福田と井山の対局を見た面々は、明らかな格の違いを感じたのか、この時点で星飼の勝利を期待する者は皆無といってよかった。

前日は大勢の観戦者が最後の期待を込めて福田の応援に駆けつけたが、本来一番盛り上がるはずのこの最終日には、麗子とあかねしかおらず、福田とさゆりさえ来ていなかった。

大方の者は、もう観戦しなくとも、勝敗は明らかだと思って興味を失ったようだった。

麗子は、井山が名人を獲得すれば「奥の院」を懸けて対局することになるので、一局でも多く井山の対局を見ておきたかった。

あかねは星飼が勝つことを期待していたわけではなかったが、最後の最後まで死力を尽くして闘うその姿を目に焼きつけておきたかった。

握って星飼の黒番になった。

星飼は堅く地を稼ぎつつ、井山に模様を張らせないように細心の注意を払って打ち進めた。

途中で井山は、またフワリ、フワリと意味不明な手を打ってきたが、星飼はこの手を無視して、さらに地を稼いでいった。

しばらくして、星飼は井山の模様を軽く消しにいったが、井山は強引にこの石を切り離すと無理やり闘いに引きずり込んでいった。

闘いになると、それまでフワリ、フワリと打っていた石が、全て関連して働き出した。

この辺はすべて井山の読み筋通りだった。

自分の読み筋に入った井山は、前日のように長考することもなく、苦痛に頭を抱えることもなく打ち進めていった。

初音はもうこれ以上井山の苦しそうな顔を見たくなかったので、自分の読み筋に入って、スラスラと打ち進める井山の様子を見て安心した。

星飼も捨てるところは諦めて、それでも相手の模様を少しずつ削りながら最初に稼いだ地で勝負しようと試みたが、どう打ってもコミは出せそうもなかった。

最後まで打って、白番井山の二目半勝ちに終わった。

これまでの中で一番健闘した内容だったが、星飼に勝てそうな局面は一切なかった。

その意味では、完敗を認めざるを得なかった。

これで晴れて、井山の全勝優勝が決まった。

全勝という戦績もさることながら、碁の内容も含めた圧倒的なパフォーマンスから、井山の名人に異を唱える者は誰もいなかった。

名実共に誰もが「他と隔絶した実力の持ち主」と認める、堂々たる名人が誕生した瞬間だった。

「井山さん、おめでとうございます。これでもう誰も文句のつけようがない正真正銘の名人ですね」

星飼はサバサバとした表情で井山を称えた。

「ありがとうございます。良きライバルに恵まれて、何とかここまでたどり着くことができました」

麗子も井山の手を取って、お祝いの言葉を述べた。

「井山さん、おめでとうございます。これでもう名人は確実ですけど、その先の『奥の院』の勝負が残ってますからね。私も一切、手加減はしませんから、お互いに後悔のない碁を打ちましょうね」

すると初音が心配そうな顔で二人の間に割り込んできた。

「ちょっと待ってください。今日の勝負を最後と思って井山さんは、気力を振り絞って頑張ってきたんです。でももうこれ以上過酷な闘いを続けることは無理だと思います。そんなことをしたら本当に命に関わります。もうこれ以上井山さんを煽るような真似はしないでください」

「煽るだなんて、人聞きの悪いことを言わないでください、初音さん。名人になった者に『奥の院』に入る権利が与えられることは、もともとリーグ戦の決まりごとですから、何も私が煽っているわけではないですよ。その対局を行うかどうかは名人となった井山さんが決めることですからね」

麗子は余裕たっぷりにそう言い放った。

どんなに体調が悪くても井山がこの特典を断るわけがないと、麗子は自信満々だった。

麗子も井山の体調が心配だったが、これだけの実力の打ち手を簡単に手放したくなかった。長年探し求めてきた相手がようやく見つかったのだから、井山には是非とも自分を、「黒い扉」の向こうに連れて行ってほしかった。

その思いは、あかねも同じだった。

これだけの実力があれば、「黒い扉」の向こうに行っても、危ない目に遭うことはないだろう。こんな頼もしい相手とならば、もう一度あの恐ろしい場所に戻ることに抵抗はなかった。寧ろ、是非ともその先に何があるのか探索してみたかった。

井山は初音と麗子を交互に見比べながら、迷っている様子だった。

麗子は井山の返答を促すように盛んにしなを作った。

しばらく考えてから、井山は慎重に言葉を選びながら答えた。

「麗子さんとコミなしで打つことは、私にとっては、今まで以上に大変な闘いになると思います。現に、昨日も今日も、コミがなければ勝てなかったですからね。ですから、今の私の体調では少し厳しいと思います」

この言葉に初音は安堵し、麗子とあかねは落胆したが、井山はさらに続けた。

「直ぐには無理なので、一週間ほど身体を休める時間をください。その後に、挑戦したいと思います」

今度は麗子が喜びを爆発させた。

「勿論ですとも。ゆっくり休んで構いませんよ。是非とも万全の態勢で、私との対局に臨んでください。それでは一週間後にお待ちしてますよ」

井山は黙って頷いた。

麗子との勝負が厳しいものになるという思いは、決して誇張ではなかった。コミがないのだから、麗子ほどの打ち手に確実に勝てる保証などあるわけがなかった。

まずは麗子との決戦に備えて、身体をゆっくり休めて体調を整えることが先決だった。


初音は本当に、もう井山に囲碁はやめてほしいと思っていた。

身体を休めれば安心という話ではなく、「奥の院」などというわけの分からないところに行ってほしくなかったのだ。そこがどんなところか、知っている者は誰もいないというのに、そんな未知なる危険な場所に行ったら、もう二度と戻ってこられなくなるかもしれなかった。

ここまでやってきて、見事に名人の称号を得たのだから、初音にはそれで十分に思えた。

しかし今の井山にやめろと言ってもやめるわけがなかった。

この日から初音は毎日、井山が麗子に負けるようにとひたすら祈り続けた。

第四章

囲碁サロン「らんか」で、待望久しい名人がようやく誕生した。

井山の堂々たる成績からして異を唱える者は誰もいなかったが、福田や星飼は自らが「奥の院」へ行く可能性をまだ信じており、井山が麗子に負けることをひそかに祈った。

井山が一週間休んだあと、翌週のどこかで行われるであろう「奥の院」を懸けた麗子との対局を誰もが観戦したいと思って、井山が「らんか」に現れる日を心待ちにしていた。

ところが四月第二週に、新型コロナウイルスの蔓延によって突然緊急事態宣言が発出されたため、「らんか」も営業自粛せざるを得なくなった。

これで大一番もしばらくお預けとなった。

皆の落胆は大きかったが、休業がいつまで続くのか全く見通せない状況だった。

すると、休業を決めて落胆する麗子に、突然井山から電話がかかってきた。

「もう大分体調も良くなったのでそろそろ対局したいんですけど」

「残念ながら、今日からお店は休業なんですよ。自粛が解除になったら、またご連絡します」

それを聞いた井山は強い口調で言い返した。

「私には時間がないから、そんな悠長なことを言ってられないんですよ。できるだけ早く打ちたいんです」

麗子は驚いたが、井山の声には明らかに焦りが感じられた。

「お店が休みなら、客としてではなくプライベートで行きますよ」

いつになく切羽詰まった井山の様子に、麗子も急いだほうがよいと感じた。

「それでは明日来てください。重要な対局だから、誰か立ち会いが必要ですね」

「私は初音さんと行きます。立ち会いは、さゆりさんかあかねさんに頼んだらいかがですか」

「分かりました」

ついに待ち望んでいた対局の時がきた。

麗子は興奮して眠れなかった。

麗子は手加減する気は全くなかったが、それでも心のどこかで井山に勝ってほしいと願っていた。自分も全力でいくが、そんな自分を力でねじ伏せてほしかった。


翌日の夕刻、井山が初音に付き添われて現れると、麗子の他に、福田とさゆり、星飼とあかねも立ち会いとして来ていた。

対局部屋で井山と麗子は向かい合って座った。

井山が白番の定先で、コミはなしである。

初めて「らんか」を訪れて麗子から囲碁を教わってから間もなく二年が経とうとしていた。思えば短いようで永遠とも思えるほど長く辛い日々でもあった。最初は九子置いても全く敵わなかったが、うまくおだてられて囲碁の世界へと足を踏み入れた時のことが、まるで昨日のことのように懐かしく思い出された。

こんなに強い相手に追い着くのは一生無理だと思っていたが、今では自分が白石を持つまでになっていた。この二年の苦しい闘いを振り返りながら、井山は深い感慨に浸っていた。

お辞儀をすると麗子は一手目をいきなり天元に打ってきた。

てっきり父親から教わった門外不出の「秘儀」を打ってくると思って対策を練ってきた井山は、意外な一手に完全に肩透かしを食らった。

井山は気を取り直すと空き隅に打っていった。

すると麗子は対角線の空き隅に打ってきて、お互いに空き隅を打ち合った時には、完全に対称形となった。

そこで井山は自分の小目を高く二間にシマッた。

すると麗子も対角線上の小目を二間に高くシマッテきた。

この時になって、井山は麗子が真似碁を打っているのではないかと疑い始めた。果たして麗子はその後井山がどこに打っても、対称形で同じところに打ってきた。

完全なる真似碁である。

これは厄介なことになったと、井山は思わず顔をしかめた。

一手目に天元を打った後の二手目以降が全く同じ形なら、常に天元にある黒石の分だけ黒がリードすることになる。黒は相手が最善の手を打つ限り真似しているだけでよく、相手が真似されることを嫌って何か損な手を打ったら、その時に真似するのを止めて大きなところに打てばいいので、引き続きリードは保てることになる。

コミがない碁ならかなり有力な戦法である。

井山は頭の中のデータベースをフル回転させた。

まだコミがなかった昭和初期に真似碁は度々打たれており、藤沢朋斎（庫之助）が得意としていた。来日したばかりの呉清源が十五歳で初めて「怪童丸」木谷實と打った時は、木谷の剛腕を警戒して六十三手目まで真似碁を続けている。

それでは真似碁をされた時の対応策は何だろうか？

井山は盤上を凝視したまま動かなくなり、相手が真似してもこちらだけ一方的に得をする手はないかとひたすら考えた。

色々と考えてみたが、どうしても最後は天元の黒石がものをいって、白が良くなる図が見えてこなかった。

それでは天元の石を無力化させる手はないだろうか？

相手の真似碁を意識して下手にぬるい手を打つと、その途端にもっと大きな所に先行されてしまう可能性が高いので却って損だった。

井山は打開策をうまく見つけられずに思わず顔を歪めた。それでも真剣な表情で、目を大きく見開いて盤上を睨み続けた。眼球が盤の石を追って小刻みに揺れた。

物凄い集中力である。

そんな井山の鬼気迫る表情を見ているうちに、初音は不安な気持ちに駆られた。このまま井山に何事も起こらないようにと、手を合わせてひたすら祈った。

すると突然、井山は大きな声をあげてこめかみを押さえつけた。

井山の突然の異変を見て、初音は思わず立ち上がった。

井山は苦しそうにしていたが、痛みを振り払うように大きく左右に頭を振ると、目を細めて再び盤上に視線を落とした。

対局相手の麗子は勿論、そこにいる誰もが心配しながら井山を見ていたが、その気迫に押されて誰も何も言えなかった。

立ち上がったままの初音は、これ以上は無理だと判断したら、身体を張ってでも井山の対局を止める覚悟だった。

盤上を見つめていた井山は、今度は固く目を閉じると、両手で頭を抱えて低い唸り声を発した。もがき苦しむ姿を皆の前に晒したくないと、ひたすら痛みに耐えているようだった。

これ以上見ていられなくなった初音が、対局を止めるために井山に近づいていくと、井山は頭を抱えたまま大きく息を吸って、次第に落ち着きを取り戻していった。

これでは、周りの者たちも、対局を止めるべきか否かなかなか判断がつかなかった。

手の平で盛んに頭を叩きながら井山は薄目を開けて、また盤上に視線を落とした。しばらく無意識のうちに首を横に振っていたが、そのうちピタッと動きを止めると、大きく目を見開いた。眼球をグルグルと物凄いスピードで上下左右に動かしていたが、しばらくすると、ガクリと前のめりになり、そのまま身体を痙攣させた。

初音が悲鳴を上げて井山に駆け寄った。

「井山さん、もうこれでおしまいにしましょう」

麗子も井山の体調を気遣った。

「お疲れなら休憩しましょうか？」

井山は小刻みに身体を痙攣させていたが、気力で震えを止めると、かろうじて声を絞り出した。

「もうこれで大丈夫です。このまま最後まで続けさせてください」

その後は両手で頭を抱えながらもスラスラと石を置き始めた。

もう全て読み切ったのだろうか？

麗子も真似をするだけなので、井山と同じようにスラスラと打っていった。時々、真似碁をやめるか判断するために手を止めたが、少し考えては真似碁を続けた。

そんな状況で百手近く打ったところで、井山が天元の黒石に白石をつけたので、今度は麗子が手を止めて長考に入った。

二か所でシチョウがあったが、天元の石に絡めてシチョウ当たりの利きが沢山生じるので、天元付近で頑張るとどちらかのシチョウが自分に不利になりかねなかった。かといって早々にシチョウを解消すると、天元の石を持っていかれて、黒の優位が崩れてしまいそうだった。真似をしている部分は確かに互角だが、天元を巡る打ち方が絡んでくると、碁盤全体がどう打っても井山が良くなる絶妙な石の配置になっていることに気がついた。

井山が天元につけた手を見て、他の者もその後の展開を読み耽ったが、その手の意味が分かってくると、皆、一様に驚愕した。

井山は、ここで確実に優位を築けることを、百手も前から読んでいたのだろうか?

麗子が打開策を探して長考する間、井山は静かに目を閉じていた。まるで無心の境地にいるかのようだった。

一方、顔を歪めて長考を続ける麗子はあらゆる手を読み続けたが、どう打ってもその後に黒がよくなる図が浮かんでこなかった。

恐らく井山は全て読み尽くしたうえで天元につけてきたのだと考えて潔く投了することにした。

麗子は「足りません」と小さな声で言うと、アゲハマの白石を静かに盤上に置いた。

井山は目をつむったまま小さく頷くと、両腕を大きく開いてスローモーションのように崩れ落ち、盤上の石を弾き飛ばしながら突っ伏してしまった。

再び悲鳴を上げた初音が、直ぐに井山の元に駆け寄った。

「井山さん、大丈夫ですか！」

井山はピクリとも動かなくなったので、初音はほとんど半狂乱で叫び続けた。

「す、直ぐに救急車を呼んでください。だからこれ以上打たないでほしいって言ったんですよ」

すると突っ伏していた井山が目をつむったまま、最後の力を振り絞るように言葉を発した。

「初音さん、心配しないでください。少し疲れただけなので救急車なんて呼ぶ必要ないですよ」

そして次の瞬間、井山はがくっと頭を垂れると、今度は大きないびきをかき始めた。

福田と星飼が井山を雑魚寝部屋へ運んで、そこに寝かせた。

初音は井山に寄り添って、いびきをかいて眠りこける井山の手を握りながら無事を祈り続けた。


対局直後に倒れてからどれくらい時間が経っただろうか。井山が薄暗い部屋の中で目を覚ますとボソボソと話す男女の声が聞こえてきた。直ぐ目の前には井山の手を握りながら心配そうに覗き込む初音の平べったい顔が見えた。モソモソと身体を起こした井山はそこが雑魚寝部屋と気づいた。

会話が止んで、周りにいる者が一斉に井山に目を向けた。

「井山さん、ようやくお目覚めですね。よく休めましたか？」

ロウソクの揺れる灯の中で麗子が安心したように声をかけた。

「どうしてロウソクなんて灯しているんですか？」

「電気を点けたら起こしてしまうんじゃないかと思ったんですよ」

「なんか洞窟を思い出しますね」

井山の言葉にさゆりは微笑みながら黙って頷いた。

「それで、今、何時ですか？」

「もう夜中です。井山さん、五時間はたっぷり寝てましたよ。余程疲れてたんですね。あれだけ頭をフル回転させて読み続ければ、誰でも死ぬほど疲れると思いますよ」

麗子の言葉には含みがあった。

「疲れるとかそういう問題の前に、そもそもあんなに先まで読むことが可能なんでしょうかね」

井山は黙って麗子を見つめた。

「今日の対局だけではなく、リーグ戦の碁の内容を見ても、とても人間業とは思えないほどの読みの深さでしたよね」

「何が言いたいんですか？　また、不正の話ですか？」

井山は周りの人の顔を見渡しながら強い口調で問い返した。

麗子ばかりでなく、さゆりもあかねもロウソクの微かな灯りを頼りに、井山の顔を凝視していた。

「そもそも短期間でこんな急に強くなるなんておかしいですよ。しかもその強さは人間の限界を超えたものにしか見えないから、何かカラクリがあるに違いないと思っているんです」

「不正は働いてないです」

「それじゃあ、なんで急にそんなに強くなったんですか?」

麗子の質問に井山は沈黙した。

「井山さん、正直に言ってください。中国で何があったんですか? 私たちはそれが知りたいんです」

「それを知ってどうするつもりですか? 事情によっては名人を剝奪しようっていうんですか?」

「そうじゃないですよ。本当のことを知りたいだけです。私たちは長い間囲碁に人生を捧げてきたし、命がけで囲碁に取り組む人を大勢見てきたから、いくら天才といっても人間には何ができて何ができないかの区別はつきますよ」

「私の場合はそんなに変ですか?」

「とてもこれまでの常識では考えられないレベルですよ。不正を働いたかどうかよりも、それが本当に井山さんの実力なのか知りたいんです。もしそうでないなら、あなたにとっても、一緒に『奥の院』に行く私にとっても非常に危険なことなんです。だから何故そんなに強くなったのか、納得できる理由を聞くまでは、『奥の院』に行くことはできません」

麗子の決然たる言葉に井山は悔しそうに唇をかんだ。

井山にとって「奥の院」に行くことは、人生を懸けた最大の悲願で、その夢を叶えるためなら死んでもいいと思ってきたが、ここで拒否されたのでは元も子もなかった。

覚悟を決めた井山は下を向いたまま話し始めた。

揺れるロウソクの灯に照らされて、ポツリ、ポツリと話し始めた井山の言葉を一言も聞き漏らすまいと、麗子、さゆり、あかねの三姉妹と福田、星飼、そして初音の六人はじっと耳を傾けた。

「昨年十月に武漢に赴任してから中国の生活や仕事に慣れるまで、手探りの状態が続いて囲碁どころではなかったんです。中国にいたらもうリーグ戦にも参加できないから、しばらく囲碁のことは忘れようと思ったんですが、いつか機会があれば名人になりたいという気持ちが消えることはなかったです」

井山は当時を思い出しながらしみじみと語った。

「一か月くらい経って少しずつ武漢での生活にも慣れてきた頃に、大学院時代に同じ研究室に留学生として来ていた中国人が、その後中国に戻って武漢の研究所にいることを思い出したんです。メールで連絡先をもらっていたのでそこに連絡してみたら、彼も凄く喜んでくれて、時々会うようになったんですよ」

井山は遠くを見つめるように目を細めて当時を思い出しながら続けた。

「私は大学院時代に、稲のゲノムを解読して、効率よく品種改良を行うために、ゲノムそのものを編集する研究をしていたんです」

「つまり、ゲノムそのものを変えてしまうということですか?」

「そうです。今は『クリスパー・キャス9』という手法で誰でも文章を切り貼りするように、簡単にゲノムの編集ができるんですよ」

「その中国人のお友達も、稲のゲノム研究をしっていたんですか？」

「彼はゲノム解読やゲノム編集の腕を見込まれて、武漢の生命科学研究所に引っ張られたんですが、現在の専門分野は驚いたことに、人間の脳科学だったんです」

麗子は顔を引きつらせた。

「それでは井山さんは、物凄く囲碁の強い人の脳の一部をゲノム編集で組み込んだというんですか？」

「さすがにそんなことはできないですよ。脳の働きは非常に複雑で今まさに解明の途上にあるんですが、まだ詳しいメカニズムは分かっていないので、脳細胞をゲノム編集するなんていうことは、全然無理なんです」

麗子は安心したように頷いた。

「それでは、彼はそこでどんな研究をしていたんですか？」

「皆さん、そもそも『遺伝子』と『ＤＮＡ』と『ゲノム』の違いはご存じですか？」

確かにどの言葉もよく聞くが、細かい違いは皆分からなかった。

「ＤＮＡは一つひとつの細胞の核の中に入っている遺伝情報で、命の設計図といえるものです。四種類の塩基と呼ばれる物質がおよそ三十億個も並んでいるんですが、この全ＤＮＡ情報をゲノムと呼んでいるんです。一方、遺伝子は目や耳や心臓など体の組織を作るための設計図なんですが、実は遺伝子は全ＤＮＡのたった二パーセントにすぎないんですよ」

「そうなんですか。それでは残りの九十八パーセントは何ですか？」

「残りはあまり意味のない領域だと思われていたので、最初は遺伝子の研究しか行われなかったんですが、最近、残りのゲノムで人の様々な性格や姿かたち、能力が決められることが分かってきたんです。今では猛烈な勢いで研究が進んでいるのですが、私の友人は脳に関連するゲノムの研究をしていたんです。つまりどのゲノムが脳に関連しているのかを探し出し、それぞれがどんな役割を果たしているのか、そしてお互いにどう関連しているのかを解析する仕事をしていたんです」

皆、黙って井山の話を聞いていた。

「かなり守秘性が高いので最初は彼も研究の話はしなかったんですが、今年の年明けから武漢で新型コロナウイルスの感染が広まったことがきっかけで、思わぬ展開になったんですよ」

皆、緊張した面持ちで井山の次の言葉を待った。

「パニックに陥った住民が病院に殺到したけど、病院では長時間待たされるばかりで、却って院内感染の危険があるし、私も怖くてどうしようかと思っていたんですよ。そうしたら、彼が研究所にもPCR検査器があるからよかったら検査しないかと言ってくれたんです。そこで私も喜んで直ぐに研究所で検査してもらったんですよ。不安な気持ちで待っていると、一週間くらいして友人から連絡があって、結果を伝えたいから研究所に来てほしいって言ってきたんです」

「電話で伝えればいいのに、随分勿体ぶってますねえ」

「そうなんですよ。何かあったんじゃないかと不安になって研究所に行くと、友人が真剣な表情で、話があるから別室に来てほしいと言うんです。私はますます不安になったんですが、そこで驚くべきことを知らされたんです」

「陽性だったんですか?」

「コロナは幸い陰性だったんですけど、実は友人はこっそりと私のゲノムの解析も行ったというんですよ」

「井山さんの同意もなくですか?」

「私も驚いたんですが、ちょっとした思いつきで調べただけで、本当は上司にも相談しなければいけないけど、まだ誰にも話していないというんです」

「どうしてですか?」

「実験の対象は中国人だけに絞っていたからだと思うんです」

「実験って何ですか?」

初音は顔を引きつらせて訊いた。

「実験の被験者となるためには特定のゲノム配列でないと駄目で、確率的には何億人に一人しかいないそうなんですが、わたしの場合その条件にピッタリと合うゲノム配列だったんです。そこで、上司には話せないけど、友人として実験に協力してくれと言われたんですよ」

「何やら怪しげな話ですね。一体何の実験なんですか?」

「頭の良くなる薬です」

皆、唖然とした。

「頭が良くなる薬ですか？　それで囲碁が強くなったんですか？」

麗子は呆れて井山を見つめた。

「ちょっと待ってください。これは飲みさえすれば誰にでも効くという代物ではないんですよ。それに脳のことはほとんど解明が進んでなくて、どんな副作用があるか分からないから、非常に危険なんです。現にそれまでその薬の実験台になった人の多くが予想外の副作用に苦しんだそうです。中には精神に障害が出たり、直ぐに命を落とした人もいるそうなんですよ」

井山の話を聞いているうちに初音は頭がクラクラしてきた。

「そうした失敗を繰り返す中で、あるゲノム配列なら薬の効果が大きく、副作用のリスクも小さいということが段々分かってきたんです。だから、そのようなＤＮＡを持っていること自体が、私の才能でもあるんですよ」

井山の開き直りに、皆がまた唖然とした。

「才能というより、そんなの単なる運じゃないか」

福田が強い口調で批判した。

「運だって実力のうちですよ。それに死ぬかもしれないリスクを受け入れて、人生最大の勝負に出たんです。それもこれも、全ては名人になるためです」

井山は決死の覚悟であることを強調したが、星飼は疑わしそうに口をはさんだ。

「でも頭が良くなる薬なんて、本当に世の中にあるのかな？　一種の脱法ハーブみたいなものなの？」

星飼が疑いの眼差しで口を挟むと、井山は気色ばんで反論した。

「そんな幻覚を見るような怪しげな薬物とは違うんです。頭が良くなるというより、厳密に言うと、飛躍的に記憶力をアップさせる、あるいは脳の働きを活性化させる薬です」

「そんなこと聞いたことないね」

「これを理解するためには、脳の働きを理解する必要があるんです。人間の脳は一千億個の神経細胞が互いに神経回路で繋がってネットワークを作っているんです。神経細胞内は電気信号で伝わるので速いのですが、神経細胞同士には僅かに隙間があって、実はシナプスを通して化学信号でやり取りをしているんです。その電気信号と化学信号による伝達の複雑なメカニズムは今ではかなり解明されていて、神経細胞が増強される『ＬＴＰ』という現象も明らかになっているんですよ」

「なんですか、その『ＬＴＰ』というのは？」

「英語のロングタームポテンシエーション、つまり『長期増強』の頭文字をとって、『ＬＴＰ』と呼んでいるんですが、平たく言うと神経細胞のシナプスの伝達効率を上げて、情報をより速くより強く伝える現象のことです。記憶を増強するにはシナプスの化学信号のやり取りを増強することが最も効率的なので、すでに九十年代にネズミを使った実験で『ＬＴＰ』を人為的に発生させる遺伝子操作が行われたり、薬が開発されたりしているんです。しかも『ＬＴＰ』は一回刺激を与えるとそのまま高いレベルを維持できることも分かっているんですよ」

「それじゃあ、人間にも応用が利くということですか？」

「理屈の上ではそうですけど、倫理的な問題や副作用のリスクがあって、なかなか人間には適用されなかったんです」

「でも、そのお友達はこっそりと人間でも実験していたんでしょう？」

初音は思わず声を震わせた。

「そうなんですよ。最初は私も驚きましたけど、彼を非難する気はなかったです。科学の進歩にリスクはつきものですからね。リスクを避けたい者は、関わらなければいいんですよ」

「でも井山さんは自ら関わる選択をしたんですね」

さゆりが溜息交じりに呟いた。

「リスクがあることは分かっていたけど、限られた人しか飲めない希少なものを、自分は飲むことができる選ばれた人間だと思うと、リスクのことは忘れて、寧ろ神に感謝しましたよ。確かに脳の研究はまだ発展途上で、本当に安全かどうかは実際に飲んでみなければ分からなかったけど、これは神が与えてくれたチャンスだと思ったんです」

誰もが井山の狂気の選択に言葉を失う中、初音が泣きそうな顔で叫んだ。

「そんな危険なことを何故受けたんですか。死んだらどうするつもりだったんですか！」

井山は表情を変えずに淡々と答えた。

「そうなったらそうなったで諦めもつきますよ。囲碁のために死ねるなら本望ですよ」

井山の言葉に、皆が凍りついたが、星飼はあくまでも冷静だった。

「それで、どうだったんですか。薬の効果は表れたんですか？」

井山は小刻みに頷いて、思い出すようにまた話し始めた。

「凄く驚いたんですが、その薬を飲んだ途端に、頭の中が活性化されるのが分かったんですよ。私は興奮を隠し切れなかったですね。棋譜なんてひと目見れば一瞬で覚えてしまいましたからね」

それを聞いて初音が頷いた。

「それで帰国して二週間の隔離期間に、あれだけの量の棋譜に目を通すことができたんですね」

福田が何かを思い出したように突然声をあげた。

「それじゃ、サバン症候群みたいなものなのかな。パッと見たものを写真に撮ったように記憶したり、電話帳一冊分の電話番号を暗記することができるようになったということだからね」

井山は慎重に言葉を選んだ。

「サバン症候群を発症したわけではないけど、記憶の現象としては似ているかもしれないですね。彼等もロジックは分からなくても、過去の日付の曜日を即座に答えることができるじゃないですか。それと同じように私もその薬のお蔭で、ひと目で棋譜を記憶できるようになったんですが、それだけではなくて、膨大な棋譜のそれぞれの局面が自分の頭の中で類型化されて、どう打ったら良いかの道筋がパッと見えるようにもなったんです」

麗子は井山の説明に次第に引き込まれていった。

「そんなに効果があったら、お友達も喜んだでしょう」

何気ない麗子の一言に、井山は少し言い淀んだが、直ぐに正直に答えた。

「いや、それがですね、もし薬が効いていると分かったらその研究所に監禁されてしまうと感じたので、効果を隠すことにしたんです。その代わり、頭が凄い熱を持って頭痛が起きるとか、一旦眠ると長時間深い眠りに落ちるといった副作用が酷かったので、そのことを強調したんです」

初音が声を震わせて叫んだ。

「その副作用のせいで、対局中に頭が痛くなったりしたんですね」

井山は目を閉じると、苦痛の瞬間をしみじみと語った。

「集中して考え出すと自分でも制御できないくらい頭が働き出して物凄い先まで読めるんだけど、同時に凄く疲れてしまうんですよ。集中力が増すと、もう読みが止まらなくなって、頭が焼き切れそうなほど熱くなるんです」

井山の話を聞いているうちに初音は涙をポロポロと流し始めた。

すると星飼が淡々と質問した。

「効果もないのに副作用だけ酷いなんて話を本当に信じたのかな?」

井山は苦笑しながら答えた。

「友人も効果がないのはおかしいと感じて、効果の度合いを測る検査を行うと言い出したんですよ」

「嘘をついても検査すれば脳の活性化はバレてしまうわけですね」

「そうなんです。そんなことになったら、もう日本に帰れなくなると思って焦っていたところに、コロナ禍の武漢から日本人を帰国させるチャーター便が飛ぶという連絡が入ったので、直ぐに大使館員に保護してもらうように頼んだんです」

予想外の脱出劇を知ってまた皆は顔を見合わせた。

「間一髪で逃げ切ったということね。危なかったですね」

井山は盛んに頷いた。

「でも本当の危険はこれから先、いつ何が起こるか、私自身分からないことですよ。もしかしたら突然脳の働きが暴走して、そのまま燃え尽きて、廃人みたいになってしまうかもしれないですからね」

初音は恐怖で顔を引きつらせた。

「だから、一刻も早くと思っているんですよ」

すると福田が突然手を挙げた。

「ちょっと待った。その薬を使うことは脳のドーピングだよね。そういうことならフェアじゃないから名人は取り消しじゃないかな」

突然の福田の反論に驚いた井山は、必死に弁解を始めた。

「でも、その薬を飲める適性があるのは今のところ私だけなんです。それは本当に何億人に一人という確率のものだから、つまり私の実力でもあるんですよ。それに大変なリスクを負って命がけで挑んでいるんです」

井山は熱弁を振るったが、福田は納得しなかった。

「でも勝負ごとの基本は公平、平等だからね。フェアでないなら、認めるわけにはいかないよ。どんな競技だって、ドーピングは認められてないからね」

するとと星飼が口を挟んだ。

「確かにリーグ戦の勝負ならフェアじゃないかもしれないけど、麗子さんは『奥の院』に一緒に行っても危険がないくらい強い人を探しているんだから、ＡＩを使った不正だとボロが出て危ないけどドーピングなら向こうに行っても強いから問題ないんじゃないかな」

困り果てていた麗子の顔がパッと明るくなった。

「それもそうね。私の目的は無事果たせるわけよね」

さゆりも麗子に同調した。

「そもそも脳のドーピングの規制なんてまだどこにもないわよね」

しかし、福田はますます依怙地になって反論した。

「脳のドーピングに対する規制は現在はまだないけど、そもそもそんなこと倫理上許されないことで誰もやらないから、規制のルールを定めていないだけなんだよ。実際にそんなことをしている人がいると分かったら、はっきりと禁止すべきだよ」

「将来はともかく、今はまだそんなルールはないわけだし」

「まだルールはないけど、常識的に考えたら明らかな不正だよ」

さゆりが井山を擁護すればするほど福田はかたくなに抵抗した。

「ここで議論しても、私たちだけで結論を出すことはできないから、今回は取り敢えず、ここにいる人の採決で決めましょうよ」

麗子の提案に皆が賛成したので福田も渋々承諾した。

挙手の結果、麗子、さゆり、あかね、星飼の四人が賛成し、福田と初音の二人が反対した。

「これで結論が出たようね」

恨めしそうに睨みつける福田を無視すると、さゆりは次なる課題を口にした。

「すると、次の問題は誰が井山さんと一緒に『奥の院』に行くかということになるわね」

「ちょっと待って、さゆりさん。あなた何をふざけたことを言ってるの。この『黒い扉』は私が守ってきたものなのよ。それに、そこに入っていく資格がある者を探すことも私のテリトリーで行ってきたのよ。あなたが強く推している福田さんならともかく、井山さんが選ばれた今となっては、一緒に行く相手は私以外には考えられないでしょ」

「そんなことないわよ。たまたま最後にここが残っただけで、私たちだって『黒い扉』を守る使命を等しく負っていたんだから、その先に行く権利があるわ。これはあなただけの問題ではなくて、囲碁界全体の問題なんだから、必ずあなたが行くと決まっている話じゃないのよ」

「そうよ、私もさゆりさんに賛成だわ。誰がそこに行くべきかは、その適性で決めるべきよ。私はあなたたちと違って、父親だけでなく、母親も守護神の生まれ変わりだから、その役に一番相応しいと思うの」

「あかねさん、あなたまでそんな言いがかりをつけるつもりなの。あなたは星飼さんを応援してたんでしょ。推しメンが負けたんだから、潔く引き下がったらどうですか。二人とも見苦しいわよ」

さゆりは麗子に何と言われようと引き下がる気はなかった。さゆりにとっても「黒い扉」の先に何があるか見極めることは、父親から囲碁の手ほどきを受けた幼少の頃からの悲願だったのだ。

「これは私にとっても大事な父の教えなので、引き下がるわけにはいかないわ」

「それじゃあ、あなたたちも、父の教えをしっかり守りなさい。父は最後に井山さんに向かって、『麗子を宜しく頼む』って言ったじゃないですか」

「そうは言ってないわ。私はあの時のことをよく覚えているけど、父は『娘を宜しく頼む』って言ったのよ。つまり、あなただけでなく、私やさゆりさんにもその資格があるという意味なのよ」

さゆりもあかねに同調した。

「そうよ。あれは麗子さんだけでなく、三姉妹全員にかけた言葉なのよ。誰と一緒に行くかは、それでは井山さんに選んでもらいましょうよ。井山さんが必ずしも麗子さんと一緒に行きたいかどうか分からないじゃないですか。その権利を得た井山さんの気持ちこそが一番大事なんじゃないかしら」

さゆりは井山のほうに向き直ると、井山の手を取った。

「そうでしょ、井山さん。最初にお会いした時から、あなたが私をあの先に連れて行ってくれる運命のお方だと分かっていたんですよ」

「ちょっと、井山さんから手を離しなさい、汚らわしい。井山さんは私が約束した相手なんですよ。あなたたちには指一本触れさせませんからね」

麗子は息まいたが、井山はそんな約束をした覚えはなかった。

「私は長い間、向こう側でじっと待っていたんです。三人の中では向こう側の様子を一番知っているのは私だから、井山さんのお役に立つと思うの。だから井山さん、私を選んでください」

今や三人の美女が手を差し出して、井山の返事を待っていた。

こんなことは初めてなので、井山は心の底から困惑してしまった。

三人とも甲乙つけ難いほどの美女である。

さゆりは最初に会った時から、こんな女性とならおつき合いしてみたいと思った相手だった。

この「らんか」の女王として君臨する麗子は、ひと目会った時から魅せられ、囲碁の世界に導いてくれた恩人だった。

時々夢に現れたミステリアスなあかねは、実際に会う前から、なんとか助け出さねばと意を注いだ相手だった。

三人それぞれに思い入れがあって、三人とも大変魅力的だが、この中から一人を選ぶなどという大胆不敵な行動は、優柔不断な井山にできる芸当ではなかった。

三人の女神の中で誰が一番美しいかを決める大役をゼウスから仰せつかり、喜び勇んでその役を引き受けたトロイアの王子パリスと同じ過ちを犯してはならないと、井山の本能が警告を発していた。

最終的に美の女神アプロディテを選んだパリスは、ご褒美に世界一の美女ヘレネを手に入れたが、あとの二人の女神の恨みを買って、結局は愛する母国トロイアを滅亡させることになったではないか。

福田も星飼も黙って井山の反応を見守ったが、まさかさゆりやあかねを指名する気ではなかろうかと敵愾心を剝き出しにしていた。

愛する女性を守る気があるのなら、直接本人を説得して諦めさせればいいのだが、囲碁勝負に敗れた負い目から、二人ともとてもそんなことは言い出せなかった。

麗子とさゆりとあかねの三人の女神と、その女神を愛する福田と星飼、そして井山を愛する初音の六人の視線は井山に注がれて、彼の判定の時を待っていた。

「私は誰でもいいので、三人で決めてください」

井山の苦し紛れの返答に、当然自分が選ばれると固く信じていた麗子は激怒し、井山に罵声を浴びせたが、さゆりとあかねは安堵の表情を見せた。

「分かりました。井山さんがそう言うなら私たちで決めましょう。囲碁を守る使命を果たすために少しでも囲碁が強い者が行くべきだと思うので、私たちも囲碁勝負で誰が行くか決めましょう」

さゆりが力強く提案すると、あかねも同調した。

「ここは正々堂々と囲碁で勝負することに私も賛成だわ。誰かの事情に忖度することなく、実力本位で決めるのが一番後腐れがなくていいわね。それなら、たとえ私が行けなくても諦めがつくわ」

「でも、この『黒い扉』は私のものよ。そんな勝手なことは許しませんからね」

「あなたのものではなくて、父から託されたものでしょ。そんなことを言うなんて、ひょっとして麗子さんは勝てる自信がないんじゃないの」

そこまで言われたら、麗子も引き下がるわけにはいかなかった。

「あなたたちになんか負けるわけがないでしょ。分かったわ。そんなに言うんだったら囲碁勝負で決着をつけましょう。二人とも捻りつぶしてあげるわ」

三人で決着をつけるとなると、どのような対戦方法がよいかで、また喧々諤々議論が行われたが、結局は、大相撲の優勝決定方式、つまり三人のうちの二人に連勝した者が優勝という方式に決まった。

これなら誰も文句のつけようがなかった。

三姉妹の決戦は雑魚寝部屋で行うことになり、碁盤が運び込まれた。

くじ引きの結果、最初の対局はさゆりとあかねに決まった。

立ち会いを頼まれた福田と星飼は、厳かに審判役を引き受けたが、当然のことながら、心の中では福田はさゆりが負けるように、そして星飼はあかねが負けるようにと祈っていた。

女の意地と意地がぶつかり合う負けられない闘いが始まった。

「黒い扉」の先に何があるのか見届けることは、麗子ばかりでなく、さゆりやあかねにとっても、生涯にわたる目標で、それは何ものにも優先する、強迫観念にも似た悲願だった。福田や星飼には気の毒だが、さゆりもあかねも、この悲願を達成するためなら、他のことは全て犠牲にしてもいいと思っていた。

その結果、何もかも失って、「黒い扉」の先に自分が求めていたものがなかったとしても、それを見ずに死ぬよりましだと思った。

そこに行けば、もしかしたらこの世では決して触れることのできない、囲碁の神髄に近づけるかもしれないのだ。

父に会って深淵なる囲碁の真実を教えてもらえるかもしれないのだ。

さゆりもあかねも、これまでにないほど集中して真剣に打った。

大事な一番になると、誰でも慣れ親しんだ得意の棋風が表れるものだが、姉妹でありながら、二人の棋風は随分と違っていた。

さゆりは最初に地を稼いで、後から相手の模様を荒らして凌ぐスタイルを得意としていた。

かたやあかねは、相手に地を稼がれてもあくまでも手厚く構え、その厚みで相手の石を攻撃するスタイルを得意としていた。

二人の特長がよく表れた碁形となったが、かみあわせとしては、さゆりのほうが有利だった。最初に地を稼いださゆりが、厚く構えたあかねの模様を荒らす展開となったが、あかねの猛烈な攻撃を巧みな受けでなんとか凌いださゆりが、最後は逃げ切った。

審判役の二人は、慎重に数えて淡々と事務的にさゆりの勝ちを確認したが、内心では、星飼は歓喜し、福田は落胆していた。

次は、麗子とさゆりの対局である。ここでさゆりが勝てば優勝が決まり、麗子が勝てば今度はあかねとの勝負が待っている。

福田は麗子を応援したが、星飼はここでさゆりが勝って決着をつけてくれることを祈った。

初音はどちらが勝っても良い気はしなかったが、強いていえばさゆりのほうがましだと思った。井山には麗子とだけは行ってほしくなかった。

麗子の棋風は、最初から相手の切れるところはどこでも切って、ともかく闘いをしかけるという好戦的なものだった。そうなると、さゆりものんびり地を稼いでばかりいられなくなり、やむを得ず麗子が得意とする闘いの碁に引きずりこまれていった。こうなってくると筋は悪くても、剛腕の麗子の力が活きてくる。麗子のような碁をさゆりは品性に欠けると侮ってきたが、こういう相手を大の苦手としていることも確かだった。

最後は麗子が魔王のように相手をねじ伏せてしまった。

さゆりが負けて福田はホッとしたが、初音は心配で居ても立ってもいられなくなった。

次は、麗子とあかねの対局である。今度は麗子が勝てば優勝となる。

自分が一蹴したさゆりに負けたあかねが相手とあって、麗子は余裕の笑みを見せた。

所詮、この二人は自分の敵ではないのだ。

これまで守ってきた「黒い扉」の先にある「奥の院」は、最終的には自分が行くことになるのだ。

紆余曲折はあったが、結局は収まるところに無事収まるようになっているのだ。

囲碁の神様が井山を愛するように、最後は自分を選んでくれることに疑いはなかった。

根拠はないが、麗子は揺るぎない自信に満ち溢れていた。

ところが面白いもので、あまり地にこだわることなく手厚く打ち進めるあかねの棋風は、麗子が最も苦手とするものだった。

麗子は強引に相手を闘いに引きずりこんだが、相手の厚みの中でもがく苦しい展開となって、結果的に損を重ねることになった。

こうして麗子はあかねに敗れてしまった。

麗子に負けて一度は夢を諦めたさゆりだったが、再びチャンスが巡ってきたことを神に感謝し、今度こそこの機会を逃さないようにしようと思った。

そして最初の対局同様、さゆりがまたあかねを破った。

このように三人の女神は誰が最強かを決める勝負を延々と続けたが、棋風のかみあわせのせいで、さゆりはあかねに強いが麗子に弱く、麗子はさゆりに強いがあかねに弱いという具合に、まるでジャンケンの関係性のようにいつまでたっても決着がつかなくなった。

この状態が丸々二日続いて、もう何局打ったか分からなかった。

こうなると対局者の三姉妹だけでなく、審判役の二人も、首を長くして結果を待つ井山と初音も、さすがに疲れ果ててしまった。

あかねとの対局を勝利で終えたさゆりは、疲労のあまりその場に崩れ落ちた。

二人が対局している間、横で寝ていた麗子がモソモソと起き上がると、這うようにして碁盤に向かった。

もはや囲碁勝負というよりは、体力勝負のサバイバルゲームの様相を呈していた。このままだと最後まで碁盤に向き合う体力と気力がある者が、勝利者となりそうだった。

するとその時、突っ伏していたさゆりが、突然壊れたように笑い出した。さゆりの笑い声があまりにも大きかったので、それまでうつらうつらしていた者が全て、何事かとばかりに身体を起こした。

さゆりも上半身を起こすと、辺りを見回した。

皆が怪訝な表情でさゆりの様子を窺っていた。

特に福田は一体なにが起こったのかと心配してさゆりを見た。

この二日の間、ひたすらさゆりが負けることを祈り続けてきた福田の、憔悴しきった顔を見て、さゆりは一体自分は何をしているのだろうと思った。

頭が痺れて思考を停止する中、これまでの記憶が、不規則に蘇ってきた。

父との対局、「黒い扉」の約束、母の愛情、芸者のお稽古、数多くの宴席、井山との出会い、田中社長との対局、福田との出会い、朽ち果てた家屋、閉じこもった洞窟、福田と育んだ愛、助っ人で参加した対抗戦の対局、そしてその時に目撃した天女。

この不連続な一瞬、一瞬の積み重ねこそが、自分の人生そのもので、そして今の自分があるのだ。

それはまるで神の啓示のようだった。

これまでは耳を塞いで聞こうとしなかったものが、突然聞こえたような気がした。

「運命を潔く受け入れよう」

本当に求めているものが何か、さゆりにはこの時はっきりと見えた。

さゆりは清々しい気分で決意した。

これが自分の運命なのだ。

だから現実を受け入れよう。

時間が経てば、人生の夢も目標も変わることだってあるのだ。

そろそろ呪縛から解放されて、自分にとって何が一番大切なのか見極めよう。

そしてそれを決して手放さないようにしよう。

ようやくその境地に達したさゆりは静かに宣言した。

「私はこの勝負から降ります。あとは二人で決着をつけてください」

あれほど行きたがっていた「奥の院」をさゆりがこうもあっさりと諦めたことに、皆が驚いた。

福田は不思議に思って、本来なら喜ぶべきことも忘れて、さゆりに言った。

「あんなに行きたがっていたのにどうしたの？」

「もういいのよ」

さゆりはさっぱりとした笑顔でそう答えた。

「俺としては嬉しいんだけど、さゆりは、本当にそれでいいの。後で後悔したりしない？」

さゆりは大きく頷いた。

心の中では、自分もこの二日で大人になったのだと感じていた。

さゆりの突然の離脱に麗子は拍子抜けしたが、直ぐに険しい表情に変わった。

ライバルが減るのは喜ばしいことだが、さゆりには負けていなかっただけに、麗子にはさして影響があるわけではなかった。問題は、残るあかねに対して、自分がまだ一度も勝てていないことだった。

緊張した面持ちで最後の一局に臨む麗子に対して、あかねは余裕の笑みを浮かべた。

「これで最後の勝負ですね。泣いても笑ってもこの一局に勝ったほうが優勝ということでいいわね」

麗子はあかねの顔を見ながら黙って頷いた。

これまであかねには一度も勝っていないが、そんなことはもはや問題ではなかった。優勝が決まる、この重要な一局で最後に勝ちさえすればいいのだ。そしてそういう大事な一番で、自分は決して負けることはないと麗子は信じていた。

握って麗子が黒番になった。

自分の闘う棋風は、手厚く打つあかねの棋風と相性が悪いと感じた麗子は、さゆりのように最初に稼げるだけ地を稼ぐ戦法を採ろうと考えた。

麗子はこれでもかというほど隅で地を稼いで、手厚く打つあかねは中央に広大な模様を張ることとなった。

そこで麗子は、模様の真ん中にドカンと打ち込んでいった。

誰もが驚くほどの大胆な手で、少し深入りし過ぎではないかと思われた。

厚みを利用してこういう石を攻めるのは、あかねの最も得意とするところだった。

一方の麗子は、切った張ったの闘いは得意であるが、シノギはさゆりのように得意ではなかった。予想以上に厳しい攻めを受けた麗子の大石は、あちらこちらに必死に逃げまどったが、万里の長城のように長大なあかねの厚みに阻まれてあえなく頓死してしまった。

最後に「持っていた」のは、麗子ではなく、あかねのほうだった。

麗子は負けが決まると茫然とし、立ち上がることができなかった。

やがて碁盤の上に突っ伏すと、碁盤を叩きながらポロポロと涙を流し始めた。

「どうしてもあの先に行きたいのよ。お父さんと約束したのよ。ずっとこの日が来るのを夢見ていたのに。母を亡くしても一人で守ってきたのに。ようやくその日が来たのに、行けないなんて。向こうに行って父と会いたい。訊きたいことが山ほどあるのに」

麗子が駄々っ子のように泣き叫ぶ様子を見て、あかねの気持ちは揺れた。

あかねも是非とも「奥の院」に行きたいと思っていたが、その気持ちの強さは麗子には全然敵わないような気がした。

「麗子さん、そんなに行きたいんですか?」

麗子がそんなに行きたいのなら、譲ってあげようかとあかねは思った。

そんなあかねの心情を察した麗子は、もう一押しとばかり、一層大きな声を張りあげて泣き喚いた。

するとその瞬間、井山が麗子をたしなめた。

「麗子さん、もう決着はついたんだから、ここは潔く諦めてください」

井山の一言で、麗子はピタリと泣き止んだ。

よりによって井山からそんなことを言われるとは夢にも思っていなかったので、麗子は井山に食ってかかった。

「井山さん、あなたは一体、誰の味方なの！　私と一緒に行くことを楽しみにしていたんじゃなかったの！」

ただ中立公正に当たり前のことを言っただけなのに、予想に反して麗子が烈火のごとく怒り出したので、井山は完全にうろたえてしまった。

麗子はさゆりのようには、大人になりきれていなかったようだった。

井山はしどろもどろになって言い訳をした。

「それはそうなんだけど、でも、もう決着がついて、誰が行くか決まったわけだし……」

「大体、あなたがはっきりと私と行きたいって言ってくれないからこんなことになったのよ」

「すいませんでした。でも今更そんなこと言われても……」

井山は麗子に押されまくって言葉を濁したが、決して麗子と行きたいとは口に出さなかった。

井山なりに計算を働かせて、向こう側の事情を知っているあかねが一緒のほうが心強いと考えたのだ。

麗子はその後も騒ぎ立てて抵抗を試みたが、一向に井山がそれに応じる気配を見せないので、段々疲れてきて、遂に諦めざるを得なくなった。

麗子が泣きながらその場にへたり込むのを見届けると、井山はあかねに近づいて手を取った。

「それでは行きましょう、あかねさん」

あかねも頷くと、井山の手を強く握り返した。


いよいよ「黒い扉」の向こうに行く時がきた。

二人は玄室に入って、大きな無機質の黒い石板の前に立った。

「あかねさん、気をつけて」

後ろから星飼が声をかけた。

あかねが振り返ると、いつもクールな星飼が珍しく涙を流していた。

「これまで支援してくれてありがとう」

星飼はあかねともう二度と会えなくなることを覚悟した。

「こちらこそありがとう、慎吾さん」

あかねも涙を流しながら「本当はあなたと行きたかったけど、許してね」と言おうとしたが、言葉を呑み込んだ。

星飼につられて、初音も思わず声をかけた。

「井山さんも気をつけて。きっと帰ってきてくださいね」

井山は振り返ると、気負った様子もなく、まるでこれから散歩にでも行くような軽い調子で手を上げた。

「それじゃ、行ってきます」

初音はもうそれ以上見ていられず、顔を背けた。

麗子は怒気を帯びた表情で腕組みしながら、二人に背を向けてしゃがみ込んでいた。

「それじゃあ行ってらっしゃい」

明るい笑顔で見送ってくれたのは、仲良く肩を組んで手を振る、福田とさゆりの二人だけだった。

井山はあかねの手をしっかりと握りしめながら、もう片方の手の平を黒い扉につけた。

「あなたは、こちらに来たいですか?」

どこからともなく声が響いた。

「はい。行きたいです」

井山は心の中で力強く答えた。

「囲碁が強くなりたいですか?」

井山はじっと扉を見つめた
「勿論です。でも、もう十分に強くなったので、誰かに勝ちたいという気持ちはだいぶ薄れてきました。今は少しでも囲碁の神髄に近づきたい気持ちでいっぱいです」

井山は黒い扉が微かに震えるのを感じた。

「さあこちらにいらっしゃい。あなたに見せたいものがあります」

井山の手は、ずぶずぶと黒い扉にめり込んでいった。

手の次は腕、そして肩とのめりこんでいき、身体全体が自然に吸い込まれていった。

井山はあかねとつないだ手を一層固く握りしめた。

井山の身体全体が吸い込まれるのに続いて、手をつないでいるあかねも黒い扉の中に吸い込まれていった。

真っ暗で何も見えなかった。

身体が圧迫されて息ができなかったが、井山はひたすら苦しみに耐えた。苦しいと感じつつも、あかねの手だけは離すまいと必死だった。

遠ざかる意識の中であかねの苦しそうな喘ぎ声が微かに聞こえ、やがてそれが大きな悲鳴に変わったが、井山は為すすべもなく、そのまま気を失ってしまった。

第五章

井山は真っ暗闇の中で目を覚ました。

微かな薄明かりさえ見えない、全くの暗闇だった。

時間がどれだけ経ったのか見当もつかなかった。

何も見えない恐怖は死の世界を連想させた。

湿った土の匂いがして辛うじてまだ生きていることを実感した。

井山はゆっくりと上半身を起こしながら、周りを手あたり次第に探ってみた。

身体の両側には土の壁が迫り、座ったまま天井に手が届くほどの、狭い洞窟のようだった。

壁に手を当てて慎重に起き上がると、完全に立ち上がることはできなかったが、中腰になれば前に進めそうだった。

地面は緩やかに傾斜しており、下のほうからは、湿った草の匂いと共にひんやりとした空気が流れてきていた。

井山は中腰になったまま、手探りであかねを探した。すると傾斜の少し上のほうで横たわっている身体に触れたので近づいていった。

真っ暗で何も見えないが、顔のあたりを触ってみると、随分と冷たかった。

井山は思わず大きな声で呼びかけた。

「あかねさん、大丈夫ですか！」

暗闇の中で井山の声が不気味に響き渡ったが、返事はなかった。

井山は不安に駆られた。

よく見えないので、あかねに何が起きたのか分からなかった。

生きているのか死んでいるのかも、そこにいるのが本当にあかねなのかもはっきりしなかった。

焦る井山は手探りであかねの首に指をあてて脈を確認してみた。

身体は冷たくなっていたが、微かに脈打っていた。

井山はあかねの身体を揺すると、再び大きな声で呼びかけた。

「あかねさん、しっかりしてください。分かりますか。目を覚ましてください」

突然痙攣したように身体がのけ反り、大きく息を吸い込む音が聞こえた。

「ここはどこなの。真っ暗で何も見えないわ」

恐怖に怯えるその声は、あかねのもので、井山は安堵の溜息をついた。

「あかねさん、大丈夫ですか？　私はここにいますよ。取り敢えず何とか『黒い扉』を通り抜けることはできたようです」

「でも本当に無事なのかしら？　私とても寒いわ」

井山は心配になって、あかねの身体を抱き寄せた。

あかねは冷たくなった全身を震わせながら、ガチガチと歯を鳴らしていた。

「さあ、大丈夫だから起き上がってください。どうもこの洞窟は、傾斜の下に向かって抜けているようなので、そちらに下って行きましょう」

あかねは息も絶え絶えに答えた。

「私はもう無理だから、井山さん一人で行ってください」

井山は驚いてあかねの身体を引き寄せた。

「そんなことできるわけないでしょ。あかねさん、それでは私がおぶっていくから、つかまってください」

井山は強引にあかねを背負うと中腰のまま手探りでゆっくりと暗闇の中を進んでいった。

あかねも中腰の井山の背中に身体を預けながら、足が下についてしまうので、井山の歩調に合わせてバタバタと足を運んだ。

井山は暗闇の中であかねを背負ったまま、前屈みの姿勢で少しずつ傾斜を下って行ったが、進んで行くにしたがって傾斜が急になっていくことに気がついた。

両手を左右の壁につけてバランスを取りながら進んで行くと、傾斜が急になるにつれて身体を起こさざるを得なくなり、井山は必死に両足で踏ん張った。急な斜面をそろりそろりと下って行くうちに、もうあかねを背負っていられなくなったので、あかねも否応なく井山の首に回していた手を離して、左右の壁に両手をつきながら進んだ。

「この先はどうなっているのかしら。なんだか嫌な予感がするわ」

あかねがそう言った途端に、湿った地面で足を滑らせた井山はその場で尻もちをついて、叫び声をあげながら真っ暗な急斜面を滑り下りていった。

井山につられて足を滑らせたあかねも、同じく悲鳴を上げながら斜面を滑っていった。

何も見えない真っ暗闇を切り裂いて、猛烈な勢いで滑降していく二人は、悲鳴を上げながらどこまでも落ちて行った。

身体全体から血の気が引いて死ぬかもしれないと思った瞬間、井山の身体は激しく地面に叩きつけられた。

滑り落ちていた時間は僅かだったかもしれないが、井山には永遠の長さに感じられた。

地面に叩きつけられて、身体の節々が痛んだが、井山は何と起き上がることができた。

狭い洞窟から抜けた先は、鬱蒼と生い茂る木々に囲まれた深い森だった。

薄暗い森の中で、井山はようやくそこに倒れているあかねの姿を認めることができた。

生命の息吹や陽の光から隔絶された、死の匂いが漂う不気味な森だが、何も見えない真っ暗闇よりは遥かにましだった。

あかねはすっかり衰弱していたが、うっすらと開けた目で井山を認めると、安堵したように微笑んだ。

「またここに戻ってきたのね」

辺りにはものが焦げるような、あるいは血なまぐさいような、何とも言えぬ不快な空気が漂っており、耳をすますと、地獄の亡者の泣き叫ぶ声が聞こえてくるようだった。

以前は、井山を誘うように心地良く響いた雅楽も、今では心の弱き者を引きずり込もうと企む亡者の罠としか感じられなかった。

「実に不気味な森ですね。こんなところにあかねさんは一人で隠れていたんですね」

井山は改めてあかねが耐え忍んだ恐怖の日々に想像を巡らした。

「井山さんもここが心底恐ろしい場所だと感じられるようになったんですね。それだけ強くなった証拠ですよ。もう善からぬ者につけ込まれる心配はなさそうですね」

こんなところからは一刻も早く逃げ出したかったが、あかねはしばらく動けそうになかった。

「少し様子を見てくるので、あかねさんはここで休んでいてください」

あかねは不安そうに井山を見上げたが、黙って頷いた。

井山は深い森の中を一人で歩き回ってみたが、そこは明るい希望とは無縁の閉ざされた世界に感じられた。

こんなところが本当に、麗子が言っていた、囲碁の神髄に触れる場所なのだろうか？

深い森の中を歩き回っているうちに道に迷った井山は、自分がどこにいて何をしようとしているのか完全に見失ってしまった。

途方に暮れてあてもなく歩き続けていると、森の先に明るい陽射しが照りつけている場所を見つけた。

喜び勇んで木の枝をかき分けながら進んで行くと、そこは森の縁だった。

森を出て井山が見上げると、その先には、希望に満ちて陽に照らされた緩やかな丘の稜線を望むことができた。井山が慎重に丘の上に目を走らせると、獰猛な顔をした狛虎と狛犬が寝そべっている姿が目に入ってきた。

以前、あかねの制止を振り切って、福田と二人で丘の上へと駆け出して、狛虎と狛犬に追い駆けられて命からがら逃げた時のことを思い出した。

希望に満ちたように見える明るく輝く丘も、心弱き者を誘う罠なのだろうか？

それとも囲碁が強ければ、狛虎と狛犬を恐れることなくそこを通り抜けて、井山が求めている場所に行けるのだろうか？

あかねと相談したほうが良さそうだと思った井山は、また森に入ると、急いで元の場所へと戻って行った。

道に迷いながらもなんとかあかねのところへ戻った井山は、勢い込んで尋ねた。

「狛虎と狛犬が守っている丘の上に、私たちが求めているものがありそうな気がするけど、あそこを突破する方法はあるんですか？」

するとあかねは力なく首を横に振った。

「恐らく、あの先には私たちが探しているものはないと思います。如何にもそう思わせているだけで単なる罠なんですよ」

「やはり心の弱い者を欺く罠ということですか。強い者はその辺の形勢判断も確実にできるということなんですね」

そうなると完全にお手上げの状態だった。

あかねはしばらく休んでいるうちに、大分回復していたが、これからどうすべきかについては何も分からないようだった。

「あの丘とは逆の方向に私たちの探しているものがあると思います。ただ、そちらは少し近づくだけで身体が震えてしまうほど怖いんですよ」

それでも、そちらの方向へと進んで行くべきなのだろうか？

井山が迷っていると、深い森の奥から、木々を踏み鳴らして、何かが近づいてくる気配を感じた。

井山とあかねは同時にその気配に気づいて、大きな木の陰に隠れて身を寄せ合った。

薄暗くて視界が利かない森の奥を、二人は警戒しながらじっと見つめた。

すると大きな木々の合間から一人の男性が姿を現した。

その男性を見て、二人はあっと驚いた。

それは盛田だった。

以前、井山とあかねと福田が狛虎と狛犬に追い駆けられた時に、松明で撃退して助けてくれた男である。井山は一度対局したことがあるが、底知れぬ強さを感じたことをよく覚えていた。

井山が「黒い扉」に吸い込まれそうになった時に助けてくれたのも盛田だった。確かその時に、麗子の父親や賜と同様に、「黒い扉」を守護する役を負っていると言っていた。

ただ何らかの事情があって麗子の父親や賜は「黒い扉」を破壊することこそが囲碁を守ることだと考えるようになったようだった。

井山とあかねが木の陰から出ると、盛田は静かに二人に近づいてきた。

直ぐ近くまでくると盛田が声をかけた。

「井山さん、よくぞ自力でここまで来ましたね。お待ちしてましたよ」

井山は驚いて盛田を見つめた。

「盛田さんは、私がここに来ることを知っていたんですか？」

「聖梵さんに、もう直ぐ井山さんが来るから、ここに迎えに行くようにと言われたんです」

「聖梵さんというのは、藤浦さんのことですね。つまり麗子さんのお父様ですね」

そこにあかねがいることに気がついて井山は直ぐに言い足した。

「それから、ここにいるあかねさんのお父様でもあるんですよね」

「そうですね」

「あかねさんの話では、お父様は毘沙門天の生まれ変わりだそうですね」

「そうなんですよ。囲碁の神様から『黒い扉』を守る役を仰せつかったのは守護神である四天王の生まれ変わりの者たちなんです。私は増長天の生まれ変わりだし、賜さんは持国天の生まれ変わりなんです」

「それが、どうして『黒い扉』を燃やそうとするようになったんですか?」

盛田は下を向いて少し言い淀んでいたが、しばらくすると口を開いた。

「詳しい話は、聖梵さんに直接聞いてください。私はただ、あなたたちを彼のもとへお連れするように言われただけですから」

井山は苛立ちながら辺りを見回した。

「彼は一体どこにいるんですか? その前にここは一体どこなんですか?」

それくらいは教えてもよいと思ったのか、盛田は静かに答えた。

「ここは異界、つまり死後の世界です」

井山は絶句して立ち尽くした。

「囲碁の神様は、死後の世界と現世を繋ぐことこそが、囲碁をより一層発展させ、未来永劫囲碁を守ることに繋がると考えたんです」

「それで、あの『黒い扉』を造ったんですか?」

そうなると、「黒い扉」のこちらに来た自分は、もう死んだということになるのだろうか?

不安と恐怖におののく井山を見て、盛田は慌ててなだめた。

「この『黒い扉』を守る役を担う者だけは例外的に双方を行き来できるので、ご安心ください」

あかねはなおも納得できない表情で盛田に問い質した。

「でも死後の世界と現世を繋ぐことが、どうして囲碁を守ることになるんですか?」

「その疑問ももっともだと思います。囲碁は長い歴史の中で英知が積み重ねられてきたわけですが、一人の人間が接するのはごく僅かな断片に過ぎません。そこで囲碁の神様は、歴代の囲碁の天才たちを高天原に集めて、最新の知識を与えて研究に没頭させたら、人類はどこまで神髄に迫れるのか見てみたいと考えたんですよ」

「それこそ、囲碁の神様が夢見た地上の楽園ですか?」

「そうなんです。そしてその中で人類最強の碁打ちが、自分にどこまで肉薄してくるのか、楽しみに待っているんですよ」

井山とあかねは思わず顔を見合わせた。囲碁の神様にとってはこの上ない楽しみかもしれないが、つき合わされるほうは堪ったものではないだろう。

「でも、副作用もありましてね」

それを聞いて井山は頷いた。

「そりゃそうでしょうね。つき合わされるほうは大変ですからね」

「いや、幸いにも高天原に迎え入れられた囲碁好きは、強い弱いに関係なく、未来永劫囲碁を楽しめるというので、まさに至福の時を過ごしているんですよ。その中でも特に最上層にまで上り詰めた一部の天才は、真剣に神の領域へと達することを目指して囲碁に励んでいるんです」

「そんなもんなんですかね」

「問題はそこからあぶれた者たちなんですよ。囲碁において神様が許せないほどの罪を犯した者は、地獄に堕ちて永遠の責め苦に遭うんです。生前の怠惰や嫉妬や高慢を深く反省し悔い改めようとする者はまだ救いがあるので、地獄までは堕とされず、煉獄でひたすら精進し、神の赦しを得ていつか高天原へと昇る日を待っているんですよ」

「煉獄にいる者が神の赦しを得ることはあるんですか」

「長い時間がかかりますが、全くないことではないです。ところが一旦地獄に堕ちた者には、もう救いがないんですよ。そのため地獄の亡者の怨嗟の念が勢いよく噴出して、現世の者を仲間に引き入れようと盛んにたぶらかすようになったんです」

「それが、『黒い扉』から漏れ出てきた、あの善からぬ『気』の正体だったんですね」

「そうなんです。そしてそれこそが『黒い扉』の思いもよらぬ副作用なんです」

「それで『黒い扉』を破壊しようと考える者が現れたんですか？」

「それはまた別の理由です。その件については、聖梵さんから直接聞いてください。彼も井山さんとその話をすることを楽しみにしていますから」

「彼は今どこにいるんですか？」

「高天原であなたが来るのを待っています。これから私がそこへお連れしますが、そのためには途中で地獄と煉獄を抜けなければならないんですよ」

井山の顔は恐怖で引きつった。

「私はとても地獄なんて抜けられないですよ」

「地獄の責め苦に喘ぐ亡者が苦し紛れに誘惑して仲間に引き入れようとしますが、善き者が強い心を持っていれば跳ね返せるはずです。井山さんにはその強さがあるから大丈夫です」

あかねが怯えて井山の腕にすがった。

「あかねさんはまだ気をつけないと危ないので、井山さんから離れないようにしてください」

そう言うと、盛田は先頭に立って、深い森の奥へと二人を導いて行った。

森の奥深くに入って行くと、そこには黒い大きな門が立っていた。門の前で立ち止まった盛田が振り返った。

「これが地獄の門です。ここからいよいよ地獄に入っていきますけど、心の準備はできていますか？」

心の準備など全くできていなかったが、井山はあかねと共に盛田に続いて不気味に黒光りする門の中へと入っていった。

一度この門をくぐったら、もう二度とここから出ることは叶わない、そんな絶望と共に、永遠の責め苦が待つ場所へと連れて行かれる亡者の悲痛な叫びが直接心に響いてくるようだった。すっかり恐れ慄いた井山はこれでいよいよ自分も最後の一線を越えるのだと覚悟した。

井山が足を震わせながら門をくぐり抜けると、あかねもぶるぶる震えながら、井山にしがみついて続いた。

地獄の門を抜けていよいよ冥界へと入って行くと、悲痛な泣き声がますます大きく聞こえてきて、井山の心を揺さぶり続けた。

「ここでは、一度は囲碁を始めたものの、その後直ぐにやめてしまった者の魂が、高天原と地獄のどちらにも行けずに、ただ漂っているんです」

何の希望もない世界で、あてどもなく漂うだけの亡者たちの悲惨な姿を目にして、井山は思わず顔を背けた。

そこを抜けると、直ぐに川の岸辺にたどり着いた。

これがいわゆる、彼岸との境界になっている三途の川なのだろうか？

井山が眺めていると、白髪の老人が小さな舟を漕いで近づいてきた。

その船に群がるボロをまとった亡者を激しく打擲して悪態をつく老人に、盛田が近づいていった。

「こちらにいるのはまだ生きている方です。聖梵さんに頼まれて、高天原に連れて行くところです」

盛田の説明を聞いた老人は無愛想に「それじゃあ、早く乗りな」と三人を促して舟に乗せると、他の亡者と一緒に向こう岸へと運んでくれた。

向こう岸に着くと、囲碁に出会うことなく死んだ無垢な子供たちが、河原で碁石を積み重ねて遊んでいた。井山は痛ましく思いながら、その河原を抜けて行った。

ボロをまとった亡者の間を、井山はあかねを抱きかかえるようにして守りながら、盛田のあとに続いて進んで行った。

どの亡者も、これから待ち受ける責め苦の恐怖に怯え、逃れられない絶望に苛まれながら足を引きずるように進んでいた。

しばらく行くと、火山の火口のような縁にやってきた。

中を覗き込むと、渦を巻く形で何層にも分かれた深みが続いていた。亡者の泣き叫ぶ声が聞こえ、血生臭い臭いが漂ってきたので、井山は気分が悪くなった。

「この先は九層に分かれていて、罪の重さに応じて行先が決まるのです」

火口の中に入って内側の崖を下りて行くと、直ぐに第一層に辿り着いた。

そこでは冠を被った顔中髭だらけの恐ろしい形相の男が、亡者の罪状を調べては、一人ずつどこに行くのか指示をしていた。

井山とあかねに気づいた髭だらけの男は「まだお前たちの来るところではない」と言って追い払おうとしたが、盛田の説明を聞くと黙って通してくれた。


そこから崖沿いに下って行くと第二層に辿り着いた。

「ここは生前、マッタやハガシをした人が罰せられるところです」

井山は対抗戦で田中社長が明らかなマッタをしようとした時のことを思い出した。

あの時は審判役の奥田プロの判断で認められなかったが、もし田中社長が他でも同じようなことをしていたら、こんな悲惨なところに永遠に閉じ込められることになるのだろうか？

そう思うと身震いせずにはいられなかった。

鬼のような獄卒が、怯えて震えている亡者を手荒く一か所に集めると、おもむろに鋭い爪のついた鉄の手袋を右手にはめた。それを見ただけで、ボロをまとった亡者たちは泣き叫び出した。

あの鉄の爪で身体を切り刻むのだろうかと、井山も震えながら見ていると、獄卒はその爪で岩の壁を引っかき始めた。黒板を爪で引っかくような不快な音が響き渡って、亡者たちはその音に耐えられずに身悶えした。

こんな音を永遠に聞かされるとは、何と恐ろしい罰であろうか。

井山は思わず耳を塞いだ。


盛田に促されて井山とあかねは慌ててその場を離れ、また崖を下りて第三層へと辿り着いた。

「ここは囲碁で賭けをしていた者が罰せられるところです」

神聖なる囲碁を道具に賭けを行うとは不届き千万であるが、それでも地獄へ堕とすのは少々厳しいのではないかと井山は感じた。

ボロをまとった亡者を寝台に縛りつけた鬼のような獄卒が、机の上に並んだいくつかの道具を選んでいた。その道具を使って身体を痛めつけるのかと思って見ていると、獄卒は羽根のついた棒で亡者をくすぐり始めた。縛りつけられた亡者は、笑いながら苦しそうに身体をよじって、さかんに「やめてくれ、やめてくれ」と叫んだ。

見るに堪えなくなった井山は、思わず目を逸らした。今後囲碁勝負で賭けに誘われても、絶対に断ろうと心に誓った。


さらに下って行くと、第四層に辿り着いた。

そこは強い風が吹きすさぶ渺茫たる荒野だった。

亡者はどこにも見当たらなかったが、よく見ると、激しい風にあおられて中空を舞う多くの魂が、ぶつかり合いながら嘆き苦しんでいた。

「ここは対局中に他の人に助言を求めたり、観戦中に助言を与えてしまった者が罰せられるところです」

たまたま井山の直ぐ近くに飛ばされてきた魂が、悲し気な表情で覗き込んできた。

よく見ると人の良さそうな初老の男性だったので、井山も気を許してつい言葉をかけた。

「あなたは、対局中に助言を受けたりしたら駄目なことくらい知っていたでしょう」

「悪気はなかったんです。全然悪気はなかったけど、次にどこに打っていいか分からず、それでついこっちがいいですかねえ、なんて相手に訊いてしまったんですよ。悪気はなかったけど、ただ自信がなかっただけなんです。これが私の報いなんですよ。でも仕方なかったんです」

そう言った途端に、次の瞬間には風に飛ばされて、初老の男の魂はいなくなっていた。

井山は気の毒に思ったが、どうすることもできなかった。

随分深いところまで下ってきたと思ったが、次の第五層でようやくまだ半分だった。

「ここは対局中に相手に難癖をつけたり、結果が気に入らなくて暴れたりした人が罰せられるところです」

目の前に悪臭を放つ真っ黒な沼があり、亡者が沼から顔を出すと鬼のような獄卒が棒で頭をつついて、沼の中に沈めていた。

獄卒の目をかすめて、沼辺に立つ井山の側に寄ってきた亡者が、泥だらけの顔を水面に出して話しかけてきた。

「ちょっと、ちょっと聞いてくれよ。本当は俺のほうが勝っていたんだよ。あの野郎、完全に負けているくせになかなか投了しないでしつこく打ち続けるから、こっちも段々苛ついてきて、早く投了しろって怒鳴ったんだよ。そうしたら、あの野郎、そんなの本人が決めることだって開き直るから、こっちも頭にきて、つい碁石を投げつけてやったんだよ。でもそんなの投了しないほうが悪いだろ。そう思わないか」

さかんに同意を求めるその亡者は、最後まで言い終わる前に、獄卒に棒でつつかれて、また沼に沈められてしまった。

対局中は冷静を保って、感情的になってはいけないという戒めだと井山は思った。

「さあ、臭くてたまらないから、早く次に行きましょう」

盛田に促された井山とあかねはその場を離れて、また崖伝いに下り始めたが、次の層は随分と深いところにあるようだった。

「この第五層までが上層部で、比較的罪が軽い人が罰を受けるところですが、第六層以降の下層部にはもっと罪が重い人が閉じ込められているんです。罪の重さに応じて、罰もより過酷なものになっていきます」

これまで見てきた場所も十分悲惨だったのに、これ以上過酷な場所など恐ろしくて近づく気がしなかった。


盛田に導かれた井山とあかねが第六層に辿り着くと、目の前に大きな城壁があって、それ以上進めなかった。鬼のような獄卒が律儀にその城門の守りを固めていたので、外側からは開けられそうもなかった。

「盛田さん、ここをどう抜けて行くんですか?」

盛田は渋い表情になった。

「あちらまで行く際には、ここをどう抜けるかがいつも最大の悩みの種なんですよ。でも今回はしっかり頼んでおいたので、大丈夫だと思います。少し待ちましょう」

三人は城門の前で腰を下すと、しばらく待つことにした。城壁の上からは鬼のような獄卒が怪訝な表情で三人を見下ろしていた。

こちらを覗き込んでいる、角の生えた獄卒の顔を見ているうちに、井山はとんでもないところに来てしまったと感じた。

何故こんなところに来てしまったのだろうか？

まさか地獄巡りをする羽目になるとは夢にも思わなかったが、ここを無事に抜ければ、極楽のような楽園が待っているのだろうか？

そんな夢のような場所なら、是非とも行ってみたい気がした。

そしてそこで未来永劫囲碁三昧の生活が送れたら、何という幸せであろうかと思った。

井山はあかねと身を寄せ合いながら、囲碁の神様が待つ高天原に無事辿り着くことだけをひたすら祈った。


するとその時、地獄の血なまぐさい空気の中に、香しい風が吹き渡ってくるように感じた。

井山が思わず見上げると、天女がユラユラと城門の上を舞っているのが見えた。

「あ、お母さん、私です、あかねです」

あかねは元気よく立ち上がると嬉しそうに天女に手を振った。

あかねに気がついた天女はニッコリ笑って手を振ると、手に持っている扇子を一振りした。

城門を守っていた鬼のような獄卒が恐れをなしてどこかに逃げ去る中、天女の一振りで、城門が開いた。

「あかね、待ってるから気をつけていらっしゃいね」

そう言い残すと、こんなところには一時も留まっていたくないとでもいうように、天女はさっさと飛び去って行ってしまった。

この先に無事辿り着けば、また母に会える。そう思った途端、あかねは元気を取り戻し、力を振り絞って先に進み始めた。


城壁を抜けると、茫漠たる荒れ野に出た。

「ここは終局後の整地の境界をずらして目数をごまかしたり、アゲハマをごまかしたりして不正を働いた者が罰せられるところです」

そんなごまかしをしようとしたことなど井山はなかったし、そもそもそんな不正を働くことができるのか疑問だったが、もしそのような不正が本当に行われたら、このような行為に対する神様の処罰は、マッタやハガシよりもずっと重いことは確かだった。

目の前の茫漠たる荒野の中には数多くの穴が点在しており、その穴の中に身体を横たえている亡者は、地の底から噴き出す業火によって焼かれていた。

不正は容赦しないという断固たる神の意志を感じた。

そこからまた崖を下って行くと真っ赤な血の河が流れる第七層に辿り着いた。

「ここは、対局中にカンニングを行って不正を働いた人が罰せられるところです」

グツグツと煮え立つ真っ赤な血の河の中でもがき苦しむ亡者たちが、大きな声で懺悔の言葉を口にしていた。

「俺は、どうしてもプロになりたかったんだ。プロになりさえすれば、活躍する自信はあったんだ。でもプロ試験だけは緊張して実力を発揮できなかったんだ。それくらい大したことじゃないから見逃してくれ。もう二度としないから。お願いだ。助けてくれ、助けて」

もがき苦しみながら必死に言い訳をする姿が何とも哀れだった。

煮え立つ河は熱くて仕方なかったので、三人は直ぐにそこを立ち去って第八層へと向かったが、次は随分と離れた深いところにあるようだった。


盛田に先導されて井山とあかねが険しい崖を下っていくと、巨大な怪鳥が彼等を見つけて近づいてきた。この怪鳥は、ここから逃げようとする亡者をついばむ役を担っているようで、大きな嘴で井山をつつこうとした。

「こら、何をしているのだ。控えろ」

盛田が一喝すると、巨大な怪鳥は井山を襲うのをやめた。

「この方はまだ生きていて、聖梵さんのところに向かっているのだぞ。ちょっとこの二人を乗せて、第八層まで運んでくれ」

おとなしくなった怪鳥に、盛田は言いつけた。

「私たちはこの崖を下りていくから大丈夫ですよ」

井山は恐ろしくて遠慮したが、盛田は聞かなかった。

「物凄い時間がかかるから、この鳥に乗って行きなさい。ちゃんと私の言いつけは守るから心配しなくても大丈夫ですよ。さあ早くあかねさんも乗ってください」

そう言うと盛田は強引に井山とあかねを怪鳥の背中に乗せた。

怪鳥が鋭い鳴き声を一つ残して崖から離れると、二人とも生きた心地がしなかったが、バサバサと大きな翼を広げて飛び立つと、怪鳥はゆっくりと旋回しながら、下へ下へと飛んでいった。


第八層に降り立った怪鳥は、そこで二人を降ろした。

井山とあかねは不気味な谷間で早く盛田が来ないかと不安な気持ちで待っていた。

深い谷間には、無数の炎が蛍のように揺れていた。よく見るとその一つひとつが人柱となって燃えていた。炎に包まれて苦しむ人柱がゆっくりと井山の目の前を通り過ぎていった。井山にはそれが、著名な碁打ちのように見えた。

「あの、もしかしてあなたはかつて『名人』と呼ばれた方ではないですか?」

井山は思わずその男に声をかけた。

炎に包まれた男は、亡霊のように立ち尽くすと、絞り出すように心情を吐露した。

「一生に一度だけ大きな過ちを犯したけど、あれは若気の至りだったんです。でも私はどうしても当主の後を継ぎたかったんです。それこそが私に課せられた義務だったんです。大きな責任を背負って大変な重圧を受けたけど、あの対局に負けるわけにはいかなかったんです」

そこまでなんとか口にすると、炎の苦しみに顔を歪めながら、その亡者は立ち去った。

いつの間にか二人に追い着いた盛田が、横で一緒に聞いていた。

「ここは八百長をして勝敗の結果を欺いた者が罰せられるところです。神聖なる囲碁の世界では絶対に許されない行為です」

井山は黙って頷いた。

「さあ、それではこれから、第九層へと下りて行きましょう。いよいよ地獄の最深部です」


三人で第九層に下りて行くと、そこは凍てつく氷に閉ざされた極寒の世界だった。

正面には、凍りついて動きを止めたヤマタノオロチが八本の首を出しており、首から下は氷の中に埋まっていた。その周りには同じように氷に閉ざされて身動き一つできない亡者がひたすら地獄の寒さに耐えていた。

「ここは囲碁がもとで相手を殺してしまったり、そのいざこざが原因で戦争まで起こした人が罰せられるところです。いくら勝負にこだわっても、相手を殺すようなことは絶対にあってはならないです」

「そんなことが本当にあるんですか？」

「最近は聞かないですけど、過去には囲碁の勝負が原因で碁盤を投げつけて相手を殺したりとか、またそれが原因で国同士の戦争にまで発展したことがあったんです」

そう言うと、盛田は凍りついたオロチの首に飛びついた。

「さあ、井山さんとあかねさんも私に続いてください」

盛田が何をしようとしているのか分からなくて、困惑した井山とあかねはただ茫然と眺めていた。

盛田は身体を逆さまにすると、オロチの首にしがみついて下のほうへと下りていった。

こんなところに置いていかれたら大変だと思った井山はあかねと共にオロチの首にしがみついた。頭を下にして氷の中へ下って行くと、気がついたら世界全体が反転して、井山はいつの間にかオロチの尾に向かって上に上っていた。

オロチの尾の先には地殻の隙間があり、そこを潜り抜けると井戸の底のような狭いところに出た。

三人は切り立った崖伝いの上り口を辿って、暗い洞窟の中をひたすら上を目指して上って行った。

随分と長いこと黙々と上っていくと、頭上の遥か先に一点の小さな光が見えてきた。

それはいよいよ地獄からの脱出が近いことを告げる希望の光だった。

井山は力がみなぎるのを感じて光に向かって歩みを早めた。

光の輪は近づくほどに大きくなり、最後は火口のような開けた場所に出た。

洞窟を完全に抜け出ると、明るい陽の光が差す中、目の前に大きな山が聳え立っていた。

「これで地獄を無事脱しました。ここから先は煉獄を上っていくことになります」

地獄を抜け出たところで、身を清めて穢れを落とした三人は、目の前の山を登り始めた。

盛田を先頭に、井山とあかねが煉獄の山を登って行くと、彼等と並ぶように、地獄往きを免れて煉獄へと送られてきた数多くの亡者が列をなして上っていくところだった。

同じようなボロをまとっていたが、地獄の亡者よりも身だしなみは随分良かったし、何よりここで生前の行いを悔い改めて精進すれば、高天原にまで登れる可能性が残っているとあって、どの顔も輝きに満ちていた。

登山道をひたすら登る亡者は誰もが詰碁や棋譜の本を手にして自分の世界に没頭していた。

途中で休憩できる広場が何か所かあったが、どの広場でも溢れかえるほどの数の亡者が対局を行って、自らの弱みを謙虚に反省していた。

井山は煉獄の亡者が夢中になって囲碁に没頭している姿を見て感心した。

「どの人も凄く熱心ですね。なんか『らんか』でリーグ戦に参加している人たちを思い出しますよ」

「あんなに熱心に囲碁に取り組む姿を見ていると、井山さんは自分の姿と重なるんじゃないですか?」

あかねが冗談のように言った。

「いや、そんなことないですよ。でもあれだけ熱心に囲碁をやっていれば、皆さん直ぐにでも煉獄を抜け出すことができそうですね。どれくらい強くなれば高天原に行けるんですか?」

井山の質問に対して、盛田は振り向くことなく、前を見て歩きながら答えた。

「煉獄に行くか高天原に行くかには囲碁の強さは関係ないし、囲碁に対する愛情も斟酌されません。囲碁を打つうえでの心構えが正しくない者が煉獄に送られて、ここで深く反省することで高天原へと行くことができるのです」

「囲碁を打つうえでの心構えというのは何ですか？」

「一番強く戒められているのが高慢です。どんなに強くなっても謙虚さを忘れた者は高天原へは行けません。あとは嫉妬と怠惰です。どうやっても敵わないライバルでも妬んではいけないし、ついつい怠けてしまうことも許されません」

井山は盛田の説明を聞きながら、思わず深く考え込んでしまった。

確かに自分は強くなったし、名人も獲得したが、これまでどれほど、負けては相手を妬み、勝っては驕り高ぶったことだろうか？

今は幸い生きたまま地獄と煉獄、さらには高天原までを巡る機会に恵まれたが、果たして自分が本当に死んだ時は、すんなりと高天原に迎え入れてもらえるだろうか？

これまでの自分の心根を振り返ってみても、井山にはとても自信はなかった。せめてもの救いはこれまで燃え尽き症候群に陥ったことはあったが、こと囲碁に関していえば、決して怠けたことはなかったし、不正も働いたことはないということだった。

地獄行きは免れたとしても自分の行き先は煉獄が妥当ではないかと思った。

井山が考え事をしながらゆっくり歩いて行くと、盛田がカーブを曲がった上り坂の途中で立ち止まっていた。

よく見ると、鮮やかなオレンジ色に光り輝く温かな陽射しが斜めに照りつけていた。

この時ばかりは煉獄の亡者も歩みを止めて、手にした本から目を離すと、一斉に沈みゆく夕陽へと目を向けていた。

亡者の白い衣服が全てオレンジ色に染まって綺麗だった。

亡者の目には間もなく手に入るかもしれない希望の光のように見えたであろう。井山もまた同じく希望に心を奮い立たせた。

こんなところなら、煉獄も案外悪くないかもしれない。井山は煉獄に送られたとしても、あまり落ち込まないように、心の準備だけはしておこうと思った。

煉獄の一番の高みまであともうひと息というところまで来ると、山はますます険しくなり、道はますます細くなっていった。

最後には崖にへばりついて、足の幅もないほどの細い道に辛うじて指を引っかけて踏ん張っているような状態となった。

へばりついている崖にはところどころ穴があり、その穴から不規則に火が噴き出していた。

亡者は火を恐れてそれ以上進むことができず、引き返す者が多かった。果敢に進んで行った者も噴き出した火に焼かれて大火傷を負う始末だった。

火に焼かれても、それが未来永劫の責め苦である地獄と違って、いつかは治癒することもあるだろう。そればかりかこの試練を克服できた暁には、ここから脱出できるという希望がある分、まだここの亡者には明るさが残っていた。

井山は断続的に火を噴き出す穴を前にして、恐ろしくてそれ以上進めなくなった。

盛田は何事もないようにそこを通り過ぎると振り返った。

「井山さんもあかねさんも火に焼かれることはないから、勇気を出して通り抜けてください」

「そんなこと言われても、丸焼けになっちゃいますよ」

井山は震えながら答えた。

「大丈夫ですから、私を信じてください。何より自分自身を信じるようにしてください。あなたたちは高天原に行くべく選ばれた者なんです」

思えば、「らんか」に迷い込んだことも、囲碁を始めたことも、そして夢中になって囲碁にのめりこんだことも、中国へ転勤したことも、全ては運命だったのだ。

その運命の積み重ねの上にここまで辿り着き、この火を恐れず通り抜ければ、自分が見たいと思っていた世界に入って行けるのだ。

井山は振り返ってあかねを見た。

あかねは怯えて震えていたが、瞳の中の希望の焔はしっかりと燃えていた。

あかねも自分の運命を信じているようだった。

考えてみれば、麗子やさゆりではなく、最終的にあかねが選ばれたこともまた、運命に違いなかった。

井山は意を決して、噴き出す炎の前を横切った。

猛烈な勢いで噴き出す炎が、井山の身体を包んだが、不思議と熱さは感じなかった。

続いてあかねも無事そこを通り抜けた。

最大の難所を無事通り抜けて安堵した二人は、最後の力を振り絞って、切り立つ崖沿いの急斜面を登って行った。

頂上に辿り着くと、突然視界が開けて、目の前には、うららかな春の陽光に照らされた、生命の息吹に溢れた草原が広がっていた。見上げると、そこには今まで見たこともないような、綺麗な水色の雲がたなびく心地良い春の空が広がっていた。

緑色に光り輝く草原には、色とりどりの美しい花が咲き乱れ、小鳥たちが遊ぶ木々の小枝には、香わしい匂いの果実が豊かに実っていた。

まさに地上の楽園だった。

遂に高天原に辿り着いたのだ。

第六章

高天原を前にして盛田が井山とあかねに声をかけた。

「私の役割はここまでです。それでは気をつけて行ってください」

そう言った瞬間、盛田の姿は見えなくなった。

井山とあかねが軽やかな気分で高天原の草原を歩いていくと、小川の向こうに光り輝く天女が現れた。あかねが大きな声で呼びかけた。

「お母さま、あかねです」

天女はニッコリと笑った。

「あかね、よく来たわね。無事で何よりです」

そう答えてから、天女は続けて井山に向かって声をかけた。

「井山さん、お待ちしてました。これから主人のところにご案内します」

天女の指し示す方向に向かって、井山はあかねと共に小川に沿って歩いて行った。

しばらく行くと、大きな広場に出た。そこでは多くの人が春の陽気に誘われてピクニックにでも来たように寛いでいた。

中にはおしゃべりをしている人もいたが、ほとんどの人が、ベンチや草原に座り込んで囲碁の対局を楽しんでいた。

その光景を見て、井山は幸せな気分に包まれた。

そこは、文字通り地上の楽園だった。

草花が咲き乱れ、小鳥のさえずりが聞こえる春のうららかな陽気の中、思い思いに対局を楽しんでいる人たちの姿を見ているうちに、井山は、以前ここを訪れたことがあるように感じた。

「あかねさん、なんだかここにいると懐かしい気持ちになりませんか。さっきから、ここに来たことがあるような気がしているんですよ」

「子供の頃の幸せな記憶じゃないですか。きっと小さな頃、親御さんにこんな草原に連れて来てもらったことがあったんですよ」

向こう岸で二人の会話を聞いていた天女が突然笑い出した。

「井山さんはもう、忘れてしまったんですか？」

天女の言っている意味が分からず、井山は呆けた顔をした。

「二年ほど前に一度ここに来たことをもう覚えてないんですね」

井山はその場で卒倒しそうになり、思わず天女に問いかけた。

「それはどういう意味ですか？　私はここに来たことがあるということですか？」

天女は軽やかに笑った。

「井山さんが初めて囲碁を打った時ですよ。その後何日も寝ないで囲碁に没頭する姿を見て、囲碁の神様が興味を抱いて、こちらに呼んだんです。生きた人がこちらに来るなんて本当に珍しいことだけど、神様は誰も想像しないようなそんなハプニングが大好きなんです。私もその時から、井山さんを応援するようになったんですよ。井山さんはその時に、絶対に囲碁が強くなって、あかねを救い出してくれるって、約束してくれたんです。だからこれからもあかねと一緒に『黒い扉』を守っていってほしいと思っているんですよ」

その言葉に井山は仰天したが、もっと驚いたのはあかねのほうだった。

真っ赤になると、照れながら母親に向かって叫んだ。

「お母さま、そんないい加減なことを仰らないでください。現に井山さんは全然覚えていないじゃないですか」

「井山さんはここを離れる前に、その小川の水を飲んだんですよ。そうするとここでの記憶は失われてしまうんです。でも囲碁への情熱だけは忘れなかったようですね」

そう言われると、井山には思い当たる節があった。

初めて「らんか」を訪れた時に、囲碁の魅力に取り憑かれ、うまく麗子に乗せられたこともあって、中毒患者のように夢中になって打ち続けてしまったが、ある日アパートで目覚めたら、いつの間にか一か月も経っていた。

しかし後に再び「らんか」を訪れると、鈴木や松木からは、一か月も「らんか」に来なかったから、もう囲碁をやめたのかと思ったと言われたのだ。

その時は少し不思議に感じたが、対局部屋と雑魚寝部屋を往復する中で、たまたま彼等と会わなかっただけだと思ってあまり気にしなかった。

しかしよく考えてみれば毎日カウンターに陣取っている鈴木や松木と一度も顔を合わせないというのも奇妙な話だった。

その時は、会社を一か月も休んでしまったことのほうが大きな問題だったのでそれ以上深く考えることはなかったが、高天原にいたということなら、確かに辻褄が合う。

しかし、囲碁を始めたばかりの段階で、大胆にもあかねを救い出すなどと大言壮語をしたことは全く覚えていなかった。

井山は赤くなって照れているあかねの顔を見た。

あかねと一緒に「黒い扉」を守っていくかどうかは、無事に生きて帰ることができて、なおかつこのことを忘れていなかったらその時にまた改めて考えたほうが良さそうだった。

この件に関してはいくら天女が望んだとしても、麗子や星飼も絡んでくる話なので、おいそれと井山とあかねの二人だけで決めるわけにはいかなかった。

しかし天女はもうすっかりその気になって、まるで井山とあかねが夫婦になることを前提としているかのような話し振りだった。

「今、私たちがいるのは、高天原の一番下の層になります。大体、二十級から十五級くらいの方がここにいるんです。井山さんも最初はここで打っていたんですよ」

井山にはその時の記憶はなかったので曖昧に頷くと、天女がさらに説明を続けた。

「高天原に迎え入れられるかどうかの基準に、実は囲碁の強さは関係ないんです。皆、囲碁を愛していることは勿論ですが、それに加えて、不正を働くことなく、清く正しい心で囲碁と向き合っていることが何より大事なんです」

「勝って驕り高ぶったり、負けて妬んだりしない善き心ということですね」

「まさにその通りです。さすがに井山さんはよく分かってますね。あかねが見初めただけのことはありますね」

それは違うんじゃないかと井山は思ったが、天女は満足そうに笑顔で続けた。

「高天原自体は何層もの重層構造になっていて、強くなるにしたがって、上の層に行くようになっているんです」

天女の話を聞いて、井山はまるで「らんか」のリーグ戦のようだと思った。

天女に促されて、川幅が狭いところで小川を飛び越えると、そこには華麗な装飾がほどこされた、牛車のような乗り物が用意されていた。

牛車を引く牛はいなかったが、井山とあかねは天女と共にその車に乗り込んだ。

母親と久し振りに再会したあかねには、積もる話が山ほどあったが、二人で落ち着いて話している暇はなかった。

三人が乗り込むと、その乗り物は音もなく宙に浮いて、次の瞬間ゆっくりと前後左右にグラインドするように揺れた。

驚いた井山とあかねは、思わず座席にしがみついたが、眩い光が目の前で一閃したかと思うと次の瞬間、宙に浮いていた牛車は落下して大きく揺れた。

「大丈夫ですか？」

心配そうに井山の顔を覗き込む天女に向かって、席にへばりついていた井山は姿勢を正した。

「私は大丈夫ですけど、故障でもしたんですか？」

「いいえ、一つ上の層に上がったのです」

確かに、辺りは先ほどと似たような草原だったが、違う場所のようで、陽射しも少し強く感じられた。

「ここは十級くらいまでの人がいる層です」

その後も牛車は宙に浮いては、大きく揺れて落下することを繰り返し、一つずつ高天原の層を上へ上へと上っていった。

有段者のいる層になると層の刻みは段々と細かくなり、しかも一段の違いはより顕著になっていった。

井山には、上の層に行くほど、厳かで光り輝く恩寵に満ちた場所になっていくように感じられた。

天女の案内で高天原を巡って一段ずつ層を上がっていきながら、井山は「らんか」で一つずつ段位を上がっていった自らの闘いの軌跡を重ねていた。

高天原で何度も上昇を繰り返したすえに、天女は井山に向き直って改めて威儀を正すと、厳かな顔つきで語りかけた。

「ここは、八段の人がいる層です。残す層はあと一つですが、そこには名人と認められた者しか行くことができません」

いよいよ高天原の最上層、神に一番近い場所にあと少しのところまでたどり着いたのだ。

井山は感無量だった。

その瞬間、麗子が言っていた「奥の院」というのは、厳密にいうと、この高天原の最上層のことなのではないかという思いが頭をよぎった。

しかし次の天女の言葉で、高揚感に包まれていた井山は、一気に奈落の底へと突き落とされた。

「これから、井山さんが最上層に昇る資格があるかどうかを判定するために、ここで試験碁を行います。全部で三局ですが、勝ち越せば上にあがることが許されます」

井山に質問する暇も与えず、天女は素早く牛車から降りた。

釈然としない表情であかねと顔を見合わせた井山も、仕方なく牛車から降りた。

天女はそのまま黙って、井山とあかねを伴って、目の前にある立派な御殿のような建物の中へと入っていった。

御殿の中には、広大な日本庭園を望む豪華な大広間があり、そこで三人の男性が畳の上に正座して待っていた。

その顔を見た途端、予想していたとはいえ、井山は驚きを隠せなかった。

一人は知らない男だったが、あとの二人は藤浦と賜だった。

藤浦聖梵は、麗子の父親なので、本当は若菜聖梵かもしれないし、さゆりやあかねの父親でもあるから、早乙女なのか、はたまた天方なのかよく分からなかったが、いずれにせよ、毘沙門天の生まれ変わりということだった。

一方の賜は、四天王の一人である持国天の生まれ変わりだと盛田が言っていた。

盛田も増長天の生まれ変わりということなので、目の前の知らない男は、残る広目天の生まれ変わりに違いないと井山は察した。


豪勢な大広間の中で正座していた藤浦が井山に声をかけた。

「井山さん、お久し振りですね。井山さんなら必ずここに来ると思ってお待ちしていましたよ」

井山は、放火犯と分かった今となっては、藤浦の以前と変わらぬ親しげな態度に違和感を覚えた。

あかねもようやく会えた父親に訊きたいことが山ほどあったが、今はとても言い出せる雰囲気ではなかった。

井山が厳しい口調で詰問した。

「藤浦さんも賜さんも、何故放火なんて荒っぽいことをしたんですか？　それでどれほど麗子さんやさゆりさんやあかねさんが辛い想いをしたか分かっているんですか？」

藤浦は顔を曇らせてあかねを一瞥し、申し訳なさそうな表情をしたが、井山に向き直ると信念に満ちた声で答えた。

「これには深い事情があるんですよ。恐らく井山さんもその事情を知れば、私たちと同じ考えになると思います。

その前に井山さんには私たちの仲間になって、一緒に最上層へと昇ってもらわなければなりません。そこで何が起こっているのかを目の当たりにすれば、井山さんにも賛同してもらえると信じています」

どうやら、井山がこの試験碁を勝ち抜かなければ、何も教えてもらえないということのようだった。

井山は憤然として、藤浦を睨みつけた。

折角ここまで苦労して昇ってきたというのに、互先で藤浦、賜という底知れぬ力を持つ相手を倒さなければ、全ては水泡に帰すということなのだ。

畳敷きの大広間の真ん中には、細密な文様が施され、数々の宝石で飾られた碁盤がポツンと一つ置かれていた。

正座する三人の守護神と突っ立って対峙していた井山は、黙って碁盤に近づくと、分厚い座布団の上に正座した。

最初に井山の前に座ったのは賜だった。

賜とは井山が五段の時に三子で打ったことがあった。当時の井山は正式段位こそまだ五段だったが、対抗戦を前に非公式な練習対局を繰り返していたので、その実力は七段に迫るものがあった時期である。

最終的に井山は辛うじて勝つことはできたが、そんな井山相手に三子で互角の闘いを演じた賜は、九段どころか、十段の実力があるかもしれなかった。

あかねは、人間の読みを遥かに超える力を持つ守護神に対して、今の井山がどこまで通用するのか是非とも見てみたいと興味津々だった。人工的にパワーアップを施された井山は、ある意味、人類の未来を先取りした存在といえる。あかねはパワーアップした人類と守護神による初の対局に立ち会って歴史の生き証人となる幸運に恵まれたことに興奮を隠せなかった。

握って井山の黒番になった。

井山は賜の強さを警戒して慎重に打っていったが、対する賜も無理せず井山の手についていき、あくまでも細かい碁を目指しているようだった。無理せずとも、うまくヨセれば十分勝てるとみているのだろうと井山が考えていると、次の瞬間、賜はとんでもなく場違いなところに打ってきた。

賜特有の意味不明の一手だが、この謎めいた一手に惑わされてペースを乱した星飼が敗れていった時のことを井山はよく覚えていた。

井山はその一手の意味を真剣に読み始めた。

幸いなことに高天原では、どんなに時間をかけて読んでも、疲れることも頭が痛くなることもなかった。

　真剣に読み続けて頭が焼き切れそうになったことを思い出しながら、井山はふと、もう自分は元の世界には戻れないのではないかと感じた。

　この後展開されるあらゆる可能性を先の先まで読んでいくうちに、井山はその手に秘められた賜の恐ろしい企みに気づき、それではどう対応したらよいかと、またあらゆるパターンを検討し始めた。

　どう打っても賜が打ったその石が働いて、自分のほうがよくなる図が見えなかったが、読みの範囲を広げてみると、最初は選択肢から外していた手の中に、この窮地を脱する妙手があることに気がついた。

　井山が次の一手を放つと、今度は賜が驚きの表情を見せ、そこから長考に入った。

　どうやら井山の一手は、賜の読みに入っていなかったようだ。

　横で見ていた藤浦も、この一手に驚きの表情を見せた。

　そこから「らんか」でもみせたことがないほど長い時間考え続けていた賜は、険しい表情のまま苦肉の一手を打ってきた。

　またしても紛らわしい一手だった。その手の意味がよく分からず、そこから再び井山の長考が始まった。

　そのようにお互いの読みを外し合う、深く長い読み合いの応酬と共に、盤上では複雑に石が乱れ合う闘いが延々と続いた。

こうなってくると、あかねにはとても読み切れず、どちらが優勢なのかサッパリ分からなかった。やがて狐と狸の化かし合いのような、相手の読みの裏をかき合う闘いも一段落すると、それなりの分かれとなり、大ヨセに入っていった。

コウがいくつも絡む難しいヨセがしばらく続いて、どちらに転ぶか予断を許さぬ展開となったが、ヨセの途中で突然賜が投了した。

このまま最後まで打っても、井山の一目半のリードはまず動かないと判断したようだった。

「井山さん、それにしても強くなりましたね。私も人間に負けたのは久し振りだけど、井山さんは人類にとって希望の光ですね」

賜はサバサバとした表情で井山を称えた。

おそらく現時点における最高レベルの囲碁対決を、こんなに間近で見ることができて、あかねは感激した。

次の対戦相手は藤浦だった。

藤浦からは懇切丁寧に指導してもらったので、井山は深い恩義を感じていた。

本気になって打てば、藤浦は「らんか」のリーグ戦で直ぐにでも優勝できたのだろうが、藤浦の目的はそこにはなかったので、あまり真剣に打っていなかったのだろう。

藤浦が本気になると、どれほどの力を発揮するのかは、リーグ戦で福田の全勝を止めた対局で垣間見た気がした。

本当のところ藤浦が何を考え、これから「黒い扉」をどうしたいと思っているのか、井山は是非とも訊いてみたかった。それを教えてもらうためにも、井山にとってこれは絶対に負けられない勝負だった。

握って黒番となった藤浦は、一手目を右辺の星の一路左に打ってきた。

井山が麗子から教えてもらった門外不出の「秘儀」だが、麗子やさゆりより、父親のほうが遥かにこの「秘儀」に精通しているに違いないので、井山の警戒心は自然と高まった。

とことん隅で地を稼いで、後から中央の模様を消しに行くか、それとも最初から中央に厚みを作らせないように中央志向でいくか井山は迷った。

もし井山が中央志向で打っていくと、その時は藤浦もどこかで方針転換して、隅や辺で地を稼ぐように切り替えるのだろう。そうなれば今度は藤浦の隅の地を荒らしにいく展開になるのだろうが、隅や辺の地と中央の厚みを、どの程度のバランスで打っていくかの見極めが非常に難しかった。

この布石をよく知る藤浦は、相手が打ってくる手に応じて、どの時点でどちらに切り替えれば確実に勝てるのかというセオリーを確立していると思われるので、井山は相手が熟知している布石に対して、あらゆる手を読んで対応することは無理だと感じた。

そこで井山は、取り敢えず相手に大きな模様を作らせないことを第一に考えて、相手の石を分断することを意識して打ち進めていった。

その結果、お互いの石が分散して、中央で藤浦に大きな模様はできそうもなかったが、井山のほうも薄くなって、いくつかの石が孤立する碁形になっていった。

藤浦はそれを見て方針転換すると、急に隅や辺で地を稼ぎだしたので、井山も今度は相手の地に打ち込んで、大きな地を作らせないように荒らしにいった。

すると藤浦はまた一転して、中央に取り残された井山の孤立した浮石に狙いを定めて大きく攻めてきた。

これでは藤浦が打つ手に対応するばかりで、完全に相手のペースに振り回されるだけだった。

井山は何とかこの局面を打開したいと思って長考に入った。

攻めの対象になっている浮石を丸ごと取られるとさすがに藤浦の地が大きくなりそうだが、相手にも孤立した弱い石があるので、井山は先にその藤浦の弱石を攻めようと考えた。

お互いに相手の弱い石を取り込むと、井山のほうが大きな地になりそうだが、さすがに藤浦の石を全部殺すことは難しそうだった。隅でシノギの手段があるので、コウにされるだけでも井山に勝ち目はなさそうだった。

本当に相手にシノガれてしまうのかと、井山は先の先まで長い時間をかけてあらゆる手を読み続けた結果、全然関係ないところに一手入れておけば、藤浦の石を完全に殺せることを読み切った。

問題はそうと気づかれずにどうやってそこに手を入れるかだった。

井山は自分の弱石を捨て気味に打ちながら、相手の石にくっつけて紛らわしい闘いを起こし、その過程で最初に睨んだところに石を持っていくように仕掛けた。

井山がなぜそんなところで闘いを起こしたのか、藤浦はその意図を読み取ろうと必死に考えたが、よく分からなかった。

藤浦は自分の弱石のシノギはすでに読み切っていたので、遠慮なく井山の浮石を丸呑みにすべく打っていった。

その過程でかねて井山が置きたいと思っていた場所に石がきた。その瞬間、井山は猛然と藤浦の弱石を取りにいった。藤浦はシノギを読み切ったつもりでいたが、井山が普通ではありえない形で自分の陣形を突破される手を許すと、全くの予想外の展開となり、石が逃げる先には絶妙なところに井山の石が待っていたため、藤浦の大石は頓死してしまった。

さすがに井山が取りかけにきた時点では、藤浦はこんな手までは読んでいなかった。最終的にまとめて大石を取られた藤浦は、そこで投了した。

「井山さん、随分先の先まで読めるようになりましたね。とても人間業とは思えないですね」

藤浦は感嘆の声をあげた。

井山に目をかけて指導を続けてきた藤浦にとっても嬉しいことだったが、こんなに短期間で強くなったことを不思議に感じて理由を問うと、井山は正直に答えた。

「実は脳の活動を活性化する薬を飲んで、物凄い先まで読めるようになったんです。今のところその薬の効果が上がっているのは世界中で私だけなんですよ」

藤浦は困惑の表情を見せた。

「それで、こんなに強くなったんですね。だけど薬というのはどうなんだろう」

賜も判断がつきかねて、困惑の表情を見せた。

「でも危険ドラッグのような禁止薬物ではないんですよ」

井山の必死の訴えに対して、藤浦はサバサバとした表情で、自分を納得させるように呟いた。

「確かに、薬の使用が理由で地獄や煉獄送りになる決まりはないから、今のところ必ずしも不正とは考えられていないですね」

こうして賜と藤浦に連勝した井山は早くも勝ち越して、最終対局を待たずに最上層行きを決めた。

「それでは、あの牛車に乗って、上に参りましょう」

藤浦が嬉しそうに井山に声をかけた。

「お父さま、私も連れて行ってください」

対局が終わるまでじっと待っていたあかねが、堪らず藤浦に声をかけた。

「そこがどんなところか私も見てみたいんです」

藤浦は、黙ってあかねに近づくと、固く抱きしめた。

「あかね、お前にはこれまで随分と苦労をかけてきたね。父さんのことを許しておくれ」

藤浦に抱きしめられたあかねは涙を流しながら黙って頷いた。

「囲碁を守るために仕方なかったんだ。本当に申し訳なかったと思っているよ」

あかねは頷きながら、父親の顔を見た。

「私もそのことはよく分かっています。そのためにこれまでも我慢することができました。だから、そこがどんなところで、何故私がそんな目に遭わなければならなかったのか、この目ではっきり見てみたいんです」

藤浦は困惑した表情を見せた。

「お前には、ただでさえこんなに苦労させたのに、こんなことを言うのは、父さんも本当に心苦しいんだけど、残念ながら、そこは認められた者しか入ることができないんだよ」

「それでは、せめて、何があったのかお話しいただけませんか？」

あかねは食い下がったが、藤浦は申し訳なさそうな顔をすると優しくあかねの頬を撫でた。

「そうしてやりたいけど、そこで見たこと聞いたことは、他言無用との掟があるのだよ。そうでなければ守護者は務まらないからね。これは厳然たる掟で破ったら大変な罰を受けることになるんだ。残念ながらお前にここで話すことはできないんだよ」

藤浦は本当に申し訳なさそうにあかねを見つめたあとに、井山に向き直った。

「井山さんもよく覚えておいてほしいけど、この高天原で見聞したことは、一切他言無用だからね」

井山は黙って頷いた。

茫然と立ち尽くすあかねを残して、藤浦と賜は井山を促して牛車に乗り込んだ。

「お母さんからよく話を聞きなさい。時間はたっぷりあるから」

藤浦は慰めるようにあかねに声をかけた。

「あかねさん、きっと戻ってくるからここで待っていてください」

牛車の窓から井山が顔を出して声をかけると、あかねは目を真っ赤に腫らして涙を流しながら小さく頷いた。

「大丈夫です。待つことには慣れてますから」

そんなあかねを天女が優しく抱き寄せた。

音もなく宙に浮いた牛車は、次の瞬間、あかねの視界から突然消えた。


牛車は一瞬大きく揺れて、眩い稲妻を放つと、地面に着地した。

ようやく高天原の最上層、数々の神が集う場所に到着したのだ。

ここここそが、麗子が囲碁の神髄に触れる場所と称した「奥の院」であり、同時に歴代の囲碁名人が集う場所でもある。

井山は今、その憧れの場所にようやく入ることを許されたのだ。

そう考えると、興奮を抑えることができなかった。

牛車が止まったのは小高い丘の上で、眼下に広がる手入れの行き届いた広大な庭園では、百人あまりの棋士が集まってセレモニーが行われていた。

井山が振り返ると、藤浦が説明をしてくれた。

「丁度、総当たりのリーグ戦が終わったところで、表彰式が行われているんですよ。表彰式が終わると、それから大宴会が始まります」

「総当たりのリーグ戦ということは、ここにいるこの百人あまりの人達が全員対局したということですか？」

「そうです。時間はいくらでもありますからね。歴代最強の棋士を決める壮大なるリーグ戦ですよ」

藤浦は嬉しそうに答えた。

「全ては、囲碁の神様が、歴代で最強の棋士は誰なのか見てみたいと言い出したところから始まったんです」

「つまり、過去最強といわれた棋士が一堂に会して、直接総当たりのリーグ戦を闘って、誰が本当に一番強いか決めているということですか？」

藤浦は楽しそうに笑った。

「そういうことです。どうですか、皆、実に楽しそうでしょ。お互いに現世でのしがらみや遺恨は全て封印して、公平、公正な条件のもと、己の実力だけを頼りに真剣勝負に臨んでいるんです。闘いを終えた後に行われる大宴会では、最後には囲碁の神様も祝辞を述べに現れると思うけど、参加者の顔を見てくださいよ。勝った者も負けた者も実に清々しい良い表情をしているでしょ。皆、時間が経つのも忘れて、何日にもわたってひたすら囲碁だけに没頭して、ナンバーワンの座を競った戦友なんです。これぞまさに囲碁の神様が夢見た『爛柯の宴』ですよ」

「確かに、それは夢のようなお話ですね。さながら囲碁版『フィールド・オブ・ドリームズ』といったところですね」

「囲碁の神様だけでなく、私たちも大興奮しながら見ていたんですよ。元禄の天才本因坊道策と、幕末の天才本因坊秀策ではどちらが強いのかとか、木谷實と呉清源が編み出した新布石に、囲碁史上最大の天才といわれている道的がどう対応するのかとか、ともかく興味は尽きなかったですね。吐血の局で有名な本因坊丈和と赤星因徹の因縁の対決や、名人級ながら二人とも名人になれなかった本因坊元丈と安井仙知の宿敵対決など、どれも見所満載でしたよ」

「話を聞いているだけで、なんだかワクワクしてきますね」

「団体戦も白熱した大熱戦の連続で、面白かったですよ。本因坊道策とその弟子の小川道的、佐山策元、星合八碩、桑原道節といった元禄の天才集団と、本因坊秀和、秀策、秀甫、秀栄といった幕末の天才集団の激突は特に目が離せなかったですね」

井山は、そんな夢のような団体戦を実際に観られるなら、どんなに高額チケットでも手に入れたいと思った。

「名人碁所を巡って場外乱闘を演じた、本因坊丈和と玄庵や赤星因徹、その師匠の本因坊元丈と安井仙知が活躍した文政・天保時代も囲碁の黄金時代だから、物凄いメンバーが揃っているけど、色々な遺恨があってチーム結成は難しいと思っていたんですよ。ところが最終的にライバル同士が和解して仲良くチームを作ることになったんです。その黄金世代と木谷實、呉清源、坂田栄男、藤沢秀行といった昭和の天才集団の闘いもなかなか見ごたえがありましたよ」

井山は想像するだけで堪らなく幸せな気持ちになったが、時代を隔てた棋士の対戦は不公平にも思えた。

「でも新しい時代の人のほうが、定石や布石の蓄積があるから有利ですよね」

「そうそう、そこなんですよ。どうしても知識の蓄積にかたよりが生じて不公平になってしまうので、少しでも条件を公平にして真の囲碁の実力を見てみたいと思った囲碁の神様が思いついたのが、『黒い扉』を設けて、現世と自由に往来できるようにすることだったんです。そうすれば、ここにいる者が誰でも公平に最新情報に触れられるようになりますからね」

「そのために『黒い扉』を造ったんですか?」

井山は驚きの声をあげた。

それだけのために現世と冥界をつなぐルートを作るなどという発想は、囲碁の神様にしか思いつかないことだろう。そうして江戸時代の棋士も最新布石を勉強し、ＡＩ流を学ぶことができれば、時代間のハンディが解消され、同じ知識を前提にして誰が本当に強いのかを判定する勝負が可能になることは確かだった。

「人の一生は短いので、生きているうちにできることには限界があるけど、これだけの天才たちが囲碁の最新理論を取り入れて、無限の時間の中で切磋琢磨すれば、必ずや神の領域にまで達する者が現れて、囲碁の発展、繁栄に結びつくだろうと、囲碁の神様は期待したんですよ」

「だからこそ、『黒い扉』を守ることが、囲碁の発展につながると思ったんですね。それなのに、どうしてそれを壊そうと考えるようになったんですか?」

突然の井山の質問に、藤浦と賜は顔を見合わせたが、最初に答えたのは藤浦だった。

「コンピューターの登場ですよ。こんなものが出て来たら、そのうち誰もコンピューターに敵わなくなって、囲碁がすたれていってしまうのではないかと危惧したんです。最初にこの問題に気がついて、『黒い扉』を破壊したほうが良いと考えたのは実は私なんですよ」

「それはいつのことですか?」

井山が思わず質問すると、今度は賜が答えた。

「聖梵さんが最初にそのことを心配したのは、一九九七年にIBMのディープブルーがチェス世界チャンピオンのカスパロフを破った時です。このままいったら人間は囲碁でもコンピューターに敵わなくなる時代が来るんじゃないかと言い出したので、私は一笑に付して彼を諫めたんです。チェスより囲碁のほうが遥かに複雑なので、いくらコンピューターの性能が上がっても、人間が負けることなどあり得ないと思ったんですよ」

「ところが、二〇〇七年に衝撃の事件が起こったんです」

二〇〇七年といえば、藤浦が旅館と置屋と神社の三か所に放火して全て未遂に終わった年だった。

アルファ碁が登場して世界チャンピオンのイ・セドルを破ったのは二〇一六年のことだから、そのおよそ十年近く前のことだが、一体何があったというのだろうか?

「井山さんはチェッカーというボードゲームをご存じですか？」

「いや、知らないですけど、どんなゲームですか？」

「八かける八のマスにお互い駒を置き、相手の駒を飛び越して取るという単純なゲームなんですが、このゲームはチェスより簡単なので、チェスより三年早く、九四年に世界チャンピオンがコンピューターに敗れているんです。ところが衝撃的なことに、二〇〇七年にコンピューターが、お互いに最善を尽くしたら必ず引き分けになることを証明してしまったんですよ」

「それで、それ以降チェッカーをやる人がいなくなったんですね」

「そうなんですよ。ゲームの完全解が見つかるということは、そのゲームの死を意味しますからね。だって考えてみてくださいよ。もし囲碁の完全解が見つかって、コミが六目半なら必ず先番が勝つと分かったら、もう誰も囲碁をやらなくなりますよね」

確かにそうかもしれなかった。

井山は想像してみた。

お辞儀をして対局前の握りを行い、井山は黒石を一つ差し示す。

相手が掌に握った白石を数え始め、緊張の時間が流れる。

二十個だから偶数。はずれだ。

井山は負けましたとお辞儀をして席を立つ。

これでは、まるでサイコロを振って丁か半かで勝負を決める博打と何ら変わらないではないか。

「このニュースに接して、私はもうパニックに陥りましてね。誰にも相談せずに、衝動的に火を点けてしまったんです。でも一方で家族に危害を加えたらまずいという意識が働いて、火の強さを加減したので、結果的には全てボヤで終わったんです」

「その時にも、私は聖梵さんを叱ったんですよ。囲碁は無限のゲームだから、囲碁に限って完全解が見つかるようなことはあり得ないってね」

「賜さんに諭されて、私も少し冷静になろうと努めたけど、その二年後に夜になると神社から人がいなくなることが分かって、つい燃やしてしまったんです」

「それで『黒い扉』の内側に隠れていたあかねさんが閉じ込められてしまったんですね」

「そのことは本当に知らなかったので、あかねには申し訳ないことをしたと思ってるんですよ。でもあとの二か所は大抵家族がいて燃やすことができなかったんです。私は『黒い扉』を破壊する使命を感じつつも、家族だけは絶対に守ると心に決めて、神楽坂をうろつきまわって旅館や置屋の様子を窺っていたんですよ」

「そして、二〇一七年の放火が起こるんですね。旅館はボヤで終わったけど、置屋は完全に焼失してしまいましたよね」

「あれはもう一人の守護神が衝動的にやったことなんです。二〇一六年から一七年にかけて、アルファ碁マスターがネットで一流プロ棋士を相手に驚異の六十連勝を挙げて世界に衝撃を与えた時です。それを見て、今度は彼がパニックに陥ってしまったんです。私はあの時は比較的冷静で、家族を守る意識が強かったので、旅館の出火に気づいて一緒に消火活動をしたんですけど、残念ながら置屋に駆けつけた時にはもう手遅れだったんです」

「それでは去年の七月の放火はどうしてなんですか？　賜さんはこれまでのお話を伺うと、寧ろ破壊に反対してたんですよね」

「それには事情があるんです。実はこの幸福な楽園の平和が脅かされる事件が起こったんですよ」

「それは一体何ですか？」

「以前から、地獄や煉獄から亡者がこちらに逃げ込んで来ることは時々あったんですが、そんな時は直ぐに守護神が見つけて送り返していたんですよ。ところがその時に逃げ込んだ亡者は完全にこちらに居座ってしまって、大騒ぎになっているんです」

「どうしてですか？」

「彼はわけあって煉獄行きになったけど、実は本因坊道策の弟子の一人で、生前は相当の腕前だったんですよ。厄介なことに、そんな男が、最新のＡＩをこの高天原に持ち込んで名人に挑んできたんです」

「直ぐに煉獄に逆戻りさせてもよかったんですが、ここにいる名人たちにも意地がありますからね。囲碁勝負で負けたまま、守護神に頼ってその男を煉獄に送り返すことを潔しとせず、その男の挑発に乗ってしまったんですよ」

「それでどうなったんですか？」

「最新ＡＩを使って勝負してくるその男に、さすがの名人たちも手を焼いてましてね。亡者はこの高天原の洞窟に立て籠ったまま、負けるまでそこを動かないと今も頑張っているんですよ。本因坊道策は、アルファ碁やアルファ碁マスターに負けることはなかったけど、さすがに最新のＡＩには手こずってましてね。自慢の天才集団の弟子と一緒に、今、そのＡＩへの対抗策を研究しているところなんです。だから、彼等が最新ＡＩに打ち勝つのも時間の問題だと思うんですけど、これからもますます強化されたＡＩが持ち込まれて、それを盾に煉獄の亡者が挑んでくるようなことが常態化すると、くこの幸福な楽園には、もう二度と平穏な日々が戻ってこなくなると思ったんですよ」

囲碁を愛する者として、井山には賜の言い分はよく理解できた。

「それが放火の理由だったんですね」

「そうなんです。せめて天才たちのこの平和な楽園は守ってあげたいと思ったんです。それでも、麗子さんたちに危害を加えたらまずいと思って、誰もいない休みの日を狙ったんですけど、まさかあの玄室に井山さんと麗子さんがいるとは夢にも思わなかったです」

「そうなると、賜さんにとっても苦渋の選択だったんですね」

賜は険しい表情のまま黙って頷いた。

すると今度は藤浦が井山に、懇願するように声をかけた。

「この件では『黒い扉』の守護神の間でも意見の相違があって、ある時は守護派になったりまた違う時には破壊派に転じたりと、我々全員が揺れ続けてきたんです。それほど難しい問題で、いまだにどちらが正解か結論が出てないんですが、井山さんもよく考えてほしいんです。我々としては、井山さんにまたあちらに戻って、責任を持って『黒い扉』を壊してほしいと思っているんですよ。私たちはこれまでに何回か行き来をしてきたので、あの危険極まりない地獄を抜けるのに毎回物凄いエネルギーを使ってしまい、恐らくもうあちらに行くことはできないと思うんです。盛田さんはまだ戻る元気はありそうですが、彼は完全に守護派なので破壊してくれるとは思えないんですよ。ですから、井山さんにお願いするしかないんです。大好きな囲碁を守ると思って、手遅れになる前に何とかお願いします」

藤浦と賜は必死になって井山に頭を下げたが、急にこのような重大な決断を迫られても、井山としても直ぐに返事をするわけにはいかなかった。

「私には本当にそのほうが良いのか、まだ判断がつかないですが、取り敢えず、洞窟に立て籠っている男を何とかしなければなりませんね。その男と会ってみたいんですけど」

藤浦と賜は驚いて顔を見合わせた。

「井山さんは、その男、すなわち最新ＡＩと対戦するつもりですか?」

「私の力がＡＩ相手にどこまで通用するのか、自分でも試してみたいんです。現世では真剣に読み続けると頭が焼き切れそうになってとてもＡＩとの対局は無理だと思ったんですけど、ここではそのような肉体的な苦痛を感じないので、もし自分の限界まで読み続けることができたらどうなるか、やってみたいんです」

藤浦と賜は嬉しそうに顔を輝かせた。

「なるほど、やってみる価値はありそうですね」


井山は藤浦と賜に導かれて丘を下り、表彰式が行われている広場へと入っていった。

そこでは、この最高峰の闘いの場に参加することを許された、歴代の名人級の打ち手が一堂に会して、和気藹々とした雰囲気の中で互いの健闘を称え合っていた。

各賞の表彰者の名前が呼ばれる度に、その仲間を中心に会場がどっと沸いた。

藤浦は会場の中心に悠然と構えている小柄なお坊さんのところに井山を連れて行った。

その周りには同じような恰好をした大勢のお坊さんがいたが、よく見ると会場全体にお坊さんの姿が目立っていた。

「道策先生、少し宜しいでしょうか？　ご紹介したい人がおりまして。こちら井山さんです」

藤浦が声をかけると、道策は興味深そうに井山のほうに顔を向けた。

「あなたが井山殿ですか？　お噂はかねがね伺っておりましたよ。それにしても、もうこちらにいらしたんですか？　あちらではやり残したことがたくさんあって、さぞ悔しい思いをしたことでしょう。その鬱憤を是非ともこちらで晴らしてください。あなたが参戦するようになれば、今度のリーグ戦では立派な優勝候補の一人でしょうからな」

道策は井山に社交辞令を述べたが、藤浦は慌てて訂正した。

「先生、それは井山違いです。先生の仰る井山というのは七冠を獲った井山裕太で、まだあちらで元気に活躍されてます。こちらは井山聡太さんですが、試験碁で我々に勝ったので、今後『黒い扉』の管理を任せたいと思っているんです」

藤浦が「黒い扉」の「管理」と言ったことを、井山は聞き逃さなかった。藤浦が「守護」ではなく「管理」という言葉を使ったということは、「破壊」も含めて今後「黒い扉」をどうするかを井山に託したいという意味なのだろう。

すると、井山を眺めていた道策が大きく頷いた。

「裕太と聡太とは紛らわしいですな。しかしそんなにお強いなら、これから立派に務めを果たしてくれるでしょう」

「井山さんが、あの洞窟に立て籠っている亡者と打ちたいと言ってるんですが、宜しいでしょうか?」

「ほう、井山殿がですか?」

道策はもう一度興味深そうに井山を眺めると、弟子の一人に命じた。

「対戦させたい者がおると申してあやつをここに連れて参れ」

洞窟から坊主頭の若い男が連れて来られると、会場は騒然となった。

道策に対して敵意をむき出しにしている亡者に対し、道策は一喝した。

「これからここにおる井山殿と対局するのじゃ。負けたら、おぬしも潔くここを去るのだぞ。分かったな」

坊主頭の亡者は薄笑いを浮かべながら碁盤の前に座った。

井山も緊張の面持ちで対面に座った。

会場はもう表彰式どころではなくなった。

皆が碁盤の周りに集まってきて、固唾を呑んで対局を見守った。

握って井山の黒番となった。

井山が一手目を右上隅の星に打つと、亡者は手元で何やら操作してそれを見ながら二手目を打ってきた。

序盤は最新ＡＩがよく打つ布石で始まった。

井山にとっても馴染みのある布石なので、しばらくはＡＩの推奨手と同じ手で進行した。

どこまでもＡＩの推奨手と同じ手を打つ井山に、対戦相手も興味を抱いたとみえて、上目遣いに、ちらりと井山を見た。

中盤に入って、石と石が接触し始めると、取るか取られるかの激しい差し手争いが始まった。目の前の石を取るだけでなく、盤面全体で優勢を築けるかどうかが問題だった。

早くも勝負所を迎えて、井山は長考に入った。

道策を始めとして、秀策、丈和、玄庵、木谷實、呉清源といった錚々たる観戦者が碁盤を取り囲んで、井山と共にその先の展開を読み耽った。

井山は碁盤の一点を見つめたまま、小刻みに瞳を動かしていた。

碁盤の上で起こる石の動きが一瞬で何十手も進み、それを崩すとまた違う展開を何十手も先まで読み続け、それを何十通りも何百通りも繰り返した。

碁盤を凝視して読み耽っていると、井山の集中力は極限まで高まり、周りの景色は一切消えて、辺りの音も一切聞こえなくなった。

この世界には、井山と碁盤しかなかった。

井山は知らぬうちに、碁盤の中へと入り込んでいた。

真っ暗な宇宙空間のようなところへと放り込まれた井山には、一筋の光が射しているのが見えた。

細い光の線は、井山の進む方向を指し示していた。

その光に導かれるように、先の見えない真っ暗闇を、まるで底なしの深淵へと沈んで行くように井山は突き進んで行った。

こんなに深いところまで進んで大丈夫なのだろうか？

限界が近づいてひどく息苦しく感じた井山に、大きな不安がよぎった。

すると誰かが呼びかけてきた。

「心配無用。その調子で進みなさい」

それは井山にとって、いまだかつて経験したことがない未知の領域だった。

手を伸ばすと、あともう一息で宇宙の果てへと辿り着けそうな気がした。

嘘だ。

神の存在を直ぐ間近に感じつつも、苦しくて失神しそうになった井山は、思わず叫び声をあげて碁盤から顔を離した。

周りで見ていた観戦者は、驚いて一斉に井山に目を向けた。

汗をびっしょりかいて肩で大きく息をする井山の様子から、これは無理そうだと多くの者が落胆したが、この時井山は、あらゆるパターンを先の先まで読み切っていた。

大きく息を吸って呼吸を整えると、井山は勝利を確信して次の一手を碁盤に打ちつけた。

あともう一歩で神の領域に手が届きそうになって、井山は恐怖のあまりそれ以上進むことを躊躇したが、勝ち筋はすでに読み切っていた。

もしあともう一歩踏み込んでいたら、本当に神の領域に辿り着くことができたのだろうか？

もしそうなっていたら、最終的に完全解に辿り着くことになったのだろうか？

井山の心は乱れたが、一度読んだ読み筋に乱れはなかった。

そのまま最後まで打ち切って、黒番井山の半目勝ちで終わった。


井山の勝ちが決まった瞬間、会場はどっと沸いた。そこに集った歴代名人は、人類がＡＩを退けて面目を保ったことを心の底から喜んだ。

道策は落ち着いた表情のまま、笑顔で井山の労をねぎらった。

「井山殿、そなたはまさに我々全人類にとって希望の光であるな。大変頼もしく思うぞ」

そして井山の前に座る坊主頭の亡者を一喝した。

「そなたは、もう一度心を入れ替えて、正しい道を通ってここに戻って来るよう精進せい」

藤浦と賜に両腕を掴まれると、その男は暴れて逃げ出そうとしたが、もはや二人の守護神から逃れることはできなかった。

「畜生、見てやがれよ。俺は必ずもっと強いＡＩを引っ提げてここに戻って来るからな。今や現世では量子コンピューターっていう厄介なものが開発されてるって知ってるか?　この量子コンピューターはな、今のスーパーコンピューターが一万年かかる計算をたったの三分で解いてしまうんだぞ。どうだ、驚いただろ」

亡者の言葉を聞いて、そこにいる囲碁を愛する者たちは、皆、凍りついてしまった。

囲碁の着手は無限に近いといっても、三百六十一の交点に打つ限り、決して無限でないことは皆よく分かっていた。そうなると、そんなに演算速度の速いコンピューターが実用化されたら、いよいよ囲碁の完全解が明らかになる日がきても不思議ではなかった。

亡者は勝ち誇ったように高らかに笑い飛ばした。

「もう囲碁がどんなに強くても、何の意味もなくなるのさ。ここで栄光に包まれて褒め称えられている名人さんも、意味のない時代遅れの化石に成り下がって、煉獄で日々精進を続ける俺さまと全く同等になるということさ。いずれ囲碁は死に絶える運命にあるのさ」

この言葉を聞いた藤浦が改めて井山に向き直った。

「井山さん、もう時間がないんです。この幸福な楽園を守るために、『黒い扉』を早く破壊してください」

ここに至って井山も、ようやくことの深刻さに気づいた。

「分かりました。そういう事情なら、私も破壊に賛成です。囲碁を、そしてこの幸せな『爛柯の宴』を守るためにも、そうするほうがよさそうですね。でも麗子さんにも説明して、せめて他の方に危害が及ばないようにしなければならないですね」

「本当はそのほうがいいことはよく分かっているけど、この高天原に辿り着いた者には厳格な守秘義務があるんですよ。先程もお話ししたようにここで見聞したことは一切他言無用です。だから私も家族に話せないまま、中途半端なことになって後悔しているんです。井山さんはそこのところを是非ともうまくやってほしいんです」

「そうなると、麗子さんをそこから連れ出さなければならないですね」

「やり方はお任せします。是非ともお願いしますよ」

藤浦と賜は交互に頭を下げて、井山に懇願した。

するとその時、水色に澄み渡った大空に、「かーっ」という大音声が響き渡った。

藤浦と賜は真っ青になった。

「毘沙門天、持国天、そこに控えろ」

天から響き渡る神の一喝に、恐れをなした藤浦と賜は、即座にその場にひざまずいた。

「さっきから聞いておれば、何を余計な心配をしておるのだ」

藤浦は頭を下げて釈明した。

「私めは、囲碁をお守りしたいというその一心で……」

「黙れ。貴様、何をぬかしておるのだ」

藤浦は下を向いたまま、黙って神の叱責に耐えた。

「完全解が明かされることを恐れておるのか?」

藤浦は大きく頷いた。

「たわけたことを申すな、毘沙門天。もしそうなれば、十九路盤を四つ並べてもっと大きな碁盤でやればよいのだ。十九路というのは子供に九路で遊ばせるように丁度お前たちのレベルに合っていると思って余が与えたものなのだ。それでは不足に思えるくらいお前たちの能力が上がったのなら、遠慮せずに大きな碁盤に挑むがよい。それでも囲碁の本質が損なわれることは少しもないのだぞ」

「しかし、もしその三十七路盤でも完全解が見つかったら?」

「そうなれば、九つ並べてもっと大きな碁盤で打つがよい。いくらでも碁盤は大きくできるのだぞ。よいか。余は神であるぞ。無限に碁盤を大きくできるのだ。だから囲碁は本当に無限なのだ」

囲碁の神様の言葉に、藤浦も賜も涙を流しながらただ平伏した。

「余を侮るでないぞ」

平伏している藤浦と賜に、井山はそっと声をかけた。

「どうやら、『黒い扉』を破壊する必要は当分なさそうですね」

それまで緊張の面持ちで新たな重責に立ち向かう覚悟を決めていた井山も、肩の荷を下ろした途端に寛いだ表情に変わった。

改めて顔を上げると、晴れやかな気持ちで空を見上げた。

目の前にはどこまでも心地良く澄み渡る水色の空が広がっていた。

終章

井山が地獄と煉獄を抜けて高天原の最上層にたどり着いてから、二十年後の二〇四〇年。

その後ＡＩの進化は続いたが、人類も生命科学の進歩に伴って、肉体、頭脳の両面でパワーアップが進み、ＡＩとほぼ互角に囲碁勝負ができるようになっていた。

それでもまだ囲碁の完全解が解き明かされることはなく、十九路盤での対局が続いていた。

棋聖戦七番勝負第一局の前夜祭に出席するために、井山は都内のホテルに入っていった。

立食形式の前夜祭の会場の中には、顔を見たことがあるプロ棋士も多くいたが、それ以上にたくさんの囲碁ファンがつめかけてすでに大変な混雑だった。

そんな中で、人だかりの輪の中心で上機嫌で怪気炎を上げているのはすっかり酔っぱらった趙治勲だった。すでに八十代半ばの高齢にもかかわらず昔と変わらぬエネルギッシュな大声で、新婚の女流棋士になんであんな弱い棋士と結婚したんだと絡んだり、著名なタイトルホルダーの父親を持つ新人女流棋士に、現棋聖と父親とどちらが本当に強いと思うか正直に答えてみろと迫って困らせたりしていた。全ては趙治勲一流の場を盛り上げるためのサービス精神であるが、そのことをよく分かっている新人女流棋士は笑顔で「それは勿論趙治勲先生ですよ」と切り返してその場を和ませていた。

井山は趙治勲の相変わらず若々しくて楽しい姿を目にしてすっかり嬉しい気分になった。そして会場内を見回しながら、ゆっくりと歩いて行った。

すると部屋の隅に佇む懐かしい顔を見つけた。

井山は静かに近づいて行った。

「福田さん、どうもお久し振りです」

福田は驚いた表情で振り返ったが、そこにいるのが井山と分かると、懐かしさのあまり興奮した表情で思わず手を差し出した。

「いやいやこれは、井山さんじゃないですか。お元気にしてましたか？　それにしても本当にお久し振りですね。何年ぶりだろう？」

「そうですね。かれこれ十五年くらいは経ちますかね」

「そんなになるかな。それで今日はどうしてここに来たんですか？」

「福田さんの息子さんが、棋聖戦の挑戦者になったと知って、ここに来れば福田さんにも会えるんじゃないかと思って顔を出してみたんですよ。竜平君、おめでとうございます」

井山の祝福の言葉に、福田は心底嬉しそうに笑顔で答えた。

「そうだったんですか。それはそれは、井山さん、ありがとうございます」

「それにしても、十代でのタイトル挑戦なんて凄いですよね。しかも棋聖戦ですからね」

「そうなんだよね。プロ棋士になっただけでも凄いと思っていたけど、こうやってタイトル争いまでするようになるとは夢にも思っていなかったので、僕のほうが驚いているんだよ」

「そうですよね。Bリーグで優勝した時も凄いと思ったけど、あれよあれよという間に、次々とAリーグやSリーグの優勝者も破ってしまいましたからね」

「そうなんだよね。ちょっと神がかっていて、親の僕でも、なんかあり得ないことが起こっているって、不安に思うほどだったからね」

「そういった意味では親孝行な息子さんですね」

「そう言ってもらえると嬉しいよ。親が叶えられなかった夢を、次から次へと叶えてくれてるからね」

福田は静かに目を閉じると様々な出来事に思いを巡らせているようだった。

「僕もね、本当に感無量なんだよ」

しみじみとそう語る福田にとって、それは正直な言葉に違いなかった。

今の福田には、息子の成長を支えて、その軌跡を追うことが人生最大の喜びになっているようだった。

感慨に浸りながらも、福田は井山のほうに顔を向けると、正直な心情を吐露した。

「それにしても息子が神がかってるなんて、僕と大違いで笑っちゃうよね。あいつはプロ試験の時も最初は全然駄目だったけど、その後粘りの逆転で半目勝ちしたり、プロ入りを争っていたライバルが信じられない自滅で星を落とすとか、まさに神がかりのようなことが続いたんだよね」

「竜平君は、多分囲碁の神様に愛されているんですよ」

井山のその言葉を嬉しそうに聞いた福田は、それでも鋭い視線で井山を見返した。

「今だから言うけどね、実は、僕は囲碁の神様に愛されている井山さんのことが羨ましくて仕方なかったんだよ。いや、羨ましいなんてもんじゃなくて、正直物凄く妬んでいたんだよ」

そのことは井山も薄々感づいていたが、穏やかな笑顔で受け流した。

「そうだったんですか？　それは全然知りませんでしたよ。でも私が囲碁の神様に愛されているなんて、誤解もいいとこですよ」

「そんなことないよ。僕には分かるんだよ。どんなに努力しても自分ではどうにもならない力が働いて、どうしても駄目なことってあるからね。それで随分と井山さんを羨ましく感じたよ」

「でもこうやって竜平君がプロ棋士になったから良かったじゃないですか。囲碁の神様はちゃんと見てくれているんですよ。それにしても、タイトル挑戦ですからね、羨ましいですよ」

「そういえば、井山さんの息子さんも今年プロ入りしたんだよね」

「ええ、お蔭様で、うちもようやくプロになりました」

「まだ十五歳だったよね」

「ええ、そうです」

「井山さんが相当特訓したんじゃないの？」

「いやいや、私はもう、囲碁は打ってないんですよ」

「それじゃあ、『らんか』でもうインストラクターはしてないの？」

「インストラクターなんて、最初からしてないですよ。店内の大事な『管理業務』をしているだけですから」

「そうなんだ。あんなに強かったのに、勿体ないね」

「直ぐに頭が痛くなっちゃうんで、もう囲碁を打つのはやめたんですよ」

「本当にもう全然打ってないの？」

井山は少し考えてから、慎重に言葉を選んで答えた。

「たまに凄く遠くに転地療養に行くんですが、そこだと頭が痛くならないので、そこで時々打っていますよ」

「へー、そんな遠くでも囲碁を打つ人がいるんだ？」

「ええ、そうなんですよ。高齢の方ばかりですけど、皆さん凄く熱心で、いつも打とう打とうって誘われるんです」

「その年寄りの中に強い人はいるの？」

「皆さん、凄い高齢ですけど、物凄く強いですよ」

「そうなんだ。なんか興味あるなあ。今度時間に余裕ができたら、是非とも僕も連れて行ってよ」

「そうですね。福田さんもいずれ行く時が来ると思いますよ」

井山は曖昧に答えた。

「ところで、福田さんのほうは、最近は如何ですか?」

「うちも、『らんか』ほどじゃないけど、最近少しずつ常連客も増えてきて、お蔭様で何とかやってますよ」

「そうですか。それを聞いて安心しました。囲碁で食っていくという夢を叶えて、福田さんも良かったですね」

井山は心の底からそう思っていた。

「ところで、最近星飼さんと会うことはありますか?」

「いや、彼とももう随分長いこと会ってないな。でも元気でやっていると思うよ」

「そうですね。今では神社の宮司ですからね。案外クールな星飼さんには合ってますよね。最近はあまり囲碁は打ってないようで、テキサスホールデムというポーカーにはまっているそうですよ」

「それはまた華麗なる転身だな。でもポーカーをやる宮司なんて星飼らしくていいじゃないか」

「テキサスホールデムのアジア大会で優勝したそうですよ」

「そうなんだ。星飼なら何をやっても強そうだな。そういえば、星飼の娘さんの志保ちゃんも昨年プロ棋士になったね」

「そういえばそうでしたね。男性棋士に交じって活躍されてますよね。ところで、竜平君は、福田さんが囲碁を教えたんですか?」

「いやいや、うちはさゆりが物凄く熱心で、竜平が小さい時から、泣こうが喚こうが、猛特訓で鍛えてきたんだよ」

井山は頷きながら、思わず笑ってしまった。

「どこも同じですね。うちもそうなんですよ。やはり父親より母親のほうが熱心で、子供に対しても厳しいですからね。恐らく星飼さんのところも、あかねさんが熱心に特訓したんでしょうね」

福田も思わず吹き出してしまった。

「それは間違いないね。星飼は子供の自主性を重んじて突き放しそうだからな。いずれにせよお宅もそうだったんだな。それで虎丸君もプロになれたんだね。それにしても、井山虎丸なんて、見るからに囲碁が強そうな名前で凄いよね」

「名前負けしないといいんですけどね。うちのかみさんが絶対この名前でなきゃ駄目だと言い張るもんだから、そうしたんだけど、本人にとっては小さい頃から結構プレッシャーだったみたいでね」

「そのうち、竜虎対決が実現したらいいね」

「そう願ってますよ」

その時、司会者の大きな声が響き渡り、いよいよ前夜祭が始まるようだった。

会場内は静かになった。

司会者に促されて、この日の主役が二名、緊張の面持ちで登場した。

最初に棋聖、名人、本因坊の大三冠のタイトル保持者の丸山敬吾が登壇し、続いて挑戦者の十九歳の新鋭、福田竜平が現れた。
壇上に並ぶ二人に対して、会場から惜しみない拍手が送られた。

（完）

※本作品は全てフィクションであり、実在の人物、組織、事件とは一切関係ありません。

著者プロフィール

松井 琢磨

1959年生まれ静岡県静岡市出身。1982年一橋大学経済学部卒業後、富士通入社、SEとして流通業界企業のシステム開発に従事。1990年米コーネル大学経営学修士課程修了しMBA取得後、日本興業銀行入行、主に融資営業、M&Aアドバイザリー業務に従事。2008年マネックスのM&Aブティックにパートナーとして参画。2009年独立し、M&Aアドバイザリー会社を立上げ、代表取締役社長に就任(現職)。M&Aの会社を運営する傍ら作家としても活動している。

爛《らん》柯《か》の宴《うたげ》 下《げ》巻《かん》

2023年9月30日　初版第1刷発行

著　者　　松井琢磨
発行者　　角竹輝紀
発行所　　株式会社マイナビ出版
〒101-0003　東京都千代田区一ツ橋2-6-3 一ツ橋ビル2F
電話　0480-38-6872(注文専用ダイヤル)
03-3556-2731(販売部)
03-3556-2738(編集部)
E-mail : amuse@mynavi.jp
URL : https://book.mynavi.jp

装　丁　　石川健太郎(マイナビ出版)
印刷・製本　　中央精版印刷株式会社

定価はカバーに表示してあります。
乱丁・落丁についての問い合わせは、
TEL : 0480-38-6872　電子メール : sas@mynavi.jp までお願い致します。

ISBN978-4-8399-8362-8